图书在版编目(CIP)数据

汪汪神探：我的警犬会说话/张晓诚著. — 武汉：华中科技大学出版社，2021.5
ISBN 978-7-5680-7043-0

Ⅰ.①汪… Ⅱ.①张… Ⅲ.①推理小说-小说集-中国-当代 Ⅳ.①I247.7

中国版本图书馆CIP数据核字(2021)第063534号

汪汪神探：我的警犬会说话　　　　　　　　　　　　　　　　张晓诚　著
Wangwang Shentan: Wo de Jingquan Hui Shuohua

策划编辑：饶　静
责任编辑：江彦彧
封面设计：红杉林文化
责任校对：张会军
责任监印：朱　玢
出版发行：华中科技大学出版社(中国·武汉)　　电话：(027)81321913
　　　　　武汉市东湖新技术开发区华工科技园　　邮编：430223
录　　排：华中科技大学惠友文印中心
印　　刷：湖北新华印务有限公司
开　　本：880mm×1230mm　1/32
印　　张：9.25
字　　数：252千字
版　　次：2021年5月第1版第1次印刷
定　　价：49.00元

本书若有印装质量问题，请向出版社营销中心调换
全国免费服务热线：400-6679-118　　竭诚为您服务
版权所有　侵权必究

目　录

警犬玫瑰 _ 001

消失的男童 _ 020

抓捕行动 _ 036

谁在说谎 _ 051

骇人的笑容 _ 066

我内心深处的秘密 _ 079

英雄功勋犬 _ 089

两个嫌疑人 _ 102

夜探案发现场 _ 112

无处不在的"目击者" _ 125

动物证人 _ 136

自杀的受害者们 _ 149

火场里的无名尸 _160

物证鉴定 _174

洒落的汽油 _188

爱闻汽油味的流浪狗 _200

唯一的自拍照 _211

从天而降的火 _222

被揭开的伤疤 _235

并肩作战 _247

林汐的下落 _258

真相大白 _272

警犬玫瑰

这是一座废弃的食品加工厂,位于距离市中心二十多公里的乡镇工业园。

我独自站在巨大的厂房顶棚下,眼前只有三两道光线从顶棚的缝隙斜劈下来。借着这点微弱的光线,我看见数十个锈迹斑斑的铁桶,它们被胡乱地摆放在四周,桶体裂开的缝中淌出黏稠的油状原料,大多都已凝固。

在厂房中央,有一条五米宽、十米长的空水槽,槽壁上依稀能够看见一圈黑色的印痕。我估摸着这个水槽曾经应该盛满了油水混合的液体,蒸发后在这封闭的室内挥散不开,所以这里才有那么浓重的潮湿气味。

和这个气味比起来,另外一种类似于肉类腐臭且夹杂着鱼腥的气味,更让人产生逃离这里的冲动。我捏着鼻子,环顾一周,湿冷透过我的衬衫侵入骨髓,如果不是地上还散落着食品包装袋,我无论如何也无法将这里与"食品厂"三字挂钩。

此刻不知怎的,我的脑袋里像是灌了米糊一样,昏昏沉沉,四周的场景好似蒙上了一层迷雾,让我摸不着、看不清。

"喂!站住!"

就在我快要晕厥的时候,一个清亮的女声,将我的意识拉扯回现实当中。我惊愕地顺声望去，脑中清醒大半，随即看到一道曼妙的身影，英姿飒爽地向我快步走来。

来者是一名女警察，身材高挑，皮肤白皙，下身穿着牛仔裤，上身穿着一件敞开的皮夹克，露出里面的天蓝色警用衬衫，精致的五官像是由一名技艺精湛的大师精心雕琢过一样，一头齐肩短发，给人一种很是干练的感觉。

"你是什么人，外面不是写着无关人员不得入内吗？"她指了指不远处的一条警戒线，用质问的语气对我说话，像是在盘查一名嫌疑犯。

半个多小时前，我进来时，这里只有一条无人看守的警戒线，而现在周围多了一群衣着统一的警察，闪烁着红蓝灯光的警车停在他们后面，还有一众人站在警戒线外，伸着脖子朝我这里张望。

"我叫林轩，是……"我准备告诉女警察我的身份。

"小林，没想到你比我先来现场！"

没等我的话说完，一名方脸的警察从一辆警务车上跳下来，似乎看出了我和女警察之间的误会，他笑着替我介绍道："这位是警犬大队的技术指导老师，是一名研究动物行为学的专家。"

眼前这个男人我认识，叫张震，是靖城市刑侦支队的队长，我来到这里，也正是因为他。

两天前，市里一个名叫程炜炜的七岁男孩失踪，父母报警后，警方初步排除绑架的可能性，怀疑是走失或者诱拐。已经过了找寻失踪者的黄金时间，警方那头还没有一丝线索，所以在今天上午接到一名群众的电话后，心急如焚的张震调了十多名警察赶到了这里。

有群众说在这里看到一个男孩出现过，年龄和身高特征极像失踪的程炜炜。

我现在所在的这栋厂房面积倒是不大，但是周围还有别的建筑物和废墟。张震原本是想让警犬来完成搜索任务，可是警犬大队那些训练有素的警犬们，一到这附近就乱了阵脚，有的甚至还出现腹泻和呕吐的症状，于是张震便请了我这么个所谓的"专家"，来这儿看看到底是什么情况。

张震没待几分钟，就有些扛不住废厂房里面的气味了，他转身对那名女警察招了招手："陈沁，让大家都戴上口罩工作！"

陈沁回车上取了一包一次性口罩分发给现场的警员们，最后还剩下一只，她朝我这里瞥了一眼，又凑到我身边，并没有马上把口罩递给我，而是直言不讳地小声问道："原来你就是林轩，我听同事说起过你的名字，听说你能听懂狗说话？"

我没有搭理她，从小到大，这样的闲言碎语一直充斥在我的身边，我早已经习以为常。

我瞟下陈沁，走到张震的身边："张队长，我可以帮你找到失踪的小孩，不过你答应我的事情……"

我的话戛然而止，因为我突然意识到，拿人民群众的生命安全来谈交易，是件很无耻的事情。况且我现在在警犬大队工作，按理说张震是我的上司，于情于理我都不应该说出这样的话。

"你放心，等案子结束了，我答应过给你看档案，肯定不会食言。"张震倒是没有在意。

我点了点头，被刺鼻的气味呛得咳嗽了一声，陈沁很不情愿地把口罩扔到我手里。

我边戴口罩边解释道："其实这件事很正常，狗的嗅觉细胞数量是人类的1200倍，大脑中负责分析气味的区块约占大脑的10%，所以对它们而言，刺鼻气味会损伤大脑中枢神经，严重的就会引发呕吐甚至永久丧失嗅觉。我比你们也就先到半个多小时，刚才在这里时，要不是陈沁同志朝我吼了一声，让我打了个激灵，我现在恐怕已经被这里的气味闷得晕倒了。人都难以忍受，警犬更不行。"

"那怎么办？"张震的口鼻捂得严严实实，含糊不清地说："你也看到了，咱们刑警队就这么点人，如果真要地毯式搜寻，肯定要从市局调人。"

说到这里，他话锋突然一转："实在不行，我也只有自己想办法了，你先回去吧。"

我一听，张震这话可是一语双关，字面上的意思是要去调人来搜，实际上是告诉我：如果你帮不上什么忙就走吧，当然，答应你的事也不用想了。

我心里暗骂了一声"老狐狸"，不慌不忙地从口袋里掏出一枚哨子，说道："普通的警犬搜不了，我的狗可以。"

"你的狗，在哪里？"张震环顾四周，并没有发现。

我用嘴巴抿住哨子一端，用力吹了一口气，哨子发出一声尖锐的声音，在四周回响了几次，久久没有停息。

没过一会儿，一个纸箱突然被什么东西撞倒在地，箱子内的罐头都散落出来，然后，一道玫红色的影子从箱子后闪了出来。

那道影子飞奔到我身边时，才稍稍放缓了速度，围着我转了一圈，之后停在我的腿旁。

这时张震和陈沁才看清楚，在我身边的是一只四肢健壮、毛发透亮的大型犬。它的毛发棕色中带着一点玫红，像是一抹晚霞辉映在它的身上。它坐立在我旁边，脑袋大概到我大腿的位置，一双宽大的耳朵耷拉着盖在它的脑袋两侧，炯炯有神的灰色眼睛正冷冰冰地盯着我面前的陈沁。

方才陈沁对我颇有"敌意"的一幕，可是都被它看到了。

陈沁睁大眼睛，一副难以置信的神情，警犬队其他的狗一到这里就病恹恹的模样，想必她已亲眼看见！

我身边的这条警犬叫作玫瑰，是一条雌性寻血猎犬，我和它已经朝夕相处三年，对我而言，它已经不仅仅是我训导的工作犬，还是我的好伙伴、好朋友。

此刻的玫瑰四肢在地上不安分地晃动，时不时从鼻腔发出沉重的"呼呼"声，显然是很排斥这里刺鼻的气味。如果换作是寻常的宠物犬，逃离这里才是它们的第一选择，但是作为一只训练有素的警犬，玫瑰对排斥物、诱惑物的忍耐性更高。

陈沁方才说得没错，我能"听懂"狗的语言，在我看来，每一种动物，都有方式传达它想表达的意思。而在所有动物中，唯犬与人类最为亲密，它们数量庞大，无处不在，嗅觉灵敏，善于搜寻踪迹，也会在你不经意间，目睹你的所作所为。换句话来说，如果谁能听懂它们的语言，将会得到任何他想要的讯息。

而我偏偏就是这么个人。

小时候的我不会哭也不会闹，不与人说话，行为刻板，以至于很长一段时间里，我妈都把我当作自闭症儿童来对待。

辗转各地，还花费了家里大半的积蓄，所有的治疗方案都止步于检查阶段。医生们都说我的症状并不属于自闭症，可是他们的结论又分歧不一，有的说我是脑电波异常，属于万里挑一的怪胎；有的干脆说我精神异常，有妄想症。

总之就一句话，我已经无药可救了。

好在长大一些后，我的情况有所好转，这段经历便慢慢从我家人的脑海里淡出。

只有我自己还清楚地记得，那段时间我究竟面临着什么。我依然能回忆起，当时我脑海里有成百上千种声音，无时无刻都不消停，那种感觉就像是无数台电视机摆放在我面前，并开启最大的音量，我拼命想辨听其中的某一个声音，却如同在海水里捏住一粒沙一般困难。

孤僻的我至今很少与人交际，这种性格却让我在与动物的相处中游刃有余。我一直觉得身边的动物时常在对我述说些什么，只是我听不懂它们的语言，于是我尽力从它们的行为原理、肢体动作中接收它们想传达给我的意思。例如现在的玫瑰，它的嘴紧闭着，看不见舌头和牙齿，注意力完全集中在厂房中央的那个大水槽中，且身体略微前倾，这是它在告诉我，水槽里面有它所发现的东西或是动静。

我皱了皱眉头，略感失望，男孩不可能藏在水槽里，看来玫瑰发现的也是与案件无关的东西。

我找陈沁要来了失踪男孩曾经穿过的衣服，递到玫瑰的鼻子前让它嗅了嗅，然后让玫瑰再次搜索一遍。

玫瑰撒开长腿，眨眼间就跑没了影，我留意到陈沁一直跟我保持着距离，不知道她是害怕狗，还是害怕玫瑰盯着她看时带有敌意的眼神。

张震在我身边踱步几圈，期间还接了两个上级询问进展的电话，挂掉电话后他忍不住问我："小林，到底有没有把握找到？"

我摇了摇头，说："估计是找不到，不然玫瑰早就已经示警了。"

话音刚落，陈沁突然抬起头，目光掠过我望向某处，紧接着她眼神凌厉，语气急促地说道："那只狗在干什么！"

我急忙探看，一眼就看见玫瑰不知什么时候跳进了空水槽中，四肢有一小半都陷入了如同沥青一样的黑色油渍中。它原本顺滑光洁的毛发，沾染了不少黏稠油渍，拧结在一起。

玫瑰目标明确地直奔水槽中间，随后它抬动前腿，把半凝结的油渍往外刨，还不时用脚在油渍内踩来踩去，似乎是在找寻什么东西。

我朝它大喊道："玫瑰！回来！"

也不知道那里面究竟藏了什么东西，对玫瑰有这么大的吸引力，让它对我的命令都充耳不闻。

张震两道浓眉皱得有棱有角，面色都有些愠怒，他满怀期待地把我"请"过来，就是听说过我在警犬大队的名声，想让我一展身手，他也好开开眼界。

而此刻，他的眼界确实开了，他眼睁睁地看着一只"疯狗"在油污里打滚，连主人的命令都不听。恐怕他心里早就骂开了：这是什么狗屁专家！老子养的狗都比他养得听话！

玫瑰的举动，着实让我心头惊了一下，我迅速向玫瑰跑了过去，站在水槽边上,攥着手心,紧张地看着玫瑰继续在油渍里乱刨。

就在我犹豫着要不要跟着它跳进去时,玫瑰突然高昂起头,前脚往上抬动了一下,挑起来一个细长的物体。

那东西溅起的恶心油渍差点沾到我身上,我定眼一看,倒吸了一口冷气,尽管上面覆盖着一层油污,但是还是能辨认清楚,那是一条人的手臂!

难怪刚才我总觉得厂房里有一种腐肉的气味,原以为那是某种食物变质的味道,没想到是这水槽内藏着一具尸体。

我的胃抽抽了几下,险些吐了出来。

陈沁不知什么时候出现在我的身后,跟我这个愣头青比起来,经常出没于凶案现场的她,表现得很是镇定,只是眉宇间时不时流露出几分匪夷所思的神态。

"这怎么会……"跟过来的张震的脸色急遽变化,急忙掏出电话通知队里的法医。

四十多分钟后,一辆疾驰而来的警车停在场外,法医带着他的助手们赶到现场。

两个助手穿着密不透风的橡胶连体衣,跳进了水槽中,我没有好奇去看他们抬尸体的过程,而是找陈沁要了一条毛毯,给玫瑰擦了擦身子。

陈沁围着水槽勘查现场,眯着眼睛不放过周围的任何蛛丝马迹。而张震站在法医身后,不停地催促初步检验结果,现在一个案子突然变成了两个案子,他比谁都要着急。

尸体在水槽中,被油水混合的液体泡着,时间一长,液体便出现水油分层,等水分蒸发之后,上面的一层黑色油液正好覆盖在尸体上面,所以不能轻易发现。

现在尸体被助手打捞上来,放在一张塑料袋上,法医戴着两层口罩,蹲在地上,伸手翻开了死者的口鼻。尸体已经高度腐烂,而且还沾着黏稠的油渍,那法医手指刚一牵动尸身,腐烂的人体组织就连同着油渍剥落下来，就像是尸体在融化一样。

我隔着口罩都能看清楚那个法医拼命地在与自己的面部肌肉搏斗，估计他胃里早已翻江倒海了。

法医让助手用干净的水小心翼翼地把尸体大致冲洗了一遍，这下才能依稀辨清尸体的本来模样。我看到尸体泡得有些膨胀，松松垮垮的头皮上连着长头发，判断死者是个女人。

"看出什么了吗？"张震搓着手掌，急不可待。

"死者身上暂时没有发现明显致命伤，从腐败程度上来看，至少是死亡5天以上，具体的结论要等解剖的结果出来。"法医知道越是心急越是容易出差错，回答得很不确定。

我暂时没去多想，一丝不苟地用毛毯擦着玫瑰的毛发，无奈那油渍太顽固，根本就擦不掉。

我心里不免有些苦恼，把毛毯翻了个面，哪知玫瑰趁着这个空隙，突然从我手中挣脱，四肢飞迈，身影疾驰如风，一头又跳进了水槽当中。

我站起身，把毛毯丢在地上，得！白忙活了！

这次玫瑰没有待多久，跳进去后就叼着一个东西返回了我身边。

那法医正准备让助手把尸体抬上车运回去，一回头看到玫瑰嘴里叼着的东西，眼睛忽然一亮，大声制止了助手："等会儿！先看看这个！"

一群人的目光都聚集在了玫瑰的身上，玫瑰甩了甩身子，嘴里咬着一张扁扁的卡片，四肢很有节奏地迈动着。走到我身边时，它的头往下一低，松开嘴，把那张完全看不清内容的卡片搁在我脚下。

我正要弯腰把那东西捡起来，听到身后有人大声喊出"别动"。我的手猛地缩了回去，一抬头就看到那个法医连跨两步，抢先用戴着手套的手把地上的卡片拾了起来。

他让助手把这张卡片清洗一下。

这张卡跟我们平常进出单位佩戴的工作证差不多，外面套着一层胶套，经过清水冲洗后，一张登记照显现出来，下面还写着几行文字。

不出意外的话，这个卡片很有可能就是死者的证件。

显然抱着这个想法的人不止我一个。那法医看过卡片上面的内容后，脸色轻松了不少，他把卡片往我们面前一扬："这张证件的胶套顶端挂着一个开口张开的小铁圈，而我刚才进行尸检的时候，正好发现死者脖子上挂着一条尼龙绳带，我想证件就是从死者脖子上的绳带上掉落下来的。"

他取来密封袋，一边把证件放进去，一边继续说道："证件是工作证，上面有死者的照片还有姓名，公司名字叫东润食品厂，正好就是咱们现在所在的这个地方。"

溺亡的案件和别的案子不同，因为尸体往往都在水中泡过很长一段时间，大部分的线索都已经消失得一干二净，所以，要想在尸体上找到什么，难度不言而喻。

比起尸检、痕迹检，确认死者的身份信息才是溺亡案件中的重中之重。而现在轻而易举地找到了死者的身份证明，还和东润食品厂牵连在一起，至少现在就能确认死者的身份，还能判断其是在工作期间死亡——一般人在下班时间不会佩戴工作证。

张震接着法医的话问道："既然你没有在死者身上发现伤痕，那么有没有可能是意外死亡？"

"您请讲。"法医想听听张震的推测。

"我是逐一判断的，首先排除自杀，从登记照上不难看出，死者衣着讲究，还画着淡妆，想来是个爱美的女性，就算是要自杀，也不至于选这么脏的池子。"张震思路很清晰，推断有理有据。

我蹲在地上，轻轻在玫瑰后背上拍了一下，手指向尸体那边，压低声音："玫瑰，去找找尸体身上有什么线索。"

在日常的训练中，玫瑰早已与我的指令、手势达成默契，它身形一溜，避开法医和张震的视线，绕到了被裹尸袋包裹的尸体边上，隔着袋子轻嗅。

张震没有察觉玫瑰的举动，他走到水槽边上往内探望了一眼："这池子有大概两米深，死者如果是被人推下去，那么她在里面往上抬起手臂，手掌完全能够抓住水槽的边缘，即使一时半会儿上不来，也可以借力往上攀一攀，足以让头部保持在水平面上。"

我瞟了一眼水槽里面，觉得张震的推断没有漏洞。

"最后一点，有可能这里不是第一现场，而是死后抛尸。但是如果是我，我绝对不会傻到把尸体丢到这里处理，这儿虽然看上去荒废了，但是毕竟是工业园，随时可能有环境管理、开发区管委会等部门过来查看，这样一来，尸体不就被发现了吗？所以我觉得死者应该是在工作中突发疾病或者晕厥，跌落进水槽，而正巧身边又没有人看见。"

张震一股脑儿地说了一大堆话，也不知道他平常就是这样，还是因为有我在场，他才有意显摆一番。

不得不说，张震的心思很缜密，能将现场的位置和环境结合起来，成为有利的论点。

法医听张震说话时频频点头，似乎很支持他的推断。而我虽然觉得张震的话没有错，但是他逐一排查的法子，是建立在自己的主观意识上的。

谁说爱美的人自杀的时候就绝对不会选择肮脏的地方？

杀人的凶手也可能只是因为作案时心理紧张，选择抛尸的地点有误而已。

人在生死面前，内心发生常理难以解释的变化很正常，更何况这个世界上还有那么多不正常的人存在——比如我。

"还是先回局里，等验尸结果出来后再做确认吧。"法医脱下手套，准备带着尸体回市局。

他的工作态度还是很严谨的，不过我从他的语气中还是听出来几分懈弛，心想张震的话已经开始主导他接下来的工作重点了。

法医这行最忌讳先入为主，张震的推论很大程度上把案子定性为意外死亡，那么这位法医回去后很可能就朝这个方向探究。他不会再去找尸体身上其他细微的破绽，只要找到意外死亡的证明，这个案子就结了。

想到这里，我的心里其实还是很矛盾的，一来我现在根本就没有证据推翻张震的话，另外跟他们比起来，我其实就是个"外人"。我的工作按理来说不属于刑侦方向，我要是不拿出点证明出来就去质疑领导的判断，难保今后张震不会给我穿小鞋。

然而我已经蹚上了这趟"浑水"，那么我就不能让自己坐视不管，万一案子接下来的进展真的像我所想的那样，死者岂不是蒙冤了？

就在我一筹莫展时，玫瑰冲我轻叫了一声，我看见它抬着头朝我摇尾巴。我装作平静，不紧不慢地向玫瑰走去，其间张震看了我一眼，又看了看玫瑰，没有说话。

我走到玫瑰身边，与张震和法医隔着两三米的距离。我紧盯着玫瑰的面部变化，它在尸体上方嗅过后，脑袋立即又缩了回去，重复了两三遍这个动作之后，它彻底走开，显然对尸体身上的气味极度反感。

这种排斥的表现，与方才玫瑰进入工厂时所表达出的反感是大为不同的。我攥紧手心，脑海里不断回想玫瑰对于各种物品、气味的喜好厌恶，尔后我的脑中蹦出了"鱼腥"两字。

"玫瑰，你是想告诉我，死者身上有鱼腥的气味？"我看着玫瑰，小声低喃了一句。能让玫瑰排斥的东西不多，鱼腥的气味就是一种。

我想证实自己的判断，于是有意向尸体迈近两步，然后用鼻子猛吸了一下，腐败的气味顿时直往我肺里灌，那"酸爽"的滋味，差点没让我当场背过气。

我剧烈咳嗽了几下，蹲下身紧紧捂住鼻子。我想起方才看了一下，这家食品厂有做过鱼罐头，尸体身上肯定会留有鱼腥味，玫瑰的发现不足为奇。

我把目光挪向别处，随后定格在之前被玫瑰撞倒的一箱未开封的罐头上。我走过去捡起来一个，扫了一样上面的字样，心里有了几分眉目。

罐头包装上写着"鲱鱼罐头"四个大字，这种小众食品近两年作为网红食品出现在大众的视野中，"臭"是其特点，依托人们的猎奇心态，销量貌似还不错，所以国内也有一部分厂家开始制作这类食品。

我看着包装盒上头小身扁的鲱鱼图像，陷入沉思。鲱鱼是冷水性中上层鱼类，平时栖息于较深海域，而海鱼体内的氧化三甲胺挥发后就是我们所闻到的腥气，比淡水鱼的要浓，两者差别很大。

我曾带玫瑰去过海边，带着咸味和海腥味道的海风并未让玫瑰表现过抵触，所以我认为玫瑰讨厌的是淡水鱼身上的土腥味。

玫瑰嗅出了死者身上淡水鱼的土腥味，结合死者的职业，足以证明这里并不是第一现场，案发现场应该有淡水鱼的存在。

我把罐头塞进了背包里，望向张震的背影，现在我能确认死者为非意外死亡，完全是依托所学的动物学知识加上玫瑰的嗅觉。可是我不知道用什么样的方式告诉他们。

总不能这会儿大大方方地走过去，告诉张震：喂！我的狗说死者是他杀。

在我飞速转动大脑组织语言的同时，我看到消失了一阵子的陈沁回来了。她径直走向张震，两人讲了些什么，随后张震朝我招手让我过去。

我小跑而去，玫瑰紧随我身后，还没走近就听到陈沁对张震在说："我检查了一下厂房，能够看出厂子关闭得很突然，厂里还有没卖出去的库存和一部分设备。"

张震认同地点了点头："估计是厂子的老板发现有员工意外死亡，怕承担责任，这才仓促逃走。"

"我能插句嘴吗？"我谨小慎微地说了一句。

张震充满疑惑地看着我，我不待他回答，指向地上因玫瑰跳下去而溅出来的油渍："你们看地上，除了玫瑰刚才弄出来的污渍，没有油污的干涸痕迹，以这厂里脏乱差的环境来看，应该不会有人专门清洁吧？"

此言一出，三个人都满脸问号地盯着我。陈沁完全没有听出我的意思，很不耐烦地说道："你到底想说什么！"

"从水槽内壁的痕迹能够看出来，曾经这个池子是装满液体的，如果真像张队所说的，死者是无意识跌入池子，那么她倒下去后，势必会溅出液体，而这种黑色液体，即使干掉后也会留下很明显的痕迹。"

陈沁那双明眸往下一沉，快速地扫了一眼水槽周边，没有反驳我的话，看来她暂且是认同了。

这点我不用多做解释，死者又不是跳水运动员，不会一个猛子扎下去不溅水花。

我又走到旁边一块立起的木板前，指着上面一张纸，对张震说："这张图纸是工艺流程图，运用这个水槽的工序叫作腌制，配置人员是五个人，说明死者在工作时身边肯定是有人的，她如果在工作时间意外跌落，不会没人发现吧？"

我这番结合环境推断的说辞，也算是跟着张震活学活用。

听我一说，张震原先稍微松懈的脸庞又紧绷了起来，两道剑眉紧蹙。他目光移向法医，继而又转向我和陈沁："两起案子分开来查，林轩协助陈沁继续寻找失踪儿童，小苏尽快安排尸检，最迟明天我要看到报告结果！"

张震安排完毕后，让陈沁留两个人保护现场，其他人撤离。

我招呼玫瑰离开这里，随着众人往外走，到工厂门口时，叫小苏的那个法医有意放慢了脚步，还不时回头看我一眼。

"你好，我是靖城刑警技术大队的苏梓航。"我正埋头走路，一只修长的手突然伸到我面前。

我吓了一跳，抬头一看，站在我面前的就是那个男法医。此刻的他摘下了口罩，露出一张棱角分明的面庞，英挺的鼻梁像是被刻意捏过，与我见过的其他刑侦人不同，他整个人文质彬彬的。

我伸手与他相握，简单介绍了下自己的身份，苏梓航双臂环在胸前："听你那么说，你觉得那个女人是他杀？"

"我可没这么说。"我否认了他的话，很认真地说道，"任何推论，没有证据作为依托，都是无用功。这个案子到底该如何定论，我觉得还是应该靠你。"

"你这么说，我反倒有压力了。"苏梓航揉了揉太阳穴。

我俩三言两语闲聊了一下案子，直到他的助手在车内朝他喊了一声，苏梓航拍了拍我的肩膀，转身朝车走去。

接下来的每一秒，对靖城警方来说都弥足珍贵，警方很快撤离了废弃工厂。我找到停在路边的车，拉开了后排车门，玫瑰前腿一抬，后脚在地上轻蹬，很熟练地跳上了车后座。

我坐进驾驶室，准备开车回去，车窗却突然被人从外面敲了敲，我侧过脸，看到陈沁站在车外，正透过车窗的缝隙盯着我。

"陈组长，有事儿？"我连忙把车窗完全降了下来。

"同事带两个报警人回去做笔录，车坐满了，你带我一程。"陈沁毫不客气地拉开车门坐进来，语气里没有丝毫商量的余地，她坐在副驾驶，看都没看我一眼，冷淡地说道："开车！"

陈沁表情很酷，可是帅还不过两秒，一双肉嘟嘟的毛绒爪子悄然从后面伸出来，搭在了她的肩头上。陈沁愣了一下，脑袋一点一点转过去，接着她整个人像是触电一样猛然弹起，一声尖叫从她嘴里冒了出来。

陈沁的身后，一只胖成球的哈士奇把脑袋从座椅后探出来，斜挑着舌头，一边哈气一边目不转睛地看着陈沁。也不怪陈沁惊得花容失色，方才陈沁那一回头，差点跟这只二哈脸贴脸了。

那只哈士奇努力朝座椅中间的空隙钻，似乎想要跳进前排，我毫不犹豫地伸手把它给按了回去。

这只烟灰色的哈士奇体重接近30公斤，在同类中是个实打实的胖子，蓬松的毛发也遮不住它丰腴的身材，因为看着像是一株长势极好的多肉植物，所以我干脆给它取名叫多肉。

之前我和玫瑰进废弃工厂时，多肉打死都不愿意迈进去半步，我只好把它留在车里，没想到这会儿它突然蹿出来把陈沁吓得不轻。

这是第一次有陌生女人坐我的车，多肉显得异常的亢奋，一双蓝色的眼睛频频闪烁，毛刷一样的尾巴摆来摆去。我见状立即警惕起来，一只手挡在座椅缝隙之间，另一只按在多肉脑袋上："诶，你老实点！"

我之所以这样，是因为前两天我正跟玫瑰在草坪上玩飞镖，转身就看到多肉朝路边石椅上坐着的一个女孩跑去，我没来得及拦住。

多肉一去就用爪子把女孩的长裙掀了起来，还好女孩里面穿了安全裤才没有走光。我赶过去时女孩正红着脸按着裙子不知所措，偏偏多肉那家伙蹲在地上，摆着一张人畜无害的脸，我只得硬着头皮跟女孩道了歉，也幸亏人家没有怎么追究。

所以一想起这事儿我就来气，也怕多肉对陈沁故技重施。等我抬起头准备跟陈沁道歉时，看到她正睁大眼睛盯着我，眼眸微微颤动，整个人如同定格了一般。

良久，她才小心翼翼地问道："你觉得你说话，它能听懂？"

我一直觉得，如果双方相处的时间够久，彼此间够了解，且心诚意正地交流，那么双方的沟通是没有障碍的，即使是跨越物种。有研究证明，狗的智力相当于人类的6—8岁。我想，在我绞尽脑汁去听懂它们的语言的同时，它们一样能够从我的语气、口吻中意会我。

我知道，这种事情在大多数人看来是多么的不可理解，这也正是我一直被孤立、被区别对待的原因吧。

我能看出陈沁表情中的惊讶，这正是她对我不理解的最好佐证。我不知该如何回答她，于是扯开了话题："你要去哪里，是去市局吗？正好我也要过去，咱们顺路。"

陈沁似乎也不屑于跟我这个怪人多交流，她的脸色慢慢恢复平静，整了整衣领，又唰的一下把安全带扣上："去市局。"

我不敢懈怠，生怕陈沁又问我一些我难以面对的问题，连忙把车点了火，开上了路。

一路上陈沁都没有跟我说话，我噗噗乱跳的小心脏逐渐平缓。车内气氛稍微有些尴尬，我从后视镜中看到玫瑰正安静地望着窗外，而多肉蜷在座椅上，把头埋在肚子上，一声不吭，估计是在生我的闷气。

我没在意，这事实在好解决——请它吃一顿豪华狗粮大餐。

在快要驶出工业区的时候，玫瑰突然冲着窗外叫了两声。我侧脸望去，路边一个七岁左右的男孩正拖着一个比他人还宽大的编织袋，四处张望，寻找可以拾取的垃圾。

"这个男孩应该就是报警人电话里提到的那个孩子。"我稍微放慢了车速，让陈沁能够看清楚一些。

陈沁身形不动如山，目光投向窗外，片刻后轻轻点了点头："嗯，这男孩的年龄和身高确实跟失踪的孩子很像，只是两个孩子的生活条件天差地别，报警人电话中也没说清楚这点，让咱们浪费了这么多的时间。"

"也未必是浪费时间，如果没有这么一出，恐怕这个世界上又多了一个无辜的冤魂了。"我的心头无来由地触动了一下，也不知道哪根神经搭错了，话里有些含沙射影的意味。

陈沁是个聪明人，立即听出了我对刚才在工厂里时张震的不严谨有些不满。她把如炬的目光定在了我的脸颊上："听你这意思，你很不相信警察？"

我的脸甚至能够感受到陈沁目光中的灼热，咽了口唾沫："不敢。"

陈沁哼了一声，继续问道："你的身份是警犬培育基地的技术员，在警犬队也只是个技术指导，你为什么会答应张震来刑侦队调查案子？"

我握着方向盘的手紧了紧,心跳在一瞬间加速,我暂时没有把心中秘密告诉给陈沁的打算,所以沉默两秒后淡淡吐出一句:"纯属个人爱好。"

我的话,任何一个人都能听出来是借口。陈沁盯着我看了看,出于刑侦人的直觉,她揣测着低喃:"难不成,你有求于他,所以这次才帮他?"

这话落入我耳中,让我心里又是一阵波澜,如果此时有一面镜子摆在我面前,我一定能看清自己难堪的脸色。

陈沁看上去也就二十六七的年纪,跟我差不多大,可是已经是个经验丰富的老警察了,三言两语就探出了我的心思。虽然与最终结果还差些距离,但我要是再透露几句,陈沁一定能挖出我的秘密。

于是我闭上嘴不再说话,好在陈沁并没有刨根究底,白了我一眼后,她当着我的面给靖城救助中心打了个电话,报了一遍地址,让救助站的工作人员把拾荒男孩送到安全的地方。

我很快把车开回了市里,傍晚时分,我的车停在了靖城市公安局的大楼前。陈沁下车后给我安排了一间她们平时值班用的休息室,让我给玫瑰清洗一下身上的油污。

我并没有跟陈沁继续待在一起的打算,所以跟她道了别。我没做过亏心事,只是跟她在一块,时不时被她那双充满浩然正气的目光注视,也谈不上亲近。

在休息室的沐浴间,我用热水给玫瑰好生冲洗了一遍,又吹干了它的毛发。随后,我牵着它和多肉去市局的食堂吃晚饭,我点了两份排骨拌饭,肉大多给了多肉,这家伙总算对我冰释前嫌,又冲我摇上了尾巴。

在食堂,一群警察的目光都落在玫瑰和多肉身上,尽管充满疑惑,但是看到我给两条狗套上的印有"POLICE"字样的黑色背心,也就没有多说什么。

晚上八九点的时候,我从市局的大楼里出来,站在大楼前回头望,楼内还是灯火通明,估摸着今晚陈沁她们得够忙乎,注定是个不眠夜。

我突然觉得白天对陈沁和张震的态度有些不合适。人无完人，警察也是人，不可能在职业生涯中一次失误都不犯。很多时候，他们默默无闻的工作，换来的却是冷眼。

可是我脑海里又有一个声音在对我说：他们的一次失误，对受害者来说就是天大的苦难。

我轻叹了一声，让玫瑰和多肉跳上了车，不是我不想上楼跟陈沁他们并肩作战，只是今天玫瑰着实耗了太多力气，废弃工厂里的气味对它的嗅觉也是一次不小的损伤，我必须带它回去休息。

回到警犬基地的宿舍，我倒头就睡。

第二天一早，我被陈沁打过来的电话铃声吵醒。

陈沁让我跟她去一趟失踪男孩的家，我换上了衣服，招呼多肉和玫瑰与我一同出发。

按照陈沁发过来的地址，我驱车赶到了一个全是独栋别墅的高档小区。陈沁站在一栋别墅的门口，冲我挥了挥手。

"一晚上没休息吗？"我把车停在陈沁面前，张嘴后才发觉自己说了一句废话。此时，陈沁原本白皙的皮肤略显暗淡，沉沉的黑眼圈将她的眼睛四周罩得严严实实。

陈沁强撑着疲惫，把车门拉开："昨晚跟同事看了一夜监控视频。这条街的探头其实分布得挺广，程炜炜从家里出发，一直到800多米外的十字路口，我们都能看清他的行驶轨迹，可是程炜炜偏偏在为数不多的一处监控死角消失，再也没有出现过。"

"他一个人出去的吗？"我有些纳闷，听陈沁的意思，程炜炜像是故意躲着监控探头一样。

可是这似乎是不可能的事，毕竟程炜炜才七岁。

"不是，还有他姐姐。"陈沁见玫瑰跳下车后，犹豫了一下，鼓起勇气伸手摸了摸玫瑰的后背，"我想让你带玫瑰沿着程炜炜行走的路线找一遍，看看能不能给出大概的方位。"

"很难，只能试一试。"

一般经训练过的警犬，能够嗅出 600 米以外人的气味，而像玫瑰这样的寻血猎犬，尤其是玫瑰的嗅觉天赋超乎寻常，毫不夸张地说，它能嗅出 3 公里以外的气味。

如果是稍微封闭点的空间，或者是无风、无人流走动的室外，我有百分百的把握让玫瑰找到程炜炜走失的方向。可是陈沁给出的范围，是在车水马龙的繁华街区，气味是否残留，取决于环境因素。再加上距离男孩最后出现的时间已经超过 48 小时，这段时间内，路上程炜炜留下的气味既会被流动空气分散，又会被其他气味所覆盖。

到底该如何找到程炜炜留给我们的蛛丝马迹。

这对我来说……不！是对玫瑰来说，是个不小的难题！

消失的男童

为了让我熟悉案件，陈沁大致跟我介绍了一下程炜炜失踪前后的情况。

程炜炜失踪时是周末，父母因为工作原因并不在家里，家里的保姆又在前段时间请假回了老家。当天下午，程炜炜闹着要去逛超市，比他年长七岁的姐姐耐不住吵闹，只得领着他出了门。

程炜炜出门后一直被姐姐手牵手带着，两人走过一个十字路口后，姐姐因为接到一通电话，松开了弟弟的手。程炜炜趁着姐姐疏忽大意跑向了别处，短短一分钟的时间就不见了踪影。

我听完陈沁告诉我的经过，抱着手臂沉思了片刻。因为探头的角度有限，当时姐弟俩所处的位置是监控死角，但是有一点让我心有疑虑——据陈沁所说，那天街上的行人并不多。如果程炜炜是无意中走失，以幼童的步行速度，一分钟的时间根本走不了多远，况且路面平坦、视野开阔，我不认为程炜炜能在这么短的时间内脱离他姐姐的视野范围。

我所在的警犬队，经常会接到一些搜索任务，这些任务很大一部分是失踪案件，所以我多多少少有些经验。

据我了解，在有亲属陪同的幼童失踪案件中，绝大部分是绑架或者诱拐，如果真是这样，程炜炜在成年人的胁迫下，确实能避开姐姐的视线。

我意识到这件事的严重性,不再浪费时间,牵着玫瑰的犬绳,对陈沁说:"先去程炜炜的家里,让玫瑰熟悉一下气味。"

在废弃工厂,陈沁见识过玫瑰"神乎其神"的嗅觉能力,这次有玫瑰的协助,尽管结果不能预知,我还是看到陈沁紧锁的眉头稍稍舒展,心想她此刻一定信心大增。

刚走没两步,我听到身后一声雄浑的犬吠,一回头看到多肉活力满满地从车上跳了下来,也不待我同意,摇着它那副胖身躯跑到了陈沁的身边,又是摇尾巴又是哈气,就差没把哈喇子流出来。

这次一没危险,二没臭气,还有美女做伴,多肉就开始自告奋勇了。我苦笑着摇了摇头,和玫瑰不同,多肉的嗅觉一般,但是它的智商在犬类中绝对位于天才之列,把它带上,也许能给我点参谋。

陈沁敲了敲别墅的门,开门的是一名身着便装的男警察,张震也担心男孩是遭人绑架,所以安排了人留在男孩的家里,以便监听绑匪随时可能打过来的电话。

陈沁跟她的同事简短地介绍了我来的目的,然后带我走进房内。玫瑰一进屋,一双锐利的眼睛就盯向了一间半掩着门的房间。

我留意到了这点,于是弯腰附在玫瑰耳边,小声说道:"去看看,注意些,别碰坏别人家里的东西。"

玫瑰柔软的脚掌踩踏在光洁的瓷砖上,不发声响地快速向那间房靠近。多肉跟在玫瑰的身后,无奈体型原因,始终追不上那道玫红色的矫健身影。

陈沁见我的注意力放在那处房间,不等我动身,她先一步走了过去。此时多肉和玫瑰已经进入房间里,也不知道它们在里面有没有发现什么。

我紧随其后,陈沁把房门完全推开,站在门口,朝里看了一眼,随后脸色略带失望地回过头:"你稍等一会儿,我让程炜炜的姐姐带你们沿着路线寻找。"

说完,陈沁转身离开。

陈沁的身体从房门口挪开后，我才看到玫瑰身边多了一只毛茸茸的小家伙。多肉摆着尾巴晃到我身边，鼻上提，上唇咧开，露出里面的牙齿，边扭边跳，抑制不住见到同类的喜悦。

我这时才明白了为什么陈沁会带着失望离开。玫瑰跟多肉从进屋的那一刻，就出现了相同的反应，陈沁肯定是以为两只狗找到了什么线索，哪想一进门看到三只狗聚在一起，难免会失望。

那小家伙是只约三个月大的白色卷毛比熊犬，房间里一下子出现了同伴和陌生人类，小家伙的眼神里充满了好奇，但不失警惕。它的白色被毛轻轻立起，看上去柔软至极，就像是一只天鹅绒做出来的毛绒玩具。

此刻我内心的落差跟陈沁也差不了太多，更让我感到失望的是，这只比熊年纪太小，我无法从它那里得到我需要的讯息。

玫瑰贴近比熊犬，围着它转圈，探究着用鼻子在它身上嗅了很长时间。动物的皮毛极具吸附能力，所以这只比熊犬的身上有很充裕的程炜炜的气味，陈沁给玫瑰嗅过一次男孩穿过的衣服，玫瑰大概记得。

我扫视了一眼房间的格局，房间布置很精美，地板和家具均为实木，一张宽大的羊毛毯铺在床下，覆盖了房间大半的地面，毛毯上摆放着价格昂贵的玩具，不难看出这个家庭的经济条件确实不错。

我注意到床头柜上摆着一个相框，里面嵌着一个男孩的照片，估计这个卧室就是程炜炜的房间。

我慢慢朝小比熊犬走近，蹲在它面前，轻声说了几句话，然后伸出手让它闻嗅我，这是短时间让犬类解除戒备心的技巧。

小狗一般都很喜欢亲近人，没一会儿，这只比熊就扭着屁股朝我摇起了尾巴。我尝试着继续跟它交流，可惜它并没有理会我。

我从床头柜上拿起相框，盘坐在地上，记忆着照片中男孩的面貌特征。多肉蹲在我身旁，蓝色的眼睛同样聚在照片上。正在这时，房间的木门被人在外面敲响，接着房门打开，陈沁出现在了门口。

"林轩,我带孩子的家人过来了,你可以跟她们谈谈。"陈沁在门口让出一条道,从门外走进来三个人。一男一女两个成年人,还有一个披着头发,看上去年纪大概十四五岁的女孩,应该是失踪男孩的姐姐。

三个人除了脸色一致很疲倦外,神色却是各异。男人的脸上带着明显的愤怒,鼻孔冲外吐息着粗气,似乎刚刚才发泄过脾气。女人的脸上则带着担忧和焦虑,这是孩子失踪后,母亲难以掩饰的情绪。

而当我看到那个未成年女孩时,我发现她表情十分平静,只是整个人看上去有些失魂落魄。她的头发散乱在脑后,白皙的脸上印着一张清晰的掌印,一汪泪水在眼中打着转,被她憋着迟迟没有落下来。

"孩子的父母让亲友帮忙,方圆三公里内的位置都已经找过了,你让玫瑰熟悉好程炜炜身上的气味没有?咱们得尽快出发了!"

陈沁语气急促,内心焦急,而我却并没有立即动身。

我扭头看向房间靠墙的那张床,方才还跟我亲近的比熊犬,此时已经躲在了床底下,这一点让我很意外。

家犬见到自己家的主人,会立即迎上去,这才是常理之中的表现。可是刚刚我明明看得很清楚,在陈沁推开门的那一刻,比熊犬原本还在摇的尾巴在一瞬间夹在了两腿间,身体向后扭转,全身缩成球,然后立即躲进了床底下。

这是犬类恐惧的表现。

我心有疑惑,先是看向陈沁,她似乎挺害怕狗的,应该不会主动去招惹,而且这个女人在我看来很有善心,这一点是在她联系救助站帮助拾荒儿童时表现出来的。

接着,我又看向陈沁身后的三个人,目光在他们身上来回辗转。

到底……这只比熊犬在害怕他们之中的哪一个?

"林轩!"

"林轩!"

"你到底有没有在听我说话！"

陈沁突然的一声厉喝，让我身体猛然一颤。我抬起头，疑惑不解地看着她，却发现她用异样的眼神看着我。

"怎……怎么了？"我不敢直视陈沁的眼睛，因为她看我像是在看一件很怪异的事情。

陈沁毫不委婉地说道："我刚才跟你说话，你怎么突然像聋了一样，叫你的名字你也不理。"

"是吗……"

我低喃了一声，余光看到男孩的父母也跟陈沁一样的表情，似乎陈沁说的就是事实。我收紧手指，漫不经心地说道："我刚才在想事情。"

我嘴上说得云淡风轻，其实心里早已乱如麻。之前在废弃工厂时，我也曾表现出今日一样的怪异。原以为当时只是吸入腐败气味后的反应，可是今天，没受到任何环境影响的我，又如出一辙地深陷恍惚之中，这让我有些不安。

陈沁抬腕看了一眼手表，面容变得严厉起来："我不管你是累了还是病了，你现在都得给我打起精神来，你既然答应了张震，我希望你不是在糊弄他！"

半小时前还对我的加入充满信心的陈沁，在看到我这个样子后，心里恐怕又气馁起来了。

陈沁表现出来的焦急，落入男孩父亲的眼中，瞬间变成点燃炸药的引线。男人突然猛转过身，表情变得极为愤怒，他不由分说地挥掌向自己的女儿脸上扇去，嘴里还怒骂道："都怪你！这么大个人了，连个小孩子都看不住，你说你眼睛长了有什么用，你怎么不把自己弄丢了！"

女孩面对父亲的暴怒，未做反应，只是眼皮半敛了一下，似乎这样的事对她来说早已习以为常——她甚至都没有往离她最近的母亲身后躲藏。

"好好说话，别动手打人！"陈沁眼疾手快地拨开男人的手臂，迈开一步插到男人和女孩之间，护在女孩的身前。

要不是陈沁身上的警服还有一定的威慑力，恐怕男人都要推开陈沁，把没有落下去的巴掌继续扇在女孩脸上了。

自始至终，女孩的母亲都没有上前阻拦男人的冲动。在这期间，我留意到躲在床底下的比熊犬悄悄探出过脑袋，它的耳朵背在脑后，眼神充满惊恐。

我的目光定在男人的身上，大致能看出这个家庭矛盾的源头。

我打断了男人对女儿的指责，很反感地瞥了他一眼，对陈沁说："我觉得跟程炜炜的父母没什么好谈的，我带玫瑰和多肉去外面搜索。"

"带上她。"陈沁把女孩的手牵住，冲我使了使眼色。

我领会了陈沁的意思，她是不想让女孩留下来继续受指责。我点了点头，牵动手中的绳子，先一步走出房间。

走到别墅门外时，陈沁也带着女孩跟了出来，我转过身，把牵着玫瑰的链绳递到女孩的面前："它叫玫瑰，是一只非常厉害的警犬，有它在，咱们一定能找到你弟弟的。"

我尽量用上了自己最温柔的声音。把玫瑰交到女孩手里，一方面是想让女孩心情能够好一点，温柔的玫瑰很能治愈人的负面情绪，而另一方面，我觉得女孩应该还记得当时的路线，让她来牵引玫瑰，能够事半功倍。

女孩低头，默默看着蹲在地上冲她轻摆尾巴的玫瑰，犹豫片刻后从我手里接过了绳子。陈沁弯下腰，摸了一下女孩的头发，像是邻家姐姐一样地问道："你都知道它叫玫瑰了，你是不是也要告诉它你的名字呢？"

女孩抿了抿嘴唇："我叫程依依。"

程依依也跟我讲述了一遍当天的事情经过，和陈沁告诉我的大致相同，唯一有差别的，是程依依说她还记得在挂掉电话后，转身发现弟弟不见了，当时有一辆蓝色的轿车从她身边经过，起初速度不快。

"你觉得……是那辆蓝色轿车中的人带走了你弟弟？"我想知道女孩

的想法，毕竟她是目前唯一的目击者，按她的描述，那辆车当时应该是起步的速度，确实有可能在他们的身边停止过。

程依依摇了摇头："我不确定……"

对于这件事，程依依不敢肯定，这也正是她到现在还没有把这个细节告诉给陈沁的原因。

"好，没事，咱们还有其他办法。"我安慰女孩一句，拍了拍她的肩膀，"你和玫瑰在前面领路吧。"

程依依尝试着拽了拽绳子，玫瑰很听话地俯下身，低下鼻子在路面闻嗅，之后玫瑰向小区的大门迈开四肢。

陈沁和程依依并排走在一起，都没有回头看我一眼，全然把能否找到线索的希望寄托在了玫瑰的身上。这正合我意，因为这样我便有了独立思考的时间。

我在脑海里，把陈沁和程依依跟我说的事情经过再次梳理了一遍。我对于这个失踪案的认定，较之前又有了些不一样的想法。

目前来看，基本排除了程炜炜走失的可能性，因为就算程炜炜消失的位置处于监控的死角，他最终还是会走出这个死角的，那么陈沁一定能从监控中看到程炜炜的身影。

按照程依依的描述，程炜炜当时简直就是凭空消失了，所以我现在更倾向于程炜炜是被绑架或者拐走。只是程炜炜的家属一直没有收到过勒索的电话，警方才在案件的认定上不好予以定论。

一般的绑架案件，绑匪肯定是为了求财，可是在我见过程炜炜的父亲之后，我觉得求财也未必是必然。

在程炜炜的家中，我见识到了他父亲充满暴力倾向的一面，而从小比熊犬身上表现出来的惊恐中，又能够看出来男人容易发怒的性格不是一天两天了。狗不会掩饰也不会撒谎，这一点我心中能够肯定。

男人对待自己的亲人尚且如此，在外估计也没少得罪过人。会不会是某个仇人出于报复的目的,把孩子给绑走了?

程依依所说的那辆蓝色轿车,又究竟是否跟程炜炜的失踪有关?

诸多疑点,在我脑海里像是一张张试卷一样铺设开来,而我提着笔,面对一处处空白,举棋不定。

在走出小区后,我们又走过了一条两百米左右的直行通道,路的尽头连接着一条对向车道。我看到玫瑰在岔路口稍作驻足,然后反复在两处方向的起始点闻嗅,随后它抬起头朝我望来,叫唤两声。

我点了点头,玫瑰立即向路口的左边迈开了四肢。

我余光瞥见陈沁和程依依在看到玫瑰做出的选择后,表情都是微微一怔,我心里松了一口气。尽管我还没有看过男孩失踪的监控视频,但是从她们两人的表情中不难看出,玫瑰的选择没有错。

果然,陈沁回过头,露出难得一见的笑容:"看来玫瑰还能嗅出男孩留在路边的气味!"

我走到陈沁身边,给她泼了盆冷水:"那也不一定,男孩在这边生活,也许这四周的路面都残留他的气味。"

陈沁白了我一眼,显然此刻她内心的期盼要远远大于我的意见,她晾下我,牵住程依依的手:"依依,你让玫瑰自己去找吧。"

也不知道程依依心里在想什么,她看起来有些出神,直到陈沁又把话重复一遍之后,她才反应过来。

在陈沁的示意下,程依依将连着玫瑰脖子上那个项圈的绳子解开。玫瑰的尾巴高高翘起,身体往前倾斜,压低着脑袋,黑色的鼻子距离路面不到一厘米,它的耳朵静止不动,显得极为专心。

玫瑰时而围着路边的树绕一圈,时而在人行道和非机动车道上来回折返。它闻嗅得很仔细,方向感也逐渐清晰。陈沁看在眼里,眸中精光闪烁,摩擦着手掌,语气里是按捺不住的喜悦:"对对!就是这条路线,一点也没错!"

很快，在玫瑰的带领下，我们又到了一个人流不多的岔路口，陈沁的手指向前方，告诉我前面就是孩子消失的地方。

我抬起头，看到花坛旁的一根电线杆上装着一个全新的球形摄像头，应是程炜炜失踪后更换的。正如陈沁所说的，由于部分路段监控设备更换不及时——以前装的是枪式摄像头，有些路段确实存在大范围死角。

玫瑰的脚步在走到路口时停止，它左顾右盼，又踱了几下步子，犹豫片刻后向右边走去。

"哥哥。"

我的耳畔突然出现一个女孩的声音，听到这两个字，我的身体登时如同灌了石膏一样，僵硬无比，而我的心，就像是被人用手狠狠地捏了一下，疼痛万分。

这两个字，我已经好久没有听过。

我顺着声音看过去，是程依依攥着衣袖在看着我。我连忙不着痕迹地捏紧双拳，把内心复杂的情绪强压了回去，稳着声音问她："怎么了？"

"不是那条路，是这一边。"程依依先是指了一下玫瑰前行的方向，又把手指挪到另一边。

我没多想，吹了声口哨把玫瑰唤了回来，轻拍着它的背，手指向程依依说的那个方向。

玫瑰并没有立即听从我的指令，它的脑袋仍然望向刚才准备前行的方向，似乎那里有什么东西很吸引它。

我有些疑惑，因为我觉得玫瑰的判断应该不会有错，不过之前我用来给陈沁泼冷水的话，正好也可以当作解释。

我从程依依的手中接过绳子，重新扣在玫瑰的项圈上，牵着玫瑰走向程依依说的那一边。

又走了不到两分钟，程依依停了下来，很确定地说弟弟就是在这里丢的。

我从小区门口出来时就一直在计算着距离，我看了眼手表，步行到这里一共才花了不到十分钟。

陈沁也证实了陈依依的话，女孩报警后，附近的派出所曾第一时间派出几位民警，赶到现场帮助寻找，这一点在当天的值班记录表上还有记录。

既然两人都说是在这里，我便让玫瑰到四周搜寻，可是玫瑰没有动。我弯下腰，伸出手掌在玫瑰的鼻子面前握成拳，然后迅速张开，并拢手指的手掌挥向前方："玫瑰，搜！"

我用上了命令的口吻，可是玫瑰依然无动于衷。我只得轻轻拍了拍玫瑰的脖颈，转而对陈沁摊了摊手，无奈道："程炜炜的气味消失了，玫瑰嗅不到了。"

陈沁脸色骤变，着急问道："之前一路找过来不是好好的吗？你要不再让玫瑰试试？"

玫瑰在原地定立不动，它的举动是在告诉我程炜炜就是在这里消失的。如果没有程依依之前告诉我的话，可能我对此还有所怀疑，但是程依依曾提起过当时有一辆低速行驶的蓝色轿车，这让我心中疑虑未消，却又是在我预料之中。

或许当时确实有一辆车停下来，带走了程炜炜，所以他的气味才在这里消失，这也是现在唯一的解释。

我告诉陈沁我心中的想法，陈沁低头看了眼蹲在地上没有再继续闻嗅的玫瑰，微微点头以示认同。

我看陈沁一脸疲惫，方才一路走来也是哈欠连天，于是安慰道："咱们现在也算是有线索了，你可以让人查一查程依依说的蓝色汽车，再怎么说，身体是革命的本钱，你得回去休息，这样才有精力继续找下去。"

我见陈沁不为所动，尴尬地摸了摸鼻子继续说道："你现在这面黄肌瘦的模样，出去不是也丢公安人员的形象吗？再说了，程炜炜失踪都这么久了，如果是诱拐的话，早就出省了，着急也没用……"

我的话没有说完，因为我看到陈沁一双犀利的眼睛直勾勾地盯着我，一副像是想揍我的表情。

我个头比陈沁高，身材也比她壮，可是人家毕竟是正儿八经警校毕业的，而且以她这样的年纪，能当上刑侦队的组长，没点魄力恐怕还真没人服她。如果真要打起来，我肯定不是她的对手，所以我闭上嘴不再说话。

陈沁拿出手机拨通一个号码，对电话那头的人简洁明了地叙述了一遍玫瑰搜查的经过，然后安排人调查程炜炜失踪时途径的汽车和他父亲的人际关系情况。

挂掉电话，陈沁瞪了我一眼："回去吧！"

"回去干吗？"

"睡觉！"陈沁本想摆出一副严肃脸，可是嘴巴突然张大，猝不及防地打了个哈欠。

我没忍住，一下子笑了出来，趁陈沁还没有对我动手，我已经叫上程依依和玫瑰往回走去。

在回小区的路上，我远远看到一坨烟灰色的肉球风风火火地向我"滚"来，肉球的后面还挑着一只尾巴，待我定眼看清，才发现是多肉晃着圆滚滚的身子朝我奔跑。

我见这家伙跑起来像是火烧了屁股，嘴巴还咧着，似乎有什么欢喜事要告诉我。我心里反倒是一紧，方才从程依依家离开时，我随手把多肉的项圈绳子挂在了一根栏杆上，没想到被这家伙给挣脱了，也不知道会不会给我惹出些什么祸端来。

多肉迫不及待地奔到我面前，甩了甩丰腴的身体。我皱起眉头，小声埋怨道："不是让你待在原地等我的吗？怎么到处乱跑，小心哪天被人逮到扔锅里炖了。"

多肉没理我，乐呵呵地扭头往后望去，一只宠物狗喘着气出现在它身后。

这是一只四岁左右的黄色拉布拉多犬，一身柔软的短毛，看上去像是披了一件奢华的纯羊毛大衣。它的耳朵慵懒地耷下，蹲在地上昂着头，气质极为高贵，它看着我，一双黑色眼睛很是光亮，我甚至能从它的眼眸中看到自己的倒影。

我有些纳闷，不明白多肉的意思，多肉冲我叫了两声，跑向那只拉布拉多，用嘴叼起自己拖在地上的犬绳，试图往拉布拉多犬的脖子上套去。

这一下我算是看明白了，多肉这是想让我把这只拉布拉多带回警犬队，给它当同伴。这只拉布拉多，在它同类的眼中绝对算是个大美人，我怎能不明白多肉的心思。

陈沁这时已经走到我身边，问我到底啥情况，我正尴尬得不知如何解释时，一位大妈扶着腰杆气喘吁吁地小跑而来。

那大妈过来后，一边责怪她的宠物乱跑，一边用怪怪的眼神警惕地看着我，我挠了挠头："阿姨您好，我们是靖城市刑侦大队的，我们正在调查居住在盛景花园小区里一个男孩的失踪案件，想向您了解了解情况。"

大妈看到陈沁穿着警服，又听我说出她们小区的名字，应该是相信了。她们小区发生的事，这两天也算闹得沸沸扬扬，她不会不知道。

大妈充分表现出了八卦的能力，不仅没告诉我点有用的信息，还想从我这套点消息出去。

我敷衍地应付了几句，她见我逐渐失去兴致，又瞧见站在后面始终不愿跟我们靠太近的程依依，眼中一亮："我跟你们说啊，那女孩的父亲好像在外面欠了钱，一个月前还有人上门找过他！"

陈沁敏锐地察觉出异常，问道："具体是什么时候您还记得吗？是她父亲的亲属还是别的人？"

大妈打开了话匣子，跟陈沁描述了一遍那天的事情经过，尔后她又瞄了一眼程依依，压低声音说："那女孩在没有弟弟之前，她父亲对她还不错，后来有了男孩，可能他们家有点重男轻女的思想，他父亲就对她越来越凶了。"

大妈眼中略带同情,继续交谈几句后,陈沁跟她道了谢,然后又提醒她出门遛狗必须要牵绳,不仅是保护宠物也是保护他人安全。

陈沁说这话时有意无意地瞥了我一眼,我懂她的意思。不过多肉和玫瑰是经过严格训练的工作犬,工作需要时可以不牵绳。

我最终没有选择跟她辩解,默不作声地牵起多肉的犬绳。

临走时,多肉仍望眼欲穿地看着我,我拽了拽它的绳子:"不行,想都别想。"

虽然拉布拉多犬和玫瑰一样,属于寻回犬,而且这种犬类性情十分温和,没有攻击性,确实很适合作为导盲犬、听导犬、搜爆犬、搜救犬等工作犬,在人流多的车站、机场等地方用于缉毒工作。但是我没傻到对一个陌生人提出那样的要求。

况且警犬基地的犬,一部分是一出生就经过引导训练,另一部分是严格挑选而来,严格的程度不亚于顶级航空公司招募空姐空少,不是随随便便就能进。

多肉愤愤不平地看了我一眼,依依不舍地跟那只拉布拉多道了别。

我和陈沁把程依依送回了家,陈沁严肃地警告了程依依的父亲,说如果再发现对孩子有家暴的行为,可以对他采取法律措施,同时陈沁让他下午去一趟市公安局,就他的人际关系做一番调查。

离开小区后,我见陈沁昏昏欲睡,不敢让她开车,所以主动揽过了送她回市局的任务。

一路上,陈沁的电话都没有断过,在快到目的地时才总算消停了一会儿。我把车停在市局停车场里,叫了一声陈沁的名字,可是没有动静,我一扭头,看到陈沁斜靠在副驾驶位上,头抵着车窗玻璃,紧闭着眼睛,已经睡着了。

她胸口平缓地起伏,温热的呼吸顷刻间让车内的空气变得香甜起来,两道睫毛伴随着呼吸像是蝴蝶小憩时那般轻轻颤动。我静静地看着她，一下都不敢动，唯恐一点动静就弄醒了她。

我正看得出神，肩头搭上了一只毛茸茸的爪子，脸颊被一阵湿热的风拍过。我都不用看，就知道是多肉又贴近我，正往我脸上哈气。

我能够感受到，有陈沁出现的时候，多肉会表现得很亢奋。其实动物和人一样，一样有自己的审美观，比如人会喜欢那些外表可爱的宠物，狗同样会对不同的人流露出不同的情绪。我不明白陈沁身上究竟有何闪光点，能够得到多肉的青睐，反正在我看来，这个女人直性子，以至于有时不顾及别人的感受，在常人的眼中应该属于不讨喜的一类人。

我在车上等了半个多小时后，陈沁才睡眼惺忪地睁开了眼睛。没有表达任何歉意或谢意，她推开车门走了下去。

我看时间到了饭点，便去食堂吃了一顿午饭。我没在食堂看见陈沁，估计她又赶去开会了，于是多打了一份饭菜带到了她的办公室。

我不是为了讨好她，只是觉得我跟她现在也算是同一战线的队友，彼此都需要协助，等忙完了这个案子，我再与她分道扬镳也不迟。

在三楼办公室，我也没见到陈沁，我把饭盒放在她的桌上便转身离开。在刚走出门时，我听到有个人在走廊里喊了一声我的名字。

这个声音我很熟悉，一抬头，看到是苏梓航正快步向我走来，他顶着一双和陈沁同款的黑眼圈，一看便知昨晚也没有怎么休息。

我跟他打了声招呼，问他废弃工厂女尸的解剖工作进展如何。他摇了摇头，跟我说他和助手两人在解剖室忙活了三个多小时，还是没从尸体上找到破绽，初步判断仍然是意外落水死亡。

苏梓航一副愁眉苦脸的模样，他说他在工厂时听过我的几道分析后，总觉得这件事情没那么简单，所以他才一直没放弃，这会儿碰到我，想问问我的意见。

我跟他说他这又属于先入为主了，我从来没有说过女尸绝非是意外死亡，我只是提出几点质疑而已，充其量只能作为参考，具体的结果还是需要他来断定。

苏梓航皱了皱鼻子，试探地问道："我确实没有发现尸体身上有他杀的迹象，我看你当时质疑张震时挺果断的，应该还有什么事没告诉我吧？"

我听闻他的话，觉得这男人实在天真，完全颠覆了我对法医形象的认知。但是换一面，我也知道解剖尸体是一件极复杂的事，这比医生找出病人身上病灶要困难得多，毕竟病人的身体机能大多还是正常，而且病人还能告诉医生哪里疼哪里不舒服。可是尸体完全就是一潭死水，到底能捞出点什么来，除了技术高超以外，还要取决于法医工作是否细致入微。

解剖尸体中往往存在很多让人忽视的地方，苏梓航没有第一时间找出这些破绽，但是他锲而不舍的精神终究是打动了我。

我沉思了片刻，回想起玫瑰昨天闻过尸体后，"告诉"我尸体有淡水鱼的腥味，我没有立即把这个线索告诉苏梓航，而是问道："在淡水和海水中溺亡的尸体，有区别吗？"

苏梓航似乎没有跟上我跳跃的思想，怔了一秒后说道："有肯定是有，但是不明显，你的意思是……"

我觉得我的话已经点到了关键点，不便将其说破，所以我摆了摆手："我没别的意思，只是想到什么就说什么而已，你觉得有用就作为参照，没用就当我没说。"

我这么做并非是为了藏着掖着，只是一直以来被他人视为异类，习惯时刻保持一份警惕。

我不想别人戴着有色眼镜看待我，就像和陈沁初次见面时她予我的态度一样。所以大多时候，我选择规避，我迫切地想自己能以一个正常人的身份生活下去。

好在苏梓航似乎把我的话当作是对他的考验，他搓了搓手掌，自信满满地说道："我懂你的意思，放心吧，我这就再去趟解剖室。"

我目送苏梓航离开,无奈地摇了摇头。他现在一心只想找到能判定案件性质的证据,根本就没有时间去深究我为何会告诉他这些,但是等他反应过来后,他肯定会对我满怀疑问。

我相信他已经明白了我的意思,但我对此不抱以绝对的肯定,毕竟这都是出于玫瑰的判断。

我从市局离开后,回了一趟警犬基地的宿舍,午饭后的倦意渐渐袭来。我躺在床上,闭着眼睛却又睡不着,我的脑海里始终有两个字在无限地回声环绕,挥之不去。

"哥哥……"

这个声音像是程依依的声音,又像是另外一个女孩的,伴随而来的,还有一个模糊的女孩身影。我试图伸手触碰那道身影,可是在我快要触及时,它又消失得无影无踪。

不知不觉中,我的枕头已经被泪水浸透。我换了个姿势,脸颊贴着湿透的枕巾,手臂交叉抱在胸口,按压住如同大海波浪般猛烈起伏的胸口。

抓捕行动

大概睡了两个小时不到，我被陈沁打来的电话所惊醒，看了眼屏幕，已经是下午两点半。

我原以为陈沁又想让我跟她一起出外勤，但是电话中，她却让我带上笔记本，去市局参加两起案件的汇报会。

我翻身下床，匆匆洗了把脸，看到玫瑰和多肉还蜷曲在一块儿睡觉，便没有带上它们，自己一人开车出了基地。

在市局的门口，我看见有两名警察带着程依依的父母正朝外走，估计是被陈沁传唤过去已经问过了话。我在电梯间的门口找到了楼层指引图，乘电梯到达了会议室所在的楼层。

到了会议室，看到陈沁和张震已经坐在会议桌旁，我赶忙过去找了一个空位坐上。陈沁看也没看我一眼，倒是张震冲我微微点了点头。

参会的人陆续落座，张震传达了上级领导对于男孩失踪案的重视，说现在靖城媒体都在关注此事，甚至有谣言传靖城出现了有组织的拐卖团伙，闹得人心惶惶。张震的话，有意无意地给办案人员施加了不少的压力。

接下来，张震让陈沁汇报案件进展。我看到陈沁气色稍好，看来中午总算是休息了一会儿。

她捏着手里的一张纸，表情很严肃，语气铿锵有力："今日上午，我和警犬大队的林轩同志前往程炜炜的住所搜查，借助警犬搜索到程炜炜失踪的案发地，程炜炜的气味在该处中断，结合案发地附近的监控视频，基本排除走失可能性，另外市局同志在摸查中，未在靖城发现其他诱拐案件发生，客运站、火车站等地方的警务人员加大了搜查力度，并未发现程炜炜出现，程炜炜极有可能还在靖城，案件性质极大可能是绑架。"

陈沁话音刚落，一位男同志抬手问道："程炜炜家属不是没有收到勒索赎金的消息吗？"

陈沁没有正面回答他的问题，而是翻了一面纸，继续说道："程炜炜的父亲名叫程勇，37岁，是靖城永益商贸有限公司的总经理。经调查，其在今年3月份时，因为公司资金周转问题，曾借过一笔民间借贷。一个月前，也就是5月份，借贷人曾带了一伙人前往程勇住处要账，当时双方有过争执，程勇报了警。"

一名肩章上缀钉一枚四角星花的警察点了点头："对，当时我辖区派出所有接到过警情。"

张震把茶杯往前推了一点，背挺得笔直，看向陈沁问道："你的意思是，因为程勇借钱不还，才有人绑架了他的儿子？"

陈沁不予否认："我调查过程勇的人际关系，除了这个债务纠纷，并没有什么仇人，我怀疑借贷人绑架了程勇的儿子逼迫后者还账，借贷人应该是觉得程勇对于此事心知肚明，所以才没有冒险发出勒索消息，而是等程勇自觉找他。"

"那借贷人你找到了没有？"

陈沁按了一下投影仪的开关，一幅监控视频的截屏画面出现在桌前的白幕上。她用激光笔点了一下画面中的一辆蓝色宝马，说道："有意思的是，这辆车在男孩失踪前曾经过案发地点，而车正好就是那位借贷人的，这不会太巧合了吧？我已经让人先去找到借贷人，估计很快就会有消息。"

屏幕中的那辆车，想必就是程依依提及的那一辆。程依依虽然一时大意弄丢了弟弟，但是后期给了我们这个重要的线索，才让案件有了极大进展。

陈沁汇报完毕，张震大为满意，目前来看，只要找到那位借贷人就可能找到程炜炜的下落了。

我全程都没有说话，既是觉得陈沁言之有理，又是不想让在场唯一没有穿警服的自己显得过于突兀。我的心情也并没有多么轻松，因为我觉得，如果是报复性绑架，后期极有可能转变为杀人案，在没有找到程炜炜之前，仍然有很多不确定性。

陈沁的汇报完毕后，张震又转向了苏梓航，问道："你那边，尸体解剖工作进展如何？"

苏梓航闻言，激动之情表露于外，像是课堂上有幸被老师点名发言的学生。他猛地站起身来，将手中一叠报告平铺在面前的桌面上，手指点向报告："废弃工厂的女尸案，起初我们都以为此案死者是工作中意外落水死亡，但是经过我的查证，案件有了明确的定性。"

大伙儿一听，都把目光转向报告，尤其是张震，我估计他此时一定比谁都想知道结果。如果他的推断没错，他正好可以当着大家的面挖苦我一番。

我也看向苏梓航面前的报告，一秒不到我就把目光赶紧挪开了，因为纸上印着死者血淋淋的器官图片。

其他人倒是见怪不怪，苏梓航先是围绕女尸身上有无他杀迹象做了一番发言，说得好像死者绝不可能是他杀一样，接着他话锋突然一转，把侧重点聚集在死者的肺部器官上。

原来溺亡的尸体有一个鲜为人知的特征，那就是在淡水中和在海水中溺亡的尸体肺部是有不一样的变化的。在淡水中溺亡的人，肺部重量基本正常，或是有轻度水肿，并且血液中的红细胞会发生分解；而在海水中溺亡的人，肺部器官会变得沉重且湿润，血管腔内会有大的红细胞凝块。由此，可以判断死者的死亡环境。

苏梓航说死者的肺部特征属淡水溺亡，这一点和案发现场的环境是相反的。虽然说现场也没有海水，但是废弃工厂的那个大水槽中曾蓄满重盐的调料液体，在一定程度上和海水相似。死者如果真的是在水槽中淹死，那么她的肺部应该呈现在海水中溺亡的特征。

人死后不可能自己还挪动地方，这一切都表明，这是死者被人抛尸了。

在座的只有苏梓航一人是法医，既然他已经拿出证据证明死者是他杀了，也不会有人再提出异议。

苏梓航说完后，目光向我投了过来，我看他嘴角轻轻上翘，突然心里有了一阵不好的预感。

果然，苏梓航突然指着我对众人说道："能发现这个细节，并不是我自己一人所为，而是这位林轩同志事先告诉我死者是在淡水中溺亡，所以我才以此作为检查重点。"

我一听，心里顿时七上八下起来，暗骂苏梓航这小子可把我给坑了！

其实吧，我也明白苏梓航的意思，他是不想把功劳都揽在自己一个人身上，也算是出于好意。

可是这样一来，他无意间倒是让我陷入了一个很尴尬的局面。他或许是以为我提前有证据证明工厂女尸死于淡水溺亡，却不曾想，我所知道的一切，都是玫瑰"告诉"我的。

苏梓航的话，一时间将我推上风口浪尖。会议室内坐着的十多个人，齐刷刷地望着我，这种感觉我非常不喜欢，因为这样会让我觉得自己是个异类。

如果苏梓航私下问我，我或许能随便找个理由搪塞过去，可是现场坐着的都是有过数年甚至数十年经验的老警察，一个比一个精明，我在他们面前扯谎，无异于作茧自缚。

张震盯着我，终于把一个我迫切想要避免的问题提了出来："林轩，你怎么知道死者是在淡水中溺亡的？"

这个问题，恐怕是在场所有人都想知道的，尤其是苏梓航，他看着我的目光中都充满着热切。

我手指头在桌子底下掰了掰，绞尽脑汁，一时间脑海里竟也腾出了几个编造出来的谎言。但是我又用余光看了一眼大伙儿微察秋毫的火眼金睛，随即打消了这些念头。

陈沁等得有些不耐烦："你干吗，在那演哑剧呢？"

我脑海里疯狂回想，突然记起了一件很久远的事情，顿时让我有了主意。我调整姿态，清了清嗓子，不慌不忙地说道："说实话，是玫瑰告诉我的。"

不出我所料，陈沁听闻立即追问道："什么意思，难不成你懂狗语？"

大伙儿一听，都憋着笑，我白了陈沁一眼："不知道大家有没有听说过，心理学中有一项研究是人的微表情？其实不只是人类，很多动物中也有微表情，在我研究的范畴中，动物的一举一动都是在传达某种信息，如果能摸清楚它们的微表情和微动作，也就能读懂它们的意思。"

在场的人之中，说起尸体来唯独苏梓航最为权威，而谈起动物行为学，我自信没人能胜过我，毕竟我是研究这个专业的。

更何况，我说的这些也并非完全是我临时杜撰出来的，方才我想起来的，正是我大学时写过的一篇论文，名字叫作《犬类微表情与微动作的表达意思》。论文曾发表在冷门的学术文刊中，后来我的导师说我论题没有科学依据，建议我换个研究论题。

我现在说出来的话，正是我论文中的一段，此言一出，我留意到大家的眼神都变得含糊起来，估计我的话他们是半信半疑。

我接着告诉他们，玫瑰能辨别出上千种东西，它嗅出了尸体身上的淡水鱼腥味，而我读懂了它的微表情，所以才知道死者的死因。

陈沁轻哼了一声："你就这么相信？"

"是，狗是不会撒谎的。"我跟她目光相对，丝毫不退让。

"这点我赞成！"苏梓航把手一举，露出一脸微笑，"尸体也不会撒谎。"

张震咳了两声，拍了下桌子："好了，大家也别在这浪费时间了，两起案件虽说都有了眉目，但是结果仍需大家一起努力。陈沁负责抓捕借贷人，另外还要抓捕东润食品厂的负责人，受害者是在他的工厂死亡，而他现在又无缘无故跑路了，这个人嫌疑非常大。"

张震做了一番人员的部署，随后宣布散会，直到现在，我才彻底松了一口气，这件事总算是糊弄过去了。

我等所有人都离开会议室之后才最后走出去，结果一出门，就看见陈沁靠在走廊的窗沿上，我把脑袋一低，装作没看见她。

"站住！"陈沁一声厉喝，拦住了我的去路，"既然你早就知道了，为什么不早说？"

"我说了，你会相信吗？"我抱着手臂，语气平静地做出回答。

陈沁默不作声，算是给出答案了。如果在苏梓航没出尸检报告之前，我告诉她这些，恐怕我求她信，她也不会相信我。

"还有事吗？"我作势要走。我这个人比较简单，谁对我好，我就对谁好，陈沁从一开始就用冷淡的态度对待我，我也不愿用热脸去贴冷屁股。

"准备一下，跟我去抓借贷人。"

"为什么让我去？"我感到莫名其妙。

陈沁把手插进牛仔裤的口袋里："抓借贷人的行动由我们参与，这一点没有问题，但是找到程炜炜或许就不那么容易了，如果借贷人把孩子藏起来了，又不肯说出来，咱们寻找起来也挺麻烦，所以你带玫瑰跟我们一块儿去，直接在现场搜索。"

陈沁确实考虑得挺周全，唯独没有考虑我答不答应。

就在我准备装作拒绝时，陈沁已经转身离开，全然没有给我拒绝的机会，我看着她的背影，叹了口气，这女人真是不可理喻。

此时玫瑰还在警犬基地的宿舍里，我驱车回去了一趟，带上玫瑰回到了市局。多肉没跟着，我也没准备带上它，毕竟咱们这次是去抓人，我怕它那副胖胖的身躯成为累赘。

我坐上了陈沁开的一辆白色大众车，玫瑰和我一起待在后排。在车上，我从后视镜中看到车后还紧跟着好几辆外形不一的车辆，应该是陈沁的同伴。

车队在路上行驶了大约二十分钟，到达了一片居民区，又七弯八拐后，最终停在路边。

我透过车窗朝外看了一眼，这里是一处老旧的小区，街道错综复杂，路上各式各样的人都有。一些无证经营的小摊贩聚集在路的一侧，让本来就窄小的道路显得愈加拥挤。

车的斜对面，有一个私建的小院子，我察觉到陈沁的目光紧盯着那个院子，估计那里面就是借贷人的藏身之处。

这是我第一次跟着警察抓人，难免有些惴惴不安。陈沁回头看了我一眼，应该是看出了我的心态，拍了下座椅："你就在车里待着，我带人进去抓，等我通知你，再带玫瑰出来。"

说完，陈沁推开车门走了下去，一招手，停在路边的几辆车都打开了车门，一群便衣警察从车内跳了下来。

一行人呈包围的队形，陈沁站在最前面，像是一只头狼，她左顾右盼，眼神时而扫视一眼路人，似乎是在这些陌生面孔中判断有无嫌疑人的出现。

陈沁的出现，很快也吸引了一些人的注意，尽管她衣着便衣，但是她的面容注定让她走在街上就有让人回头的魔力，况且她浑身透发出的气质锋如刀芒，走到哪里都是那么的显眼。

我发现街边有个别人在看到陈沁他们出现后，脸色一变，避之不及。我估计他们应该是看出陈沁的身份了。这处居民区人员鱼龙混杂，小偷小摸的人、混混、骗子都有，在这种地方执法，什么样的情况都有可能发生。

这样一想，我更加担心起来，玫瑰似乎感受到了我内心的微微担忧，舔了一下我的手背。

我轻轻抚摸了一下玫瑰的背脊，看着陈沁他们步步接近院子的大铁门。我无法判断那扇铁门后面到底有些什么，或许是几只獠牙外露的恶犬——这我倒不担心，又或许是一群提着刀的赤膊壮汉。

三米，两米……

陈沁站在铁门前，已经准备伸手去把它推开，就在我神经紧绷到极点时，"哐"的一声，那扇铁门被人从里面猛地推开！

那扇铁门看似十分沉重，连着石墙的那一边已经锈迹斑斑。铁门这么轻易就被完全推开，推门的人力气一定不小。

铁门碰撞石墙的声音很大，我在车内都能听得很清楚。我后背往前一探，透过车窗紧紧盯着门口，心里不由有些替陈沁担忧。

陈沁应该是没想到院子里的人会突然把门推开，我看到她愣了一秒，随即往前一步，准备把门堵着。可是她的动作还是慢了一拍，铁门被推开的那一刻，里面一群人黑压压地如同潮水般冲了出来。

这幅画面，与我所想象的大有不同，这伙人并非清一色的彪形大汉，而是由一群妇女、中老年男人组成的庞大队伍。方才推门的那个男人出来后埋头只往前冲，身子和陈沁撞在了一起，陈沁没有防备，一个踉跄险些跌倒在地。

"站住！"陈沁扶着墙壁稳住身形，冲着这伙人厉喝一声。

陈沁的喊话没有丝毫作用，那群人就像是被恶鬼索命一样，仓皇逃窜，横冲直撞。陈沁的同伴们立即做出反应，伸手去抓距离自己最近的人，可是里面冲出来的人太多，警察也没有三头六臂，一人最多只能控制一个，所以大部分的人趁着这点空隙已经奔了出去，四下散开。

陈沁紧咬牙关，一双有神的眼睛在人群中搜索犯罪嫌疑人。她的目光透过人群的缝隙，最终锁定在一个光头的中年男人身上，陈沁抬起手腕把他一指:"抓住他,千万别让他跑了!"

光头男听到陈沁的声音,加快了脚步,撞开面前的一名警察后,他慌不择路地向我待着的车跑了过来。

这光头男应该就是陈沁要抓捕的借贷人,他如同老鼠见了猫一般的惊慌,一看就是心里有鬼。陈沁面色一沉,不顾身前还有人,统统一把推开,长腿连迈,朝着光头男追来。

这一切发生得太快,我在车里一时间有些不知所措,陈沁只是让我待在车内,可没有交给我堵住出口的艰巨任务啊。

可那光头男往哪里跑不行,偏偏往我这儿跑,这会儿就数我距离光头男最近,我要是让他从我眼皮下逃脱了,回头陈沁非拆了我不可。

另外这处居民区人员构成如此复杂,光头男要是从这儿溜走了,再想抓他可没这么容易了,如果孩子真在他手里,他的逃脱将意味着孩子陷入更大的危险。

这样一想,我鼓起勇气,一手捏成拳头,一手去推车门。还没等我把门打开时,我看见光头男朝我所在的车望了一眼。我俩隔着车窗玻璃目光碰撞在一起,光头男面容一滞,脚下一阵急刹,一扭头调转了个方向拼命跑。

我一把推开车门跳了下去,玫瑰紧随我身后。我的视线紧锁光头男,然后腰微微一弯,手指点向那家伙,声色俱厉:"玫瑰!扑!"

玫瑰早已对着光头男露出了牙龈,四肢在地上不安分地晃动。待我一声令下,玫瑰"嗖"的一声,像是拉满弓弦后射出的利箭,四肢夸张地拉开,追风逐电似的向光头男狂奔而去。

玫瑰一如其名,温婉中也带着利刺。此时的它与平常在我身边时的温顺模样大相径庭,嗓子里发出"咕噜咕噜"的低声闷吼,毛发蓬松,鼻子皱起——这是犬类发动攻击时的表现。

光头男跑出了二百米左右,应该是感受到了身后的异常,他回了下头,看到玫瑰后脸色骤变,他边跑边挥舞拳头,嘴里还喊着:"去!去!"试图喝退玫瑰。

我一看他的表情和紧绷起来的身体，就知道他只是装腔作势罢了。人在恐惧的时候，身体会散发出一种独特的气味，通过毛孔散发到空气中，玫瑰能嗅出光头男身上的惧意，脚步愈发紧逼。

四条腿追两条腿绰绰有余，一分钟不到，玫瑰就已经距离光头男不足一米。它双腿猛地向后一蹬，带起地上的一抹尘土，它的身体一下子弹射了出去，在半空中划过一条玫红色的弧影，朝光头男扑去。

那光头看着虎背熊腰，感官和反应倒是不慢，在玫瑰扑过去的同时，那男人急停了脚步，身体往下一压，侧身在地上打了个滚，伸出手掌护住自己的面门，嘴里嚷嚷道："大哥！别，我怕狗！你快让它走开！"

玫瑰扑了个空，落地后一转身子又要朝光头男扑去，我见对方倒在地上没有爬起来继续逃的意思，大喊一声："玫瑰！收！"

如果不是特殊情况，我一般不会让玫瑰去扑咬罪犯，让玫瑰去追捕只是想起到威慑和制止的作用，在罪犯放弃抵抗后，我会紧急让玫瑰收手。

这是任何一位警犬教导员都会做的，一方面是出于人道主义，另一方面，狗是狼被驯化后的物种，虽然已经隔了好几万年，但是狗身上或多或少仍然保留了狼的本性，要是让狗咬人，会激发其兽性，以后不利于驯养。

玫瑰听了我的指令，放缓了扑咬的动作，它围着光头男转着圈，不停狂吠。

我赶紧跑了过去，低头看到趴在地上的那男人捂着脑袋吓得不轻。他的光头上满是汗，显得油光十足，嘴里含糊不清地求饶道："别咬……我不敢跑了……"

这时陈沁气喘吁吁地跑过来，看了我一眼，也不知道是不是赞许的意思。她单膝压在光头男的后背上，一只手钳住男人的胳膊扭转到他身后，下手一点也不轻，光头男疼得哇哇直叫。

"姐姐，你轻一点，我胳膊要断了。"光头男哭丧着嗓子嚷道。

这男人看上去快四十岁了,还把陈沁叫作姐姐,我抿着嘴憋住笑。陈沁一听,手又往下压了压,光头惨叫一声:"妹……不,警察同志,我没犯啥事干吗抓我啊!"

"你是不是叫龙三!"陈沁厉声喝问。

"是!你们这到底为什么要抓我啊,我可什么都没有做,一直安分守己啊!"

我冷笑一声:"你没犯事干吗要跑?"

"这我本能反应啊……"龙三继续糊弄我们。

在来的路上,陈沁就已经跟我说过这个叫龙三的家伙,他是这一带的地头蛇,派出所里有他留下的一堆案底,都快四十了整天还不务正业,靠着放贷、勒索的鬼把戏混日子。他的底细陈沁早就摸得一清二楚,所以才这么快就找到他的藏身之处。

陈沁不跟他拐弯抹角,直言不讳:"我们为什么抓你,你心里比我们更清楚。快说!你把男孩藏在哪儿了!"

龙三一听这话,大喊冤枉:"什么男孩?我不知道啊,小偷小摸的事我敢做,绑架这事闹不好可是要把牢底坐穿的,你就算给我十个胆我也不敢啊。"

这家伙倒是挺懂法的。龙三沾了一层灰的脸战战兢兢,身体不知是因为疼痛还是恐惧,颤颤巍巍不停。他的身材挺魁梧的,手臂皮肤上有一条青龙文身,可现在被陈沁压在身下,灰头土脸的,想来平常也是个欺软怕硬的主。

不过我看龙三不像是在说假话,心里有些疑惑。如果这家伙真绑架了人,肯定是知道的人越少越好,方才院子里不应该涌出那么多人。更何况我留意到四下逃窜的那些人,虽然一见警察就如惊弓之鸟,但是看着绝非穷凶极恶之人——其中还有四五十岁的大妈,这些人肯定不会是龙三的手下。

难道……他们刚才在院子里是在做其他违法的事？

程炜炜或许真的不在这里？

龙三的否认让我琢磨不定起来，可是陈沁却一个字也不信，她手中力道渐进，我甚至能听到龙三手臂骨骼发出"咔咔"的声音。

"再给你一次机会，你说不说？"陈沁冷声吼问，横眉立目，似乎龙三再说个"不"字出来，陈沁就会把他手臂掰断一样。

龙三今儿碰到陈沁这样的厉害角色也算他倒霉，他胳膊扭曲的角度让我看着都汗毛直立，龙三更是痛得鬼哭狼嚎。我从后面轻轻拍了拍陈沁的肩膀，指了指不远处围观的居民，小声提醒道："注意点影响。"

陈沁手中力道稍松，龙三趁着这个空隙大口喘了喘气。面对陈沁，他哪里还敢狡辩，把自己从读初中到现在犯过的事统统都交代了一遍，把老底都抖了出来，可就是没有提程炜炜半个字。

这时陈沁的同事都聚拢了过来，一人押着一个逃跑中被抓到的人，其他的基本都逃得没了影。陈沁回头看了他们一眼，盘问那些人刚才到底在院子里做什么事情，那伙人支支吾吾，始终答非所问。

陈沁一把将龙三从地上拽了起来，熟练地从腰间解下手铐给龙三扣上，然后把他往前一推："走！带我们进去看看！"

龙三无奈地走在前面，一行人朝院子走去，我跟在他们身后，同时指示玫瑰搜寻程炜炜，玫瑰高耸着鼻子嗅了嗅，没有给我回应。

怎么会不在这里？难道孩子被龙三藏到了别的地方？可是一般情况下绑架犯为了监视，不会跟被绑者距离太远啊。

又或者……从一开始我们就弄错了，龙三那天开车出现或许真是个巧合？

可那也太巧了吧！

我的脑海中仿佛有两方人在开展一场激烈的辩论，双方各持己见，势均力敌。

我摇了摇脑袋，试图将这些念头抛开，不管怎样，现在得去搜查那个院子，然后把龙三带回局里，好好盘问一遍那天他的行踪。

我随陈沁从院了的大门中走了进去，一眼便看见院子里摆放的几张麻将桌，另外一些桌子上散乱着扑克牌，院子后面还有一间面积不小的屋子，里面的陈列和外面基本一样。桌子旁的椅子大多都倒在地上，一些桌上还放着小数额的钱币，地上的脚印十分乱，看得出方才那些人逃跑时有多惊慌。

这伙人刚才在院里做的事情，我一目了然，有一个被警察押住的男人嘴里还在小声嘀咕：“真是倒霉，大白天的碰到抓赌……”

这样一番场景落在陈沁的眼中，让她眉头皱了皱。龙三委屈地说道：“警察同志，我们这只是在开展业余兴趣活动，促进邻里和谐，用不着搞这么大阵仗抓人吧，您这好比高射炮打苍蝇，小题大做了吧……”

陈沁横了他一眼，又看向我，我轻轻摇了摇头。

从陈沁的表情中能够看出来，她内心的疑惑一点也不比我少，原本以为已经锁定了犯罪嫌疑人，现在一切又回到了起点，恐怕陈沁心里除了失望以外，还有更多的懊恼和压力吧。

陈沁让人把院子彻底搜查了一遍，没有找到一点程炜炜的线索。留在这里是徒然浪费时间，于是陈沁命令收了队，带着龙三回到了市局，然后又把他带入一间审讯室内。

几个人一齐进了审讯室，争分夺秒地开始审讯工作。我不属于刑警队，没有资格进去，况且我对龙三也没多大的兴趣，我在心里已经基本将他的嫌疑排除了。

我和玫瑰待在审讯室外的走廊，过了不到一小时，陈沁就默不作声地推开门走了出来，看她那模样就知道又无进展。

我凑上前去，问了下审讯的内容，陈沁告诉我龙三之前确实有去程炜炜家找过麻烦，不过他把利息降低几成后又与程炜炜父亲暂时达成和解了，他没有理由再去绑架程炜炜。另外龙三那天之所以会开车经过那里，是在这之前接到过有人需要借贷的电话，龙三正好在打牌，耽搁了一段时间，等过去时并没有碰到需要借贷的人，龙三没把这件事放在心上——这种放鸽子的事不是头一回碰到。

我本想安慰陈沁几句，但是一想到她之前对我冷冰冰的态度，我又把话咽了回去。

陈沁轻叹了一声气，对我说："我再去看看监控吧，看看能不能找到当时经过的车辆，然后再去联系车主，调取他们的行车记录。"

这法子听起来不错，但是弊端是太耗费时间，另外陈沁跟我一起去过现场，她应该也能想到由于角度所限，能拍到人行道画面的概率微乎其微。

"我和你一起去，多一个人多条思路。"我自告奋勇地提议。

陈沁点了点头，在她转身的那一刻，我留意到她满是红血丝的眼中流露出一抹黯然，我的心突然有些难受，这种感觉说不清道不明。

我跟着陈沁去了她的办公室，此时天已经完全黑了下来，我和玫瑰的肚子都开始咕咕叫，可陈沁跟成了仙一样，对于吃饭一事只字不提，我也没好意思说。

好在已经下班的苏梓航途经办公室时看到了我，热心地去买了点食物带上来。我端着一碗泡面，看陈沁打开电脑后点开一个文件夹，打开了一段时长不短的视频。

我一边用叉子挑起面条往嘴里喂，一边目不转睛地盯着屏幕，这段监控的清晰度还不错，可是对于案件的侦办来说还是价值有限。

陈沁托着腮帮子，视频画面变动的光影在她那张姣好的脸上忽闪忽闪。她从视频中挑选出了几辆经过的车辆，联系交管部门的同事查了车主信息，一个一个打了电话过去。

在陈沁打电话的间隙，我坐在了电脑面前，拖动鼠标调整视频播放的快慢。我把监控回放了几遍，边看边想，越想越觉得哪里有些不对。

我的注意力最初是放在画面的内容上,后来转移到屏幕右上角的视频时间,我拿起办公桌上的一个笔记本平摊开,时不时点一下鼠标将监控画面定格,然后用笔在本子上记录右上角的时间。

打完电话的陈沁回到我身边,见我在本子上写了几串数字,用莫名其妙的语气问我:"你在做什么?"

这会儿我正好把时间点都记在了本子上,我从头到尾把这些数字看了一遍,脑中渐有眉目。

我挺直了腰杆,把视频调到了某一段,这正是程依依和她弟弟从家里出发后在监控下消失的一段画面。我把笔记本摆到陈沁面前,指着最开头的一行数字说道:"程依依她们9点43分从小区出发后,9点56分消失在镜头里,即用了大约13分钟的时间走到了案发地点。"

陈沁一头雾水地点了点头。

我之前跟陈沁去案发地搜查的时候,路上也计算过时间,和监控中的差不多。这一点发现并不能说明什么。我又调整了视频进度,手指在字里行间中滑动:"如果我没记错的话,程依依告诉我们男孩是10点左右失踪的,但是你下午审讯的时候,龙三说他那天接近10点的时候才出门,也就是说他到达现场的时间应该是10点半之后。"

陈沁深吸了一口气,转而看向笔记本,喃喃道:"我把监控看了好几遍,当时路面只经过两辆蓝色的汽车,一辆是在程依依他们未到达之前经过,另一辆就是龙三的,可是龙三晚到半个多小时,按理说程依依不会在她弟弟失踪时看到他的这辆蓝色汽车啊……"

"会不会当时还有一辆蓝色的车经过,又出于某种原因没有被监控拍到?"陈沁眼中突然一亮。

对于她的这个猜测,我不予否认。我斜靠在椅子上,手指在桌子上轻轻点动:"除此之外,还有一种可能性……"

谁在说谎

我告诉陈沁，程依依能在那么慌张的情况下记得那辆蓝色汽车，那么那辆车肯定给她留下过相当深刻的印象，就算她记错了时间，但是那辆车在当时肯定从她身边经过了。

如果程依依没有记错时间，那么可能跟陈沁想的一样，程依依所提及的那辆车不是龙三的，而是有辆未曾在视频中出现的第三辆蓝色汽车逃过了我们的视线。

而程依依要是记错时间的话，就有一点让我想不通了，龙三的车晚于她们到达失踪地点半个多小时，程依依竟然还能看见这辆车经过，要么她和弟弟在啥也没有的人行道上待了那么久时间；要么是男孩失踪后，程依依还在原地停留了半个多小时。

程依依是带她弟弟去超市的，为何中途要停留这么久？

一般人在亲属走失后肯定会第一时间在周边寻找，而不是长时间留在原地。

所以无论怎么说，这都是不合理的。

听了我的分析，陈沁频频点头，一旁的苏梓航双手交叉在胸前，说："一辆车总有它的行驶轨迹，在监控中消失的可能性不大，难道是女孩说谎了？"

"说没说谎我不知道，但是她肯定有些事对我们隐瞒了。"我言之凿凿地说道。

陈沁是个急性子，她站起身披上一件外衣就准备走出办公室，我把她拦住："你干吗去？"

"我再去趟程依依的家，问问她那天到底还发生了什么事。"

我看了一眼手表，此时已经快十一点了，从案发到现在，陈沁合眼的时间不超过五个小时，这样下去人肯定会垮掉。我起身挡在她身前："这么晚了，人家早就休息了，你要想问出点什么来，等到她清醒的时候再问更合适。"

我的话陈沁充耳不闻，执意要现在过去，我见拦不住，突然加重了语气："不行！你今晚必须得回去好好休息，明天一早我会陪你一起去！"

我也不知道我怎么会用这种语气跟她说话，还用上了"必须"这样的命令词汇，也许是这两天总跟陈沁待在一块儿，"近墨者黑"。

可能我徒然加大的分贝把陈沁吓了一下，她面容一滞，张着一双大眼睛很讶异地盯着我。过了一会儿，她身上那种很强势的气息开始慢慢消减，紧抿的薄唇微微启开："明天一早，我会打电话叫你。"

陈沁似乎是妥协了，她穿好外套，很平静地走出了办公室。我担心她是在糊弄我，于是跟了出去，站在走廊往下望，一直看到她的车往程依依家相反的方向行驶后我才作罢。

我正准备收拾东西带着玫瑰回去，一只手悄无声息地搭在了我的肩头。

"可以啊兄弟！你跟她那样说话，她居然没打你。这我还是头一回见！"苏梓航一副笑脸，拍了拍我的肩膀。

我苦笑着摇了摇头，我是出于关心陈沁的目的，要是她真对我动手了，那也太没心没肺了。

这样的想法从我脑海里冒出来时，让我突然僵在原地。关心一个外人？

这种事情似乎还从来没在我身上发生过。比起我温和的外表，我的内心更像是一只刺猬，我无时无刻不在蜷紧着身躯，外露尖刺，拒人千里。

可我刚才确确实实是露出了不曾有过的一面，我也不知道这源于何由，总之这种感觉对我来说很陌生。

我吹了声口哨把玫瑰唤到身边，冲着苏梓航挥挥手："我先走了，明天还有得忙。"

苏梓航好像还想跟我聊聊，在背后"诶"了一声，我没理会他，下楼去车库取车开回了宿舍。

回到宿舍一打开门，看着屋内的一片狼藉，我皱了皱眉头，早上还收拾整齐的房子，已经被多肉拆得差不多了。

老远闻到我身上气味的多肉，嗖的一下不知道从哪里蹿出来奔到我身边，这家伙是个灵活的胖子，我也不知道它为何从早到晚总有那么旺盛的精力。

后来想想，哈士奇是雪橇犬，运动量相比一般的狗要多3～5倍，它们被喂饱了，精力便充沛起来，在没有机会出去释放能量的情况下，必然就在家乐此不疲地展开拆家运动。

说来说去，到头来还是怪我自己，怪我让多肉吃得太饱了。

相比多肉，玫瑰倒是保持着一如既往的高冷形象，可能今天的工作量让它有些疲惫，一回家它便自觉地躺进自己的窝里睡了起来。

我简单收拾了一下房间，冲了个热水澡，换了身衣服，躺在床上，在程依依留给我的困扰中渐入梦乡。

第二天，我已预知了当天的行程，所以在陈沁的电话打过来的时候，我就已经着装洗漱完毕。电话里，陈沁让我直接去程依依的家，她会在小区门口等我。

为了不让多肉继续祸害我的房间，我说什么也要把它拽着一起去。可能是这家伙对小区里的那只拉布拉多念念不忘，它出门前没有挣扎。

我很快到达了那处小区，陈沁站在大门口，她精神满满，跟昨天判若两人。

这次她没有带其他人，甚至把留守在程勇家的警察都撤走了，估计她是不想给程依依太多的压力，这样对方才会对我们敞开心扉。

不管是出于何种原因，既然女孩对我们隐瞒了事实，那么男孩的失踪肯定另有蹊跷。但是我和陈沁没打算用严厉的态度去询问程依依，尝试去亲近她、得到她信任的问话方式更适合。

我俩轻车熟路地走到程勇的家，陈沁敲了敲房门，里面半天没有回应。陈沁在外面表明了自己的身份后，过了半天房门才开启了一条缝。

我的目光透过门的缝隙，看到了一双犹如玻璃球般没有任何感情色彩的眼睛，房门继续敞开，一头顺滑的头发和一张平静的像是画上去的脸出现在我眼前，我这才发现开门的人是程依依。

程依依见到屋外人是我和陈沁，表情才有了一丝微妙的变化，她跟我俩打了声招呼，让我们进入屋内。

我一进屋，留意到门口的鞋架上少了两双鞋，屋内也没有任何动静，便问道："你爸妈呢？"

"应该是去找我弟弟了。"程依依回答得不紧不慢，像是在说一件跟自己毫无关联的事情。

她这样的态度我也能理解，从程勇的身上，我多多少少能看出些重男轻女的思想。或许程依依曾想过，如果是她丢了，她父亲也会表现得那么着急吗？

陈沁用十分缓和的语气问道："没事，我们这次过来就是想再问问你弟弟失踪那天的经过，你是不是还有什么事情忘记告诉我们了？"

陈沁问得很委婉，程依依回想了一下，摇了摇头。

"你昨天跟我们提到过一辆蓝色的车辆，我们已经查过了，根据那辆车行驶的时间推断，你在那里曾经待过超过半小时，那时候你弟弟还在你身边吗?你待在那里在做什么?"我一连抛出了几个问题。

在某一点上,她跟我倒是挺像,所以我知道跟这样的人交流,不必拐弯抹角,问题就应该一次性全盘托出。然而,程依依的心绪太过于沉静,就像是投一块石头也掀不起波浪的平静水面。

在我说话的同时,我一直在观察着程依依面部表情的变化,有那么一瞬间,我看到她呼吸的频率急剧加速,目光尤为闪躲。

之后她极快地恢复了镇定,面目转换之快甚至让我怀疑自己是不是看错了,程依依神色镇定自若:"哦,可能是我看错了,好像是一辆银色的车吧。"

陈沁和我均是一阵愕然,玫瑰从我身后绕到程依依的身边,围着她轻嗅,尔后它原本轻摆的尾巴摆动频率越来越慢,然后退后了两步,抬起头,鼻子明显皱起,眼睛盯住了程依依。

和人一样,犬类瞪着或者盯着别人(或是同类)都是属于不礼貌的行为。如果你不了解犬的这种习性,在日常生活中也许会有所误解。打个比方,在咱们用餐时,身边的狗狗会守在桌边,看一看人,再看一看食物,大多数的人会觉得这时狗的眼神是期待、乞求的意思,但实际上,当你给了它桌上的食物,它就会认为你服从了它的要求,认为自己处于支配你的地位。

玫瑰此刻的眼神很不友好,我不明白它为何突然会这样。我极力挖掘玫瑰反馈给我的行为语言,脑海中揣测:"玫瑰,你是在告诉我,她在说谎吗?"

人的喜怒哀乐、真诚与虚假,除了能从面部表情中直观地看出来,还能从身体所散发的不同气味中辨别出来。

我这说的可不是空穴来风,人在各种情绪中,身体机能都会有不同的变化。例如人在紧张的时候,会影响和刺激大脑的神经系统,导致神经系统处于活跃的状态,这时就会加速体内的汗腺分泌;而人在悲伤的时候,泪腺会分泌眼泪,这些变化都会影响到人体气味的散发。

人不能通过气味这种途径来推测对方的情绪，但是狗能分辨出其中的微妙变化。在我研究的《犬类微表情与微动作的表达意思》中，我曾大胆阐述了这一学术观点，并且，我有自己的试验数据作为依据——狗辨别主人情绪的准确率能达到百分之七十以上。

可这归根结底也只是我个人的推论，或许这个世界上还有除我之外的少数人研究此领域，但没有形成严谨的科学体系。在大多数人眼中，这样的言论可能毫无说服力。

玫瑰不是测谎仪，它的想法更不可能作为呈堂证供，某些情况下我也不会百分百地认同玫瑰的判断。但是这一次，我自己也能够感觉出程依依是在说谎。仅仅过了一个晚上，她就改变了自己的说辞，这样的举动无疑加重了她的嫌疑。

陈沁和我交换了一下眼神，她的意思我心领神会。陈沁没有把话明说出来，而是继续耐着性子问："你再好好想想，你弟弟到底是几点失踪的？"

程依依垂头沉思片刻："应该是上午10点左右吧，我记得也不是很清楚。"她又抬起头看了一下我的眼睛，像是在回答我的疑虑："我想起来了，我弟弟他在路边闹过情绪，我哄了一会儿，停留时间可能比较长吧。"

我听闻，也不知道她这句话是不是在骗我，毕竟把什么事都推给一个已消失的人是最好的推诿方式。这让我想起一个真实事件：一个守卫杀害了几名无辜的人，却告诉警察这些人是劫匪，于是他便成了世人敬仰的英雄。

陈沁深呼吸了一口气，无计可施，总不能像对付龙三一样，把人家带回局里严加盘问吧。

在这个问题上，估计是难以扯得清楚了，陈沁换了个问题："不久之前，有群人到你家里找你爸爸要过账，这件事你应该知道吧？"

程依依点了点头。

"除了那伙人，还有没有人找过你父亲的麻烦，或者跟你父亲有过债务纠纷？"陈沁又问道。

我一听陈沁的话就知道了她的想法，如果是绑架，到现在还没有收到勒索赎金的消息，很可能是有人为了逼程勇还钱，那么这些人应该调查一番。

程依依这次倒是对我们挺实诚："我爸爸有个本子，上面记着借款人的信息。"

"你知道本子放在哪里吗？"

程依依有些为难，在陈沁再三要求下，她才抬起手腕指向一处房间："在爸爸的房间里，你自己去找吧。"

程依依似乎对自己父母的房间挺排斥的，陈沁也没有要求程依依带她进去。陈沁让我留在客厅里，她一个人进了程勇的卧室。

如果我不问，程依依好像永远不会主动说一句话，我俩站一起，客厅一下子变得极为安静，只有玫瑰柔软的脚掌踩踏在瓷砖上的轻微声响。

我突然觉得哪里有些不对劲，一回头才发现多肉这家伙不知道跑哪里去了。我连忙环视一周，看到有一个房间的门没有关严实，我心一紧，赶忙跑了过去。

这里可不是我的家，多肉要是到别人家撒野，我可承担不起责任。我跟陈沁来之前都没有告诉程勇，人家一回来发现自己家被弄乱，绝对要把昨天被陈沁带到公安局审问受的气还回来。再说了，程勇家的布置很豪华，多肉要是咬破个地毯、抓花一件家具，我哪里赔得起。

这样一想，我脚步更是加快，一过去就推开那扇门，板着脸朝里看去。好在屋里并没有乱成一团，地面也很干净，我这才松了口气。

我冲着屋里正色道："多肉！快给我出来！"

一眼看进去，房间里没看到多肉，但是我肯定它就躲在房间里的某个地方。我又严肃地压低声音叫了几声，这才传来多肉半闭合着喉咙的缓慢叫声。

声音是从床底下发出的,我走近一看,顿时又好气又好笑。原来这家伙不知道撒的哪门子野,往人家床底下钻,结果钻进去后因为身体太胖出不来了,这会儿正被卡在床底下,只拱出了半截脑袋。

我过去把床往上抬了抬,多肉终于有了脱身的间隙,它脚掌在地上打滑了几下才稳住身形。

我严厉地把它批评了一番,多肉又开始装疯卖傻地往我身上蹭,蹭了我一身灰,尔后它又把嘴巴探进了床底下,叼出来一个东西放在我的脚下,抬起头,目光热切地看着我,想要我给它表扬。

我定睛一看,这是一个胶皮密封袋包裹的东西,因为是透明的袋子,很容易就能看清里面装的是一卷宽约5厘米的封口胶带,还有一双白色的胶皮手套。

这包东西为什么会放在床底下?我感到匪夷所思。

我把地上的密封袋捡起来仔细看了一下,上面落的灰很薄,显然不是放了很久的。我又看了一眼卧室的布局,粉红色调,一张不大的成人床摆放在靠墙位置,墙上贴着几张某少男明星组合的海报,一张电脑桌,桌上摆着几本初中的课本。

这应该是程依依的房间。

这包东西是她放在床底下的吗?一卷封口胶带和一双手套放一起,又是何用处?

我心里的疑问一个接一个涌出来,越来越觉得这个看上去很安静的女孩有些奇怪。

正当我准备回到程依依身边时,陈沁在另外一间房喊了一声我的名字,语气急促。听语气她那边似乎有什么重大发现,我把多肉叼出的那包东西随手放进自己背包中,快步走出房间。

我进入程勇的卧室,看到陈沁正蹲在一个书柜的旁边,手里还托着一叠合同一样的文本。我走过去也蹲了下来:"这是什么?"

"柜子底下压着的。"陈沁用眼睛瞟了一眼身旁的书柜,把手中的文本递给了我,"是几份保险合同。"

陈沁告诉我,她进屋后在书柜中找到了记录借贷人名字的笔记本,不过从上面来看,程勇所借的款项除了龙三的,基本都还得差不多了。

陈沁准备离开时,察觉到柜子下面有一截纸头露在外面。她把柜子抬起来,把藏在柜子下的文件拿了出来,也就是现在我手中拿着的这本。

我快速扫了一眼文件的内容,是香港某家保险公司的合同,投保人和受益人那一栏都写着程勇的名字。被保对象是程勇的儿子,保险金额那一栏,我仔细数了数那一排零,居然是五十万美金。

内地的保险受相关规定所限,10周岁以下的未成年人死亡保险金限额二十万元,这么做是为了避免道德风险。但是程勇是在香港购买的保险,保金的额度限制不同,赔偿款还是以美元作单位,而且程勇通过手段采用叠加的方式多购买了两份。

这三份保险叠加起来,无疑是一份巨额赔付的保险,而且时间已经生效。

这几份合同,可以说把我跟陈沁的思路都打乱了。程勇是做了点生意,也颇有经济实力,但是也没夸张到随便给自己的儿子办理如此巨额的人身意外保险的程度,这几份合同每年的保费都是个天文数字。

而且程勇似乎没有给家庭的其他成员投巨额保险,偏偏投在失踪的儿子身上。另外保险是被压在书柜底下,程勇要是不心虚,为什么要把合同藏起来?

陈沁和我对视了一眼,我们互相从对方的眼里看出了推测,陈沁的表情一下子变得冷峻了起来:"不好!程炜炜有危险!"

这起案件,从一开头警方就定为诱拐和走失,到后来觉得是绑架,而现在陈沁找到了程勇藏起的保险合同,案件的走向又有了一条新的定性——骗保。

这个案子一波三折，像是一条始终在折转的公路一样，永远看不清前方是何路段。案情变得愈发夸张，但是我在警犬队前前后后也参加了上百次失踪案件的搜查，这种亲属间投保大额保险，尔后再谋害的骗保案件也时有发生。我都屡见不鲜，陈沁更是见怪不怪。

那些案子中，有些是夫妻之间的凶残争斗，也有父子之间的人毒不堪亲；有些凶手表面上悲痛欲绝，暗地里又满面春风地数着保险赔偿款；也有受益人伪造意外死亡，瞒过所有亲人，拿着钱财换个身份四处逍遥。

这种事越是看得多了，人性的险恶越是在我眼前展露无遗。

陈沁应该是跟我想到了一块儿，程勇在我们面前装作悲愤的模样，实际是想等警方这边放弃后，他再申领保险款。甚至程依依对我们一直欺三瞒四的，还把嫌疑指向龙三，这或许也是程勇的教唆。

我突然站起身，忐忑不安地说道："现在得赶快找到程勇，一定得在他对孩子下手之前找到他！"

我之所以这么紧张，是因为保险条例里并没有对失踪人员进行赔付的约定，但《民法通则》里有规定：下落不明满四年的，或因意外事故下落不明，从事故发生之日起满二年的，利害关系人可以向人民法院申请宣告他死亡。程勇不可能等那么久，他会在警方松懈的时候，找到合适的时间让警方知道男孩"意外死亡"的位置——当然孩子的死也是他一手策划。

陈沁掏出手机拨通电话，让队里赶紧去找到程勇。她急张拘诸地走出程勇的卧室，来到程依依的面前，言明利害关系，让程依依不要继续帮自己父亲隐瞒。

程依依在听到陈沁的话后，面色急剧变化，呆呆地站在那里，手指搅动着裙摆的边，就像是做错了事被老师当场抓到的学生。

我站在陈沁身后，暗中观察着程依依的面部表情，从她那惴惴不安的模样中，我估计她对于自己父亲的所作所为，应该知道一些。

程依依始终没有说话，极度为难，这也怪不得她，一边是自己的弟弟，一边是亲生父亲,而她自始至终都是一颗受到父亲威逼利用的棋子。

我能够想象出她内心此刻的矛盾,但是时间紧迫万分,不能让她多犹豫。我上前一步到她面前,正色说道:"你现在告诉我们,你弟弟还有救,也能终止你父亲接下来的犯罪行为,一切取决于你。"

我把最后的选择权都抛给了程依依,程依依眼睑颤动了几下,手掌被自己的指甲掐得通红。她沉思了一会儿,终于张了口。

程依依告诉我们,那天是她的父亲让她带弟弟离开小区,然后她父亲开车从那边经过带走了男孩,至于她之前告诉我们看到的蓝色车辆,也是程勇让她说的。

不过父亲为什么要带走弟弟,还让她谎称弟弟失踪并说谎引导警察往错误的方向办案,程依依对此就不知情了。程勇威胁程依依不能说实话,否则要对她不客气,程依依一直以来就很惧怕父亲,不敢违背。

了解到事情的前因后果,我不禁感慨程勇这个男人是真的可怕。我回想到第一次见到程勇时他所表现出的悲痛,还有当着我们面朝程依依挥去耳光的一幕,原来都是他在演戏罢了。

不得不说,这个男人是个演技精湛的演员。

我让程依依待在家中不要出去,然后叫上陈沁连忙开车驶出小区。路上我让玫瑰试着嗅寻程勇的气味,玫瑰尝试一番,以失败告终。

陈沁打电话把程依依讲述的事告诉了张震,张震急忙下达了抓捕指令。为了防止程勇提前对男孩下手,张震请示了市局的领导,调集了大量警力,必须要在程勇动手之前将他抓捕归案。同时,为了避免程勇知道事情败露后逃脱,张震通知了铁路和客运公安,严格检查旅客信息。

因为毫无方向,我只得开车在小区的周边四处乱转。过了大概一个小时,陈沁的手机响了,电话那头陈沁的同事似乎发现了程勇。

"去火车站!"陈沁挂断电话飞快说道。

我丝毫不敢松懈,一转方向盘,一脚油门将车提了速度。我的心无来由地砰砰乱跳起来，程勇现在人在车站，显然是想逃走了，至于他是动手后负罪而逃还是得到风声仓皇逃窜，这就暂时无从得知了。

很快，我把车停在了靖城火车站的入口处，车还没停稳，陈沁就已经拉开车门跳了下去，我急忙拉上手刹，跟在她身后一路小跑。

在入口处的一名便衣警察看到陈沁出现后冲她招了招手，然后又指向了别处。

我顺着他的手指望了过去，依稀可以辨别出混在人群中的十多名便衣。他们四下散开，目光都盯向同一个方向。我眯着眼，远远看到他们正在将队形缓缓收拢，而程勇的身影正在人群的间隙中不时闪出。

此时程勇似乎还不知道自己已经被警察包围，他身边是他妻子，两人一边走一边张望。我内心顿感疑惑，且不说他妻子为何会被牵扯进来，程勇要逃走也不应该在车站外面乱转啊？

陈沁没有给我思索的机会，她步伐猛然加快，其后向程勇身边的队友挥手示意，距离程勇最近的四名警察几乎是在同一时间朝他扑了过去。

我气喘吁吁地跟着陈沁跑，因为车站附近人员过多，我怕惊扰到旅客，所以把玫瑰和多肉留在了车里。再说十多人抓一个程勇，也绰绰有余了。

在程勇还没有反应过来时，他的胳膊已经被两名警察扭转后死死拽住，韧带扭曲的剧痛让程勇大叫了出来，惹得周围原本匆忙进站的旅客都回过头朝他看去。

"你们是什么人！要干什么！"程勇忍着痛冲控制他的警察大吼，得到的回应却是"咔嚓"扣紧的手铐。

这会儿我和陈沁已经赶到了程勇身边，程勇的妻子估计也没料到警察居然这么快就找到他们，一边惶恐地哭着，一边发疯似的拉扯控制丈夫的警察，被陈沁一把拉开。

我目不转睛地盯着两人的表现，不禁冷笑一声，这两人事到如今居然还在假装毫不知情。

陈沁严肃地板起脸，对程勇直截了当道："孩子在哪里？你把他怎么了！"

"什么我把他怎么了？你们警察用了这么久的时间，还一点消息都没有，现在把我抓起来，发什么神经！"程勇暴怒起来，演技还是那么的无懈可击。

陈沁冷哼了一声："别装了，我们已经知道你的犯罪经过了，你想谋害自己的儿子骗取保费，还指使女儿欺骗警察，你是不是以为自己的行为天衣无缝？"

面对陈沁的质问，程勇脸庞通红得仿佛要溢出血来。他声嘶力竭地喊着："你放屁！我怎么会害我自己的儿子？你们警察真是废物！找不到我孩子，竟然说我谋害我自己的孩子！"

程勇当着警察和周围群众的面爆起粗口，陈沁气得紧捏起拳头，要不是还有那么多双眼睛盯着，她或许早就忍不住动手了。

在人流众多的站前广场中，程勇的话自然吸引了不少人围观，他迟迟不肯松口，场面一时有些僵持。陈沁把手一挥，厉声道："把他带回去，别以为不承认我们就查不出来了！"

两名警察抬着程勇的胳膊，把仍在挣扎反抗的程勇几乎架了起来。陈沁带头收队，带着程勇和他妻子朝警车走去。

围观人群稍散，我正准备回到车上时，我看到一只小狗晃着胖胖的身子追向程勇。小狗脖子上还挂着一根长绳，可能是方才混乱时程勇或他的妻子不小心松了手让狗跑向了别处。

我还记得这只幼犬，它正是我在程依依家中看到过的那只小比熊。这狗很通人性，或许是它看出了主人此刻面临的危难，尽管害怕程勇身边的陌生人，它还是怯生生地紧跟过去，步步紧随。

跟在人群后面的我，看到这一幕，隐隐觉得哪里有些不对劲。仔细一回想后，我的心骤然收紧，纵使头顶艳阳高照，我的身体却在这一刻仿佛一桶冰水浇头而下，冷气直往我皮肤上的数万毛孔里钻。

"陈沁！等等！"我强行让自己的心智控制住身体，往前快步走了几步，朝陈沁大喊了一声。

陈沁站在一辆警车前，一手已经拉开了车门。听到我的声音，她没有立即把程勇押上车。不过从她的表情看来，她也不会给我过多的时间解释。

我走到陈沁身旁，用极为复杂的眼神看了一眼程勇，转而对陈沁说道："我想单独跟他说几句话。"

陈沁犹豫了两秒，看了一眼时间，稍带不耐烦地说道："给你五分钟。"

我没跟陈沁讨价还价。在她的示意下，两名警察松开了拽着程勇胳膊的手。我用眼神瞟了一下不远处的空地，戴着手铐的程勇啐了口唾沫，愤愤不平地跟我走了过去。

我和他面对面而站，能够感受到他心中的怒火噌噌往外冒，于是我语气放缓了一点："你跟龙三的债务纠纷，到底解决了没有？"

"关你什么事！"程勇脱口而出，可能是见我态度还不错，他狠狠瞪了我一眼后才说道："我变卖了点资产，把龙三的钱还了，几乎还借款的一倍。"

"你为什么要把保险合同藏在书柜底下，是怕谁看到？"我又问道。

"我没藏！我放在保险柜里面，不知道你们怎么会知道！"程勇一听我提起这，情绪立即激动起来。

我皱了皱眉："你为何会给你儿子办那么大额的保险？据我所知，你还没富裕到那种程度。"

"你以为我愿意？那天龙三到我家里闹事，说再不还钱就弄我的儿子女儿，后来我报了警，警察调解后让龙三把还款的额度降低了一些，我虽然还完了钱，但是还是担心他报复我的家庭，我只有给孩子买份保险，万一出了事我至少还有钱能去救他。"

听程勇说完，我发现他和龙三在案件中所受到的怀疑，有着一层因果的关系：龙三因为事前接到电话，所以出现在案发现场；程勇因为受到过龙三的威胁，所以购买了大额保险。

我认为这绝非是巧合，这一切，仿佛就像是有人在暗地里牵成了一条线一样，把我和陈沁……不，是把所有人都牵着鼻子领着走。

我低头看了一眼蹲在程勇身边的比熊幼犬，与它四目相对，我能够从它那清澈的眼眸中看到我的倒影。相比其他人，跟它有过一次接触的我更能够得到它的信任，它在我和程勇之间晃着身子转来转去。

比熊犬这样的表现，加深了我内心的判断，我径直走向陈沁，急切说道："跟我走，我知道是谁把孩子藏起来了！"

骇人的笑容

陈沁一头雾水:"什么意思,不应该是程勇吗?"

"现在没时间跟你解释,相信我就跟我来。"我没多说,转身就走。

陈沁脸色青一阵白一阵,跟身边的警员交代了几句,跟在了我身后。

我刚坐上车点着了火,陈沁就拉开车门坐了上来,我紧绷着脸,她也板着面孔,就这样上了路。

路上陈沁倒是没有多问我什么,直到我把车开到程勇家的小区时,她才意识到什么:"你要找程依依?"

"不一定找得到。"我淡淡回答。

在程勇家门口,我把车停稳,我在门口敲了足足一分钟的门。不出我所料,里面没有任何回应。

陈沁见我一声不吭,实在忍不住想要问我,可是她嘴巴刚张开,我就说道:"先找到她再说!"

也许是陈沁第一次看到我如此认真而严肃的模样,她选择了妥协,乖乖又回到我的车内。我把车开到了小区门口,下车一把拉开后排的车门,几乎在同一时间,玫瑰的四肢就已经落了地。

我问了小区门口的保安,他们说程依依走出小区后没有拦车。我回到玫瑰身边，比画几下："玫瑰，去找到那个女孩！"

我能"听懂"玫瑰想要传递给我的讯息，玫瑰多数时候也能准确领悟到我的意思，这就是我们相处这么久达成的神奇默契。在领会到我的意图之后，玫瑰猛然调转方向，在人行道上狂奔，蓬松的皮毛在劲风的吹拂下被压得很紧密。多肉也跳下车，蹲在我身边嗅了嗅我身上的味道，它应该能嗅出我身上的紧张气息。

我跟在玫瑰身后一路小跑，大概跑了一公里左右，我看到玫瑰四肢陡然加快，深褐色的眼睛直视前方某一处。

这时，我也看到了斜挂着背包埋头走路的程依依，玫瑰嗖的一声追上去，拦在程依依面前狂吠。

程依依被这突如其来的一幕吓了一跳，随即她认出了玫瑰，她回过头看到我的出现后，之前被我直言点穿谎言的那种慌乱表情再次出现在她脸上。

不过很快她又把慌乱的表情收敛了回去，还主动问道："林轩哥哥，你怎么在这儿，你们找到我爸爸了吗？"

"找到了，他在公安局，你也跟我们过去吧。"

程依依眼睑上的长睫毛往上挑了挑，语气一如既往的平淡："好，我跟你过去。"

程依依可能是以为我要带她到程勇面前当面对质，她神色中带着犹豫与纠结。我没在意这些，领着她往回走。

在与陈沁会合后，我再次开车上路，陈沁坐我旁边，程依依只能坐在后排，身边是玫瑰和多肉。两只狗的注意力都集中在程依依的身上，犬类的感官和觉察能力比人类强很多，也许它们是感觉到了程依依身上很微妙的异常情绪。

车最终停在了市局，下车前，我在陈沁的耳边小声说了几句话，她诧异地看了我一眼，在我的目光示意下，她独自先行下车离开。

在车上待了一会儿后,我叫上了程依依跟我上楼去,我看了一眼陈沁给我发过来的短信,在电梯厢内按了五楼的按钮。

在五楼,我打开了一个房间,在门口侧过身子:"进去吧。"

程依依警惕地朝内看了一眼,可是里面黑漆漆的没有一点光线。她还想多说些什么,一抬头看到我脸上的凛然之色,她怔了一下,低头走了进去。

我把门关上,伸手摸索到墙壁上的开关按了下去,直到现在,我也才看清楚房间里面的布局。

房间没有窗户,所以才显得如此幽暗。房间大概只有十平米,不过里面单调且极少的布置让房间显得很空旷。在靠近墙壁的一处位置,一张设计得很奇怪的椅子立在中央,后方的墙壁上有一个单色LED显示屏,上面显示着日期和时间。椅子正上方有两盏灯,在我按下开关的那一刻,两束光线聚集在椅子上。

原来审讯室就是这个样子,我好奇地多看了几眼。

我让程依依坐在了光束投射下的那张椅子上,一直以来,我在她面前都是邻家哥哥的模样,我曾安慰过她,也曾尝试跟她建立信任,而这一次,我第一次用生冷的面孔面对程依依。

程依依安静地坐下来,面无表情地看着我,我无法揣测出她的心思。我搬了把凳子坐在她面前,考虑了一下后,我决定单刀直入:"你弟弟失踪那天,没有走散也没有被人绑架,是吧?"

我刻意拖长了尾音,既表明了我审问的意思,又给她考虑的时间,让她决定是继续对我隐瞒还是坦白。

"我不知道,我没有看见。"程依依很快回答了我的问题,语气特别平淡,没有升降,听不出任何情绪波动。

既然她选择规避,我也不再跟她浪费时间。我居高临下地盯着她:"如果我没有猜错的话,龙三那天接到的电话是你打的。"

我留意到程依依的睫毛微颤了一下,片刻后她摇了摇头:"我不明白你在说什么。"

"你给龙三打电话骗他出现在那里,就是想将绑架你弟弟的嫌疑推到他身上去。"我直截了当地说了一句,轻笑了一声,"只是你没料到龙三这家伙散漫惯了,根本就不守时,与你设想的出现时间相差了半个多小时。而从龙三出现的时间点上,我们推算出你的异常举动。我想……今天我们突然出现在你家时,你应该感到非常意外吧?"

用看错车来解释在案发地逗留那么长时间的原因,这一点我自始至终就不肯相信。或许是程依依也意识到了这一点,她不再辩解,干脆靠在椅子上默不作声。

她这样的反应在我的预料之中,任何一个人在面对一项质疑又无法立即反驳的时候,往往就会选择用沉默来规避问题。

我这次没给她留思索的时间,继续说道:"我们找到你后,你用看错车来搪塞我们,是因为你一时间没有想到应对之策,不过你是个聪明的人,你很快就告诉陈沁有一份记录借贷人信息的笔记本放在你父亲的房间,借此将陈沁引入你父亲卧室。你趁我们不注意时,把你父亲购买的一份大额保险压在柜子下,又故意露出一角让陈沁发现,借此引导我们重新定义案件的性质。"

我凝重地看着程依依。我一直觉得有一根线在牵引着我和陈沁查案的方向,现在我终于知道了这条线的源头。

我信心十足,原以为程依依听到我的分析之后表情会绷不住,因为我觉得以她这样的年纪,心理承受力应该不大。

可我最终还是低估了她。

程依依看上去还是那么的人畜无害,她似乎有些委屈:"是不是我爸爸跟你们说什么了……他说过,要是知道我没帮他隐瞒,他会对我不客气,他一定是跟你说了什么,让你把矛头指向了我,是么?"

这正是我接下来要说的话题,我摇了摇头:"一直以来,因为你父亲的狂躁，我们始终觉得男孩的失踪或多或少都跟他有关系，所以在今天我们找到你提出质疑时，你将计就计，把嫌疑推到了你父亲身上。"

程依依攥紧的手指有些变形，我加快语速继续说道："我想，你之所以这么做，完全是出于对你父亲的仇恨，如果我们抓了龙三，你父亲一定会觉得是因为自己惹祸上身才牵连到儿子，从此悲观厌世，而我们要是抓了你父亲，倒正好如你所愿了。"

听我如此说来，程依依故作出来的镇定濒临崩溃边缘，她瘦小的身躯微微颤颤，显然内心已经是一片惊涛骇浪。

尔后，她轻蔑地笑了一声："我真的不明白，你到底为什么要对我说这些？如果你有证据，请你拿出来，你难道不清楚你说的这些有多荒唐吗？"

程依依身上再次流露出不属于她这个年龄段的成熟，她之所以这么有恃无恐，赌的就是我没有证据。

我冷笑了一声，挺直腰杆，抱紧双臂："我知道你故意选择了一个没有监控的地方实施你的计划，但是你别忘了，现在很多车上都有安装行车记录仪，那天正好有一辆车经过时拍到了你。"

至于具体拍到她在做什么，我没有说，只是装作一副很有把握的样子。

程依依鼻子哼了一声："那你给我看看。"

我原以为程依依在听到我的一番分析之后会主动承认，可是面对一个比我小十多岁的女孩，我居然发现我根本无法在她面前占领上风。

就在我一筹莫测时，审讯室的门被人推开了，我回头一看，是陈沁面无表情地出现在门口。她径直走到我面前，把一个东西"啪"的一声拍在我面前的桌上："你要的行车记录视频。"

她的手掌挪开后，桌上出现了一枚U盘。我愣了一下，抬头准备跟陈沁交流下眼色，却发现她根本就没有看我一眼的打算。

"好，我给你看。"我隐藏住内心的疑问，不紧不慢地把U盘插到电脑上。

我的淡定其实是装出来的,我不认为陈沁会在这么短的时间内找到证据,况且她应该不会相信我的推断。

电脑屏幕上的开机画面一点一点变化,就如同程依依此刻的表情一样,每一帧都不重复。我能够看到她脸上的血色逐渐消失,呼吸的频率成倍加速,陈沁的突然出现已然打乱了她的心思。

除了机箱散热器嗡嗡的声音,审讯室内安静无比,我们三人就像是呈三足鼎立局势的纷争国家,彼此间都无法摸清对方的立场和底牌。

场面僵持了一会儿,就在我点开一个视频文件时,程依依突然冷笑了起来:"都怪我一时心软,没有杀了他!"

女孩略带稚气的声音传入我耳中,让我身上的汗毛顿时竖了起来,再看向她时,原先那个看上去很柔弱的女孩仿若是变了一个人。她的表情看上去有些吓人,眸子里凝聚着一丝怨毒,手背青筋凸起,就像是被恶灵附体了一样。

陈沁眉头紧锁,恐怕她心里受到的冲击不比我小。

我从包里拿出多肉在程依依卧室床下找的胶布和手套,尽管我还不知道这两件东西的用处,但我还是假装肯定地说道:"你不是狠不下心,只是之前警察一直在找你问话,你脱不开身而已。"

程依依看了眼我手上的东西,脸色又是一阵变化,她一脸阴沉地盯着我:"你别以为自己很聪明,你跟我父亲一样,从头到尾就在质疑我、迁怒我,我的话你们从头到尾就没有相信过是吗?"

程依依咬牙切齿,我却摇了摇头。她错了,在去火车站抓到程勇之前,我都是相信她的。

陈沁见到突然变得陌生的程依依,又听到我跟她的交谈,肯定是明白这其中的原委了。陈沁急不可耐地问道:"程炜炜到底在哪里?"

这话一说出口,程依依立即从椅子上站起来,尖锐着嗓音道:"你们骗我！"

她话音刚落，我点击的那段视频也正好弹了出来，视频根本就跟这个案子毫无关系。我侧脸望向陈沁，见她一如既往的沉稳，似乎一开始就知道这个结果。

我瞄了一眼审讯室角落那个不停闪烁着红灯的监控器，顿时明白了陈沁的意思。

我刚才下车后悄声让陈沁跟我准备一间审讯室，她虽然答应了，但是肯定对我不放心，所以一定是躲在监控房偷看我的所作所为。她有着敏锐的洞察力，从我跟程依依的对话中必然能听出一些端倪。只不过我什么都没有跟她说，她这次居然选择了相信我，这倒是在我预料之外。

我没对她心存感激，因为她太过于急切了，以至于过早暴露出手中的底牌，让我还想套程依依话的计划彻底泡汤。

程依依一听陈沁问她弟弟在哪里，立即就明白我所说拍到她的那段视频根本就是子虚乌有。她恼羞成怒地瞪了我一眼，突然嘴角上翘，露出一抹让人心寒的笑容："你不是很聪明吗？你自己去找吧，我是不会告诉你的。"

尔后她回头看了一眼墙上的时间显示屏，嘲讽道："提醒你一下，过了今晚，你就算找到也是一具尸体了。"

她的话里明示了男孩已经命悬一线，我眉头拧在一起，不管她说的是不是真的，留给我们的时间都不多了，毕竟程炜炜已经失踪了这么久。

陈沁耐不住性子，又多问了程依依几个问题。程依依冷哼了一声坐在椅子上，一句话都不肯说。

我冲着陈沁摇了摇头，转身离开了审讯室，蹲在门口的玫瑰见我出来，立即走到我身边，宽大的耳朵像蒲扇一样的一抬一落。玫瑰靠在我的腿上蹭了蹭，像是在安慰此刻心烦意乱的我。

我把手搭在玫瑰的背脊上，凝视着它，如果玫瑰能够像人一样思考，或许它能够给我一些指引。

我闭上眼睛，在脑海里把这几天经历过的事情都重复回想了一遍。当我睁开眼时，我发现玫瑰同样在看着我，它的鼻子碰到我的手背，喉咙里发出"呜呜"的声音。

它是想告诉我什么，还是想提醒我什么？

我嘴里默念着玫瑰的名字，绞尽脑汁，突然间我脑海里就蹦出来一个念头。

我记起了那天带玫瑰沿着男孩行走路线搜寻的经过，回想到玫瑰在往某一个方向搜查时被程依依引导到另一个方向。男孩的气味在程依依告诉我们的地方消失，我们原以为是路上经过的某一辆车带走了男孩，现在想来，更有可能是程依依带着男孩原路返回了一段距离，到了另一处位置。

另外还有一点，程依依是在听到陈沁的问话后，才意识到上当。如果程依依把程炜炜带到了别处，那么陈沁问她程炜炜在哪里，程依依应该不会立即想到我是在骗她。而程依依在听了陈沁的话后马上反应过来，只有两种可能，一种是程依依把程炜炜藏在了原地，另一种是她当时给我们留下了很明确的追踪方向。要是我没有骗她，手里真有视频，无论哪种情况我们都不需要再问她程炜炜身在何处。

我想我已经找到了程炜炜藏身处的关键提示，我把两犬的牵引绳牢牢拽在手中，快步朝电梯间走去。

刚出审讯室的陈沁见我着忙忙的模样，扯开嗓子问我："林轩！你要去哪？"

"我知道程炜炜被藏在哪里了！"我信心满满。

一听这话，陈沁没有不跟上来的理由。我俩乘电梯下了楼，她坐上我的车，我一脚将油门踩了下去。

在路上，我发现陈沁时不时往我这儿瞟一眼，一副欲言又止的模样，我大概能猜出她在想什么，于是主动问道："你是不是想问我，我怎么知道是程依依绑架了程炜炜？"

陈沁点了点头。

"是因为程依依家的那只宠物狗。"我怕这句话陈沁听不懂，所以又补充道，"第一次到男孩家里时，我发现他们家的宠物狗在程勇一家三口出现时表现出了极度惊恐的反应，我原以为它惧怕的对象是程勇，可是今天我看到它紧跟在程勇夫妇的身边，一步不离，我才明白它怕的其实是看上去柔弱的程依依。我之前说过，狗不会撒谎，也不会掩饰，是它告诉了我真相。"

"就这么简单？"

出乎我的预料，陈沁非但没有嘲笑我，反而还想深究我的想法。

"当然，单凭这一点我也不能妄下定论，在没有证据的情况下锁定一个凶手很难，但是如果知道正确答案，再往回推断其中破绽，就相对容易多了。程依依在我们面前一直是纯良无害的形象，直到被她家的宠物犬拆穿，我才知道她之前的表现都是假象，于是很多问题都能迎刃而解。我让你给我单独审讯程依依的机会，也是为了给她施加压力，在无证据情况下迫使她承认。"

陈沁听我说完，沉思了片刻："你为什么不早点告诉我？"

"我告诉你了，你会相信我吗？"尽管我的话是在反问，却用上了肯定的语气。

陈沁用鼻子哼出几个字："我要是不相信你，我就不会帮你骗程依依！"

这话说得倒也没错，虽然陈沁突然出现在审讯室打乱了我的计划，但是相比之前那对我好像"学霸"对待"学渣"的傲慢态度，这次算是看得起我了。

我抿了抿嘴，不再接她的话。

我把车开到了上一次玫瑰和程依依就路线发生分歧的地方，把车钥匙丢给陈沁，下车后拉开了后排车门，玫瑰跳下车往某一处跑去，似乎早已经锁定了方向。

我牵着多肉紧跟在玫瑰身后,陈沁开着我的车缓慢行驶。玫瑰跑得很快,转眼间我眼前就只剩下一个玫红色的小影子。我喘了喘气,正要叫玫瑰等等我时,看到玫瑰的身影定格在路边的一间商铺前。

待我追到玫瑰身边时,玫瑰已经嗅过了附近的气味,我把失踪男孩的衣物递到玫瑰鼻子前,玫瑰嗅过后,笔直身子蹲了下来,它在告诉我男孩的气味就在这里。

我在这附近并没有发现能够让人藏身的地方,我闻不到男孩身上的气味,但是此刻我能闻到木材的气味。树木被砍倒后制成的木材,没有养分汲取,又受到湿气的影响,气味与活的树木差别很大。我环顾四周,果然看到商铺门前一侧的地上残留着木屑。

多肉不紧不慢地晃过去,爪子在残存木屑的地方扒拉了几下,留下了几道爪印。我走近仔细查看了一眼,发现地上有立体型物体拖动过的痕迹,看上去像是长方体或是正方体,我猜应该是个木箱子之类的东西,如果没有猜错,男孩有可能曾被藏在这个箱子里。

可现在周围哪里有木箱子?

陈沁把车停在路边,她走过来后,我把我的发现跟她说了一遍。陈沁背着手,细看了眼周围,走到那间商铺前,踢了踢紧闭的卷闸门,径自说道:"店铺招牌都拆了一半了,门口还有大量砂石,看来是正在装修的店铺。"

未装修好的店铺,应该连监控都还没有来得及安装。我略带失望地问道:"怎么才能找到这家店铺的人?"

"交给我。"陈沁淡淡地说了一句,拿起电话拨通一个号码,跟电话那头的人交代了几句。

要查一个固定场所所有者的信息对于警察来说并不难,很快一个三十多岁的女人就匆匆忙忙赶了过来,应该是店铺老板。

店主很纳闷警察为什么会突然要找她。陈沁指了指店铺一边的位置,问道:"这边之前是不是放过什么东西?"

店主一边神色复杂地看着我身边的两条狗,一边点头道:"有……之前装修店铺,一些旧柜子旧箱子暂时丢在店外面了,今早就转移了,警察同志……我这是犯法了吗?"

我一听,神色紧张起来:"姐,那些东西都被转移到哪里了?"

"活儿交给了一家装修公司,那些箱子柜子也没啥用,估计是被装修公司卖到木材回收的工厂了。"

我心里一时间又喜又忧,喜的是程炜炜的下落目前来看是落实了,忧的是他随着一堆装修废弃物被转移,万一被丢到什么大型机械里挤压,那还了得!

我让店主赶紧打电话问装修公司把东西卖到了哪里,店主被我心急火燎的情绪所感染,丝毫不敢怠慢。

在等待装修公司回复的空隙,陈沁拿出手机翻出了一张照片,递到店主面前:"姐,你有没有见过这个女孩?"

店主眯着眼睛仔细看过后,点头说道:"这个女孩今天早上来过这里,还问我门口的木箱子被移到哪里去了,我说我也不知道,然后她就走了。"

我和陈沁听闻,相互对视了一眼,她心里想的肯定和我一样。

我现在终于明白程依依藏在床底下的那些工具是作何用处了。

程依依那天趁人不注意,把程炜炜藏在了店铺外的旧木箱中,然后把警察的搜索范围引导向另一个方向。木箱旁边还堆着一堆装修用的建筑垃圾,本来就不起眼,再加上店铺装修的噪音,就算是程炜炜在木箱中求救,声音也会被掩盖。

程依依回去后才想到木箱子是有缝隙的,关在箱子中的程炜炜还能呼吸,所以她才准备了封口胶,想把箱子缝隙封严实,让程炜炜窒息。

只是这两天我和陈沁一直在跟程依依接触,程依依为了不让我们产生怀疑,这才将动手的时间一拖再拖。等她今早决定动手时,发现店铺门口的箱子被运走了,便尝试从店主那里打探箱子的下落。

如果店铺门口的箱子没被运走,如果我们再浪费一点时间,如果我们继续把嫌疑的重点放在程勇身上,程依依或许已经得逞了。

所以这一串的"如果",让我一想起来内心就汹涌不止。

在我不安分地来回踱步时,店主的电话终于响了起来,她挂掉电话后告诉了我们一个位置。我刻不容缓地从陈沁手里接过车钥匙,低声道:"上车!"

陈沁也知道这会儿时间对我们来说有多宝贵,她三步并为两步,拉开车门坐了上去。

按照店主告诉我们的那个地址,我把车开到了郊区的一个木材加工坊。此时正是午后阳光最毒辣的时刻,小作坊外散乱堆放着一堆木质杂物,看上去和废品收购站一样。作坊里的工人正在午休,一名四十多岁的男人听到车辆引擎的声音后睡眼惺忪地走了出来,把我和陈沁拦住了。

陈沁出示了证件,男人一看来的人是警察,态度立马变得恭谨起来:"这外面太阳太大了,您请屋里坐,喝点茶。"

陈沁没有搭理他,我弯腰解开了玫瑰的项圈。让小作坊的人在这么多杂物中找一个不起眼的箱子,太阳落山前都不一定找得到。

"玫瑰,搜!"

我正色喊出一句,轻拍了一下玫瑰的背脊,玫瑰"嗖"的一声直奔出去。

我快步跟在玫瑰身后,目光紧锁住玫瑰,玫瑰的身影在作坊外的废弃物中急速穿梭,时而又稍稍停顿,它是在等我,这是我和它之间的默契。

程炜炜的气味早已经印在了玫瑰的脑海里,在这堆废物中寻找他的任务对玫瑰来说并不难。很快,玫瑰就在一堆杂物前停了下来,一边用爪子推动杂物一边狂吠。

我的心一下提了起来,我一眼看过去并没有找到店主告诉我们的那个箱子,很有可能是被那堆杂物压住了,也不知道程炜炜有没有事。

"陈沁！来帮忙！"我冲陈沁喊了一声，陈沁立即跑了过来，我俩一起动手把面前的杂物往旁边搬，随后一个被挤压得有些变形的木箱子出现在我们眼前。

我伸手把箱子的盖板抬开，屏气敛息地往箱子内看去。箱子中，一个小男孩正蜷曲着身体躺着，面朝上，眼睛紧紧闭着，一动不动。

一旁的男人看到我们在他的作坊外居然扒出了一个小孩子，吓得脸色煞白，困意全无，他哆哆嗦嗦地说道："这……这可不关我的事啊……"

陈沁紧锁眉头，弯腰，小心翼翼地把男孩从木箱子里抱了出来。她犹豫了一下后，伸出手指探到了男孩的鼻子下方，几秒过后，她猛然抬头冲我喊道："快叫救护车，还有呼吸！"

我急忙给靖城中心医院的急救中心打了一通电话，陈沁抱着男孩跑向我的车，开车往医院方向赶，路上就能碰到救护车，这也能争取一些时间。

我留意到木箱里有一个空的牛奶盒子，还有一个饼干塑料包装袋，这些东西或许是那天程依依用来哄骗程炜炜的零食，最终却成了他活下去的关键。

在我正准备离开时，我发现饼干塑料袋的形状有些怪异，我捡起箱中的袋子，手指在触碰到塑料袋的那一刻，我的心底略微一颤。

我内心深处的秘密

在去医院的路上,我们果然碰到了疾驰而来的救护车,玫瑰和多肉上不了救护车,我让陈沁坐上救护车先陪同男孩去医院。

等我赶到医院时,我看到陈沁正在医院的门口打着电话。她看到我出现后冲我招了招手,尔后她挂掉了电话,语气轻松地对我说道:"医生给程炜炜输了营养液,做过检查,没什么大碍,刚才他醒了,现在正在病房休息。我已经跟他的父母打过电话了。"

这样的消息足以化解我这几日的疲惫与焦虑,既然程炜炜在休息,我也不便上去打扰,我跟陈沁说:"我还想见一次程依依,我想跟她说几句话。"

"等会儿吧,等孩子的父母来了,我再跟你一块儿去。"陈沁的心情不错,说话都温声温气。

我和陈沁在医院一直等到程勇夫妇出现,在把孩子交托给他们之后,陈沁答应带我再去见一次程依依。

从医院往外走的路上,得到消息后蜂拥而至的记者随处可见。程炜炜失踪的消息在网络上愈演愈烈,网友们时刻都在关注这起案件的进展。他们要是知道这起案件从头至尾是程炜炜的姐姐导演,不知道会引起什么样的轩然大波。

这些事暂时不是我所关心的，我和陈沁驱车到了靖城市公安局，从陈沁那里我得知程依依已经被公安机关拘留，目前正在被盘问犯罪行为的细节。

陈沁不知道我为什么要见程依依，但她也没多问，很配合地给我安排了一间见面室。和之前的审讯室不同，这次是一间普通的会议室，只不过程依依被带过来后，有两名女警察守在了门外。

我和程依依面对面而坐，她从进门的那一刻，看着我的眼中就带着隐隐的仇恨。陈沁站在门口，背靠着门框，她看了一眼程依依，默不作声。

我不拐弯抹角，直接开口说道："你弟弟我们已经找到了，他还活着。"

程依依听到我这句话，脸色波澜不惊，就像是听到一件与她毫无关系的事情一样。

"我知道你为什么要这么做。"我起身走到程依依的身边，与她距离不到半米，"你也曾得到父母毫无保留的爱，他们所有的关心都曾独属于你，只是你弟弟的出现，从你的身边抢走了那份本属于你的父爱和母爱，所以你才恨你弟弟，是吗？"

程依依既然能做出这样的事情，心早已硬如铁，我的话根本就无法触动她的内心，她从鼻子里哼了一声，把头扭向了一边。

我自顾自地说道："你爸爸在知道这件事之后，根本就不相信是你做的。我能够感受到他此时对你的担心，一点也不比刚得知自己儿子失踪时的紧张少。他还跟我们求了情，想把责任都揽在自己身上，跟我们说是因为他对你的态度才导致你这样做。"

程依依又是一哼："虚情假意！"

我无力反驳，也许程依依说的也没有错吧，人不可能一出生就铁石心肠，造成程依依性格裂变的原因肯定很大一部分要归咎于家庭的教育。程勇有着极重的大男子主义，他对待依依肯定不会像别的父亲一般温情。

近年来，二胎政策放开。然而，在家庭教育这件事上，一个孩子都已经让很多夫妻心力交瘁，再加上部分地区仍有重男轻女的思想，因此生育二胎而带来的家庭矛盾层出不穷。若家长未对第一个孩子做好引导，尤其当其是一个心智尚不成熟的未成年人时，很容易导致其心理的阴暗面增长。

当然，我这不是为程依依犯罪的事找借口。我只是觉得为人父母，既然把孩子带到了这个世上，不管是男是女，是一个还是两个，都应该公平对待。

我深深地叹了口气，意味深长地对程依依说道："因为你父母对你态度的转变，让你把责任都归咎到你弟弟身上，我能够理解，你有一种众叛亲离的感受，但是你有没有想过，其实还有人很爱你？"

程依依抬起头，她应该是以为我这句话又是在尝试化解她和父母的矛盾，所以看着我的眼神还是那么的充满敌意。

我从口袋里掏出在现场捡的饼干包装袋，放在了桌面上，没有继续说话。

程依依看了眼包装袋，瞳孔微颤了一下。如果我没有猜错的话，这袋饼干应该是她买给弟弟的，她肯定能记得这个饼干袋子的模样。

程依依伸出手指，手指在捏到皱成一团的袋子那一刻，她突然像是触电一样地把手缩了回去，冷冷地盯着我，问道："什么意思？"

我当着程依依的面把包装袋摊开，里面居然还留着一小块饼干，我一触碰，那块饼干就碎成了几块。

"你弟弟还留了一块饼干等着你。"我把碎掉的饼干又聚成一块，推到程依依面前。

我能够感受到程依依忽然加快的鼻息，她胸口的起伏也愈加激烈。她一把推开我的手掌，极其抗拒地喊道："瞎扯什么呢！"

"小孩的内心都很单纯，所以他的一些所作所为在我们大人眼中看起来才会那么幼稚。你弟弟不知道你把他困在那里，那么久的时间，他会越来越感到饥饿、口渴，在他的心里，他一定会觉得你也有着跟他一样的感受。"

我这些话,不是为了安慰程依依而杜撰出来的。心智不成熟的小孩,不会像心智成熟的大人一样去考虑事情的结果。对于男孩来说,他根本不会想到那一块小小的饼干能够维持他生存的时间,他只会想到自己很饿,那么跟他一起出来的姐姐一定也很饿,无论怎样,他都要留一块饼干给自己的姐姐。

我的话,让程依依内心受到了毁灭性的撞击,这一点可以从她僵硬的表情中看出来。我的心此时此刻也深受触动,往往心智越是成熟的人,越是会变得冷漠,越长大,我们在这个本可以充满温情的世界中,越会失去当初的纯真。

程依依紧闭上双眼,深吸了一口气,随后她突然站起身扯住了我的衣领,歇斯底里地喊道:"你为什么要告诉我这些!为什么!"

站在门口的陈沁见状,脚步顿时朝前迈出。我朝她摆了摆手,示意她没关系。

我喉头哽了一下,将一抹苦涩咽了下去,淡淡地说道:"因为我也有一个妹妹,我很爱她,她是这个世界上唯一能给我安慰的人,可是她不在了。我告诉你这些,是想让你知道你弟弟很爱你,我不想让这件事成为你和他之间永远的隔阂。"

程依依手上的力道逐渐松懈,随后松开垂了下去。她整个人瘫软地跌坐到椅子上,眼眶的泪水像是决了堤的洪水,倾泻而出。

我拍了拍她的肩膀,轻轻地说道:"我多么希望,她也能像你弟弟一样的幸运……"

程依依心里的魔障在她的声声哭泣中彻底瓦解,她交代了自己诱骗弟弟并将其关在废弃木箱中的经过。我望向陈沁,她冲着我轻轻点了点头。我起身离开了房间,剩下的事情就交给警察依法处理吧。

我刚一出门,就迎上了得到消息匆匆赶过来的张震。在走廊外面,陈沁向张震汇报了案件的结果。得知是我最先发现了女孩在本案中的嫌疑后，张震的态度跟之前相比来了个一百八十度的转变，笑着对我称赞有加，似乎对于我在本案中的表现颇为满意。

不管他把我说得多厉害，我都没有听进去，我既然完成了之前答应张震的事，那么他也应该言而有信。所以我趁机对他说道："张队，这个案子既然结了，那份档案是不是……"

"好说好说！我这就让人给你把档案调出来。"张震此刻心情极佳，对我这个违反规定的要求居然一下都不推脱地答应了。

不管张震之前对我怎样，这次能够这么爽快地兑现允诺，我这心里头对他还是挺感激的。我也冲着他露出了平常难得出现在我脸上的笑容。

张震打了一通电话，几分钟后就有一名女警察抱着一个土黄色的档案盒子出现在门口。张震接过那份档案，冲我招了招手，我走过去后，他把档案递到了我怀里。

档案盒上印着黑色的"公安档案"几个大字，下排的小字是"江苏省公安厅监制"。因为档案记录的案件并未被侦破，纸盒封面上还贴着白底红字的标识。

我把纸盒的绳扣小心翼翼地拨开，取出里面A4纸大小的一叠文件。这份档案并不厚重，在我的手里却是那么的沉甸甸。我呆站在原地，手指在文件的封面上滑动。

"小林啊，你仔细看看吧，我和陈沁有些事情要谈，我们在走廊等你，你看完了记得把它还给我。"张震轻轻拍了下我的肩膀，带着陈沁走向窗边。

我把档案紧揣在手上，转身走进了方才的那个房间。程依依已经被其他警察带离了这里，此时房间里只有我一个人。

档案被我平放在桌面上，我坐在椅子上，内心有些紧张。虽然这份档案只是我寻求真相的第一步，但是为了得到它，我也付出了很多。

我翻开了第一面，两个正楷字首先出现在我眼前。

林汐。

这两个字,像是一正一负的电极猛然接入我的身体,让我有种触电的感觉。

这个名字我是那么的熟悉,我曾笑着叫过,生气地叫过,温柔地叫过……也曾哭着叫过。

可是现在,我的喉咙反复哽咽,喉管里像是被细软的泥土堵得严严实实,再也无法将这个名字说出来。

我强行调整自己的心态,拳头却始终紧捏着,手掌被指甲抠出深深的印记。我的视线向下挪动,一字不落地扫视档案中的内容,迫切地想要寻找出对我有用的讯息。

文件记录的时间是四年前,内容是对一起失踪案件的调查。档案记录的日期准确无误,是我生日的前三天,我不可能忘记。失踪者是一个16岁的女孩,正读高一,那一天放学后她离开学校,到夜晚也没有回到家中。

女孩家属报警后,警方和学校联合起来组织大规模的搜寻,可是女孩就像是凭空消失了一样,甚至连出现在监控中的影像都寥寥无几。女孩从未与家人或亲友发生过矛盾,不可能是离家出走。搜救时间一直持续了七天,警方仍然没有女孩的消息。

今年是她失踪的第四年,再过一段时间,就是林汐被法院宣告死亡的时候。

档案中的内容,唤醒了我的记忆。林汐失踪的第二天,我在大学的教室里接到了母亲打过来的电话,当天我就借钱买了机票赶回了家中。我参与了那次搜寻,却一无所获。

几年过去,当这段记忆再次因档案而被牵扯出来时,我发现我心中的悲痛从未消减过。

我将牙关咬紧几分,手指继续翻动着档案的页面,当我翻到最后一面时,我的心猛然间如同被火燎过,顿时变得炽热起来,拳头在一瞬间被捏得咯咯直响。

我陡然站起身来，椅子被我小腿撞倒在地上，发出"砰"的巨大声响。我转身走到门前，用力推开门，木门"哐当"一声撞在墙壁上，一连串的声响让原本安静的房间顷刻间变得嘈杂起来。

我黑着脸，快步走出房间，看到张震和陈沁还在窗边交谈，我的眼中冒着怒火，朝他们迈动脚步。

张震听到了门撞击墙壁的声音，朝我这儿望了过来。他小声跟陈沁说了些什么，之后笑吟吟地面向我："这么快就看完了？你要是怕记不住，待会儿可以去复印室复印一份带走。"

听他这么说，我心头又是一簇火蹿了上来，之前他可不是这么说的。在这之前，他一直告诉我档案的借阅需要严格的审批，非办案人员不能接触。所以我才会跟他说，只要让我看一眼，我什么都答应他。

而现在我满足了他的要求，他却这么轻松而主动地提出让我复印一份带走，这其中的意思我怎么不可能明白？

"你骗我？"我瞪着张震，低沉着声音问道。

张震连连摆手，似乎受到了莫大的冤枉："这怎么叫骗呢，你要的档案我不是原封不动地交到你手上了吗？"

我平时不温不火，脾气上来时却是谁也不放在眼里。我当着张震的面把手里的档案盒重重摔在地上："档案里只记录了事情的经过，一点细节、线索都没有，甚至我连办案人员的名字都没有翻出来，你不就是想拿这点东西要我，为了让我帮你吗！"

查阅这份档案时我一个字都没有落下，得到的信息却寥寥无几。就算我查阅网络信息或翻当年报道此事的报纸，得到的信息量都肯定比这份档案多。可之前张震没告诉我这些，还故作为难，让我以为档案中藏着什么外人不知的细节，因此我才连着几天帮他找失踪男孩，浪费了大量的时间。

再过段时间，林汐就要被法院宣告死亡了，即使她现在确实生存概率渺茫，我也不愿意她就这么不明不白地从这个世界上消失。无论如何我都要找到她，活要见人，死要见尸。

留给我的时间并不多，在这个节骨眼上，张震还跟我来这一套，我怎么可能忍受得了？

陈沁脸色一沉，向我走近一步："怎么跟领导说话的。"

"不关你的事，走开！"我冲着陈沁吼了一声，毫不畏惧地直视着她那如炬的目光。

陈沁第一次见我发火，应该是被我骤然放开的气势震了一下。她板着脸看着我，也不说话。

张震在陈沁身后拍了下她的肩膀，语气没有半点恼意："陈沁，你先去忙吧，我跟他说几句。"

陈沁的身体往后侧了一下，让开位置，但也没有走开，也不知道是不是对我不放心。我重新把目光落在张震的身上，原以为我这么跟他说话，他会训斥我几句，我都已经做好了跟他抗衡到底的准备。可他现在的态度，却是让我捉摸不透。

张震弯腰把档案盒捡起来又递给我，沉着嗓音说道："把档案调出来给你看，我确实是费了些功夫，也担了点风险，我想你或许是误会什么了。"

我哼了一声，一点也不信他的话。

张震把纸张列整齐，放回了纸盒子里，话锋一转："我知道，你放弃了出国深造的机会，又因为心理原因过不了警校的审核，最后不得已只能进入警犬培育基地工作，你这么做是为了你妹妹，你的心情我可以理解，但是事情既然已经发生了，你也不必让自己一辈子都带着悲伤活着吧？"

"还不是拜你们所赐，要是你们当年肯再坚持搜查，或许还有机会。"我冷着嗓音回道。

"你也说了，是或许还有机会。"张震像是抓住了我的破绽，一下子占据了有理有据的位置，"这个世界上有那么多的或许，如果每个人都要为了这点虚无缥缈的可能性而全然不顾其他，那么世界不是乱了套了？你也知道，你妹妹是失踪，并没有命案的证据。靖城公安命案必破，警方不可能在失踪案件上耗费过多的警力，而且据我所知，当年警方足足在靖城搜了七天，这已经是……"

"既然这么说，那我们没什么好谈的。"我打断了张震的话，转身要走。

"小林，等等，我还有一个提议没说。"张震追上我，拦在我面前，"我刚才跟陈组长商量过了，你驯犬的技术确实让我们大开眼界，你的个人能力我们非常看好，所以我想让你能加入陈沁他们小组，协助刑事案件侦破。我相信你和你的警犬，能给以后案件的侦破带来极大帮助。"

张震没等我回应，继续说道："只要你能加入，我可以完全放开你的查案权限，作为刑警，你今后肯定有很大机会再接触到关于你妹妹的线索，我现在就可以答应你，你要是真找到了，我调集所有资源帮你。"

张震滔滔不绝，说得跟公安局是他家开的一样。我一个字都不相信，所以白了他一眼，毫不犹豫道："我拒绝。"

张震似乎还想劝说几句，我没有给他机会，转身离开了这里，留下神色不一的两人。

我乘电梯下了楼，刚才上来时我怕多肉和玫瑰乱跑给市局的同志带来麻烦，所以把俩狗拴在一楼的楼梯栏杆上。此时天色已经完全暗了下来，我找到它们时，俩狗正百无聊赖地蹲在楼梯上。见我出现，玫瑰倒是没啥表现，多肉则垂着耳朵，耷拉着尾巴，似乎对我的做法颇为不满。

我去车里拿了些狗粮和火腿肠揣到包里，为了避免遇到下楼的陈沁和张震，我带着玫瑰和多肉又乘电梯上了楼顶天台。

我从包里取出两个不锈钢碗，两个碗里都倒了大半碗的狗粮，又放了两根火腿肠。我把碗放在地上，看着玫瑰和多肉大快朵颐，从中午到现在都没有喝水进食的我却一点胃口也没有。

靖城公安局大楼是这几年刚修建的，足有十八层高，在楼顶可以完美俯瞰街区的夜景。我坐在天台上，呆呆地望着远处的绚烂灯光，这灯红酒绿的都市夜生活似乎与我无关。

这座城市是没有黑夜的，天上月亮的暗淡光辉和地面上霓虹散发出的光遥相呼应，互诉着天上宫阙的寂寞和人世间的繁华。可这只是表面上的，任何一座城市，都有人性、贪婪、伪善、虚荣、罪恶的盘根交错。一座城市如果完全被这些所占据，那将永陷黑暗。

我的脑海里不断地浮现出林汐的面容，那样模糊，却又让我梦寐不忘。我很想知道她的消息，但是又怕某一个消息击溃我这么多年来的坚持。

她是那么单纯善良的一个女孩，但在即将被宣告死亡的时间里，除了她的家人，还有人记得她吗？有谁会在乎一个与自己毫无关联的人？最多也不过是报以短暂的同情罢了。

黑暗是在光亮的掩没下悄悄生长。

我将这个世界看得如此冷漠，或许一部分是因为林汐的失踪。

脑海中的思绪交错拉扯，我的大脑就像是满载的CPU，炽热、卡顿。温凉的晚风吹拂着我的脸颊，这种感觉却未曾消减半分。

"唔唔……"

我身边传来玫瑰发出的低沉叫声，随后手臂被柔软的皮毛紧贴。我侧过脸颊，看到玫瑰蹲在我身边，左右摇晃着尾巴。我半侧身子朝它慢慢倾靠，肩膀依靠在了它身上，所有的倦意在这一刻烟消云散。

不善于交际的我，身边最好的朋友可能只有玫瑰了。在我无助、茫然的时候，只有它会给我安慰。

天台上的寂静，让我的心思逐渐平静下来。我知道，这只是我短暂的松懈间隙，接下来的时间，我需要独自一人找寻关于林汐的线索，孤立寡与。

英雄功勋犬

可是很快,这份寂静就被我身后的脚步声打破了。

通往楼顶天台的铁门并没有上锁,但是平时应该很少有人到这里来。我回过头看了一眼,发现居然是陈沁。

此时的陈沁褪下了警服,披着一件米白色的长款风衣,显得身材极为高挑。她一只手酷酷地插在口袋里,另一只手握着一瓶矿泉水。她走过来一句话都没有说,把水往我面前一递。

我犹豫了一下,伸手把水接过来:"谢谢。"

陈沁嘴角漫不经心地往上微微一翘,不紧不慢地走到我身边,两腿一弯就坐在了地上。我瞥了一眼被她垫在身下的风衣和地上的灰尘,嘴角牵动几分,终究是没有开口说话。

"为什么会来这儿?"陈沁目光望向远处,好像不是在跟我说话一样。

"你怎么知道我在这里?难道你跟踪我?"

陈沁听闻,用鼻子哼出几个字:"我没那么无聊。"

我承认,我不会和人交流,特别是女孩子,三言两语间就能把天给聊死了。

不过我也没打算和陈沁促膝长谈。

我垂下头，拧开水瓶的盖子，狠狠地灌了一口，冰凉的纯净水总算是给我燥热的喉咙带来一丝凉意。

此时玫瑰正慵懒地趴在我的怀里，微眯着眼睛，我轻柔地抚摸了一下它的脑袋。陈沁见状，薄唇勾起一抹好看的弧度，伸出手掌放在玫瑰的背上。

只是她的动作在我看来还是有些怯生生，我又回想到她第一次见到玫瑰时的表情，忍不住多问了一句："你很怕狗？"

陈沁没有隐瞒，点了点头："我现在尝试着接近它们，更多的是为了克服我心里的恐惧。"

也许是从我的脸上看出了疑惑，陈沁的另一只手抓住了自己右腿的裤边，掀起了裤腿，把小腿露了出来。在月光的映射下，陈沁的肌肤愈发显得瓷白。可是我清楚地看到，在这本该无瑕的肌肤上，偏偏有一条黑色的"蜈蚣"扭曲盘旋，看着让人触目惊心。

这条"蜈蚣"我并不陌生，这是一条被狗咬过后留下的伤疤，除了牙印，条状的疤痕是皮肤被撕裂后缝合留下的。狗咬人不像蛇一样咬住不动，犬类在发狂的情况下咬住物体会本能地用力拽，这是犬类进食的动作。如果有人不幸被咬，皮肤很容易会被撕扯出一条大口子，再严重点，皮肤会被完全扯下来一大块，那时别指望还能找到被扯下的皮肉做缝合手术了。

单是想象这样一幅血淋淋的画面就已经让我汗毛直立了，而作为当事人的陈沁，当时肉体的疼痛和内心的恐惧可想而知。

我看着都倒吸一口冷气，陈沁却漫不经心地把裤腿扯了回去，双手放在膝盖上："两年前，一只发狂的比特犬扑咬过路的老人，它主人在后面没追上。我没多想，追上去扯住了那狗的耳朵。"

说起那段经历，陈沁像是在谈一件与自己毫无关系的事。我抿了抿嘴唇，愤愤不平地说道："说真的，现在一些养犬的人是真没素质，像这种具有攻击性的犬类，怎么能不做防护、不牵绳就带出去呢！"

其实大多数人并不是讨厌狗，而是讨厌那些养着狗又没有素质的人。

有些人拍着胸脯说自己养的狗不咬人,可是狗毕竟最初是由狼驯化而成,体内仍然保留着捕食者的野性。而且狗的领地意识很强,人类无意的动作有时候会被狗认为是侵犯了它的领地。据我所知,除了导盲犬,没有哪种狗是百分百不咬人的。(导盲犬常见品种是极为温顺的黄金猎犬和拉布拉多,往上三代都不能有咬人的记录,且从出生就要进行严格训练。)

陈沁见我一副义愤填膺的模样,扑哧一声笑了出来:"没想到啊,原以为你这样的爱狗人士应该要指责是我先惹的狗呢。"

我知道陈沁说的是玩笑话,但我还是严肃地板起了脸:"我没那么无理。"

我低头看了一眼怀里睡着的玫瑰,淡然说道:"而且我也不算什么爱狗人士,我和那些养宠物犬的人不一样,在我的眼里,每一只警犬、军犬和真正的警察、军人没有区别。"

这次换作陈沁摆出一副愿闻其详的表情了。我不想陈沁把玫瑰当作她克服恐惧的对象,所以打开了话匣子:"玫瑰的母亲,刚诞下玫瑰不久就参加了一场大地震的搜救任务,和救援战士一样,它前三天基本都二十四小时不眠不休,不间断地进行搜救,辗转两千多公里,三十多处受灾现场,准确定位遇难者遗体四十九处,埋压点三百多处,成功救出八名幸存者,最终它在一处余震地点被一块大石板永远地压在了废墟下。

"玫瑰一出生就没了母亲,三个月大时就开始接受幼训。警犬的训练强度比警校的学员还要强,玫瑰这些年参加的搜救、缉毒、搜查任务不计其数,恐怕它被毒贩子用枪指过的次数不比你少。如果换作是一个人,这些丰功伟绩足以成为升职的最好履历,但是对于警犬来说,它们只是默默无闻。"

我说这段话时,心里充满着敬意,我依然记得玫瑰的母亲向战场出征时的临危不惧,也记得几个月大的玫瑰被警犬保育员交到我手里时的懵懂模样。

我的手背突然间感受到几滴温热的液体滴落，我低头一看，怀里的玫瑰不知道什么时候已经睁开了眼睛，一双晶莹的眼睛在月光下闪闪发亮。

它好像真的能听懂我的话。

陈沁听我说了这么多，一直没有说话，不过抚摸玫瑰的动作轻柔了不少。她沉默了一会儿后，喃喃自语道："你说得没错，我的工作其实经常需要警犬的协助，它们不应该被当作普通的宠物犬看待。"

陈沁瞄了一眼蹲在地上恋恋不舍舔着不锈钢碗的多肉，好奇地问道："那它呢？也是你从小带到大的警犬？"

我一听这话，上一秒还庄重的表情瞬间就绷不住了，我尴尬地揉了揉鼻子后又支支吾吾了半天，才蛮不情愿地说道："那倒不是……多肉是走失后跑到派出所，派出所的同志没有找到它主人，只能暂时养着。可是这家伙饭量太大，派出所的人实在养不起，就把它送到了警犬基地，作为警犬陪玩犬。你也知道，没有哪个地方用哈士奇作警犬的，因为它的智商水平，很容易在执行任务的过程中和犯罪分子达成共识，所以我只能……"

我的话还没有说完，刚才还在舔碗的多肉突然抬起脖子，露出一道犀利的目光。它的肉掌在地上连踏几下，下一秒，它就化为一团滚动的肉球奔向了我。

多肉跑到半途中，被陈沁一把拽了过去。多肉愣了一下后，在陈沁的怀里乱蹭，见陈沁不仅没推开它还被逗得笑颜如花，便得寸进尺地伸长舌头往陈沁的脸颊上舔去。我咳嗽了几声，这家伙伸到一半的舌头又赶紧缩了回去。

陈沁笑了一会儿，侧过身子看着我："既然我都告诉你一个秘密了，作为交换，你是不是也要告诉我一个？"

我没答应，也没有否决，算是默认了。

"第一次见到你时，你好像对我还有张震和苏梓航态度并不友善。我想问你，你是不是对警察挺反感的？为什么会这样？"陈沁托着腮，目不转睛地盯着我，把压在心里许久的一个疑问抛了出来。

陈沁看着我的眼神中有些怪异，我知道，我之前对他们的态度让她有些误解了。

也许此刻陈沁在想，我曾经犯过什么事被警察处理过，所以我才仇视警察这类群体。

又或许她从张震那里得知，我因为心理原因没有通过警校的考试，从此心怀不满。

不管陈沁怎么去想，我都没有立即去解释。我不觉得我对他们的这种态度叫作反感，相反地，我一直很尊敬警察和军人这两种职业。只是很多年前发生的一些事，让我心里有一道心结一直没有解开。

我眼中陈沁的面孔逐渐消失，眼前的画面像是幻灯片一样切换。黑夜变为白天，空寂的天台变为喧嚣的马路边。一群人围在我面前，神色各异地看着我，在我身前是几名身着警服的警察，其中一名年龄稍长的警察嘴唇一张一合，似乎在跟我说话，我却什么也听不清。

我被灼热的阳光晒得头晕目眩，眼前的画面有些重影，我"扑通"一声跪在地上，膝盖重重磕在粗糙的水泥地面上。我用沙哑的声音重复地喊着："求求你……求求你们，我妹妹才16岁啊，你们再帮我找一找她好不好……"

我的身体像灌了铅一样，膝盖火辣辣地疼，在我面前的那名警察弯腰抓着我的肩膀，尝试着把我从地上扶起来。他嘴唇张动的频率变快，我只能听到几个字："林轩……醒醒……"

那名警察未能扶起我，他手中的力道突然加大，随即我的肩头感到一阵剧痛，身体失去平衡，往后面狠狠栽去。

我的后脑勺没有撞在生硬的地面，而是被一团柔软垫着，脖颈处被松软的毛发蹭得有些痒痒。我张开眼睛，眼前已是一片漆黑，过了好一会儿我才看清眼前有一道朦胧的光亮悬挂在上方，一张面孔像是剪影一样垂在我的头顶。

我伸手往我后脑勺摸去，摸到了一条软软的尾巴，我腾的一下坐直身体，扭头看到是玫瑰趴在我身后。它正用一双焦灼的目光看着我，很担心地不停舔着我的手背。

我还没来得及作何反应，脑袋就被一双手扭转了回去，随即一道刺亮射入我的眼眸。我惊叫了一声，下意识地想要护住眼睛，手却在半空被截住了。

待视线逐渐清晰后，我才看清是陈沁拿着手机，用手机自带的强光灯直往我眼睛里照。我刚把眼皮紧紧闭住，就听到陈沁责怪中带着焦虑的声音："睁开！我看看要不要送你去医院！"

"不用。"我推开陈沁，揉了揉眼睛，"我没事。"

"还说没事！"陈沁语气加重几分，"刚才叫你名字，你完全没有回应，我拿手机上的灯光照你眼睛，你也没有反应，这样还叫没事？"

又来了，又来了。之前在废弃工厂，之后在程依依的家里，现在又是在陈沁面前，我身上再一次出现让人匪夷所思的表现。

可是自始至终我都不知道这是怎么一会儿事，我像是进入了另一个世界，可那个世界又别无差异，只是我身处的时间和空间发生了变化。

我深吸了一口气，牵起了玫瑰的绳子，目光躲闪地对陈沁说："没事，我累了，休息休息就行了。"

陈沁再三确认我的身体状态，见我气色平稳、思路清晰，她才松了一口气。她拍了拍衣服背面，双手插入口袋里："行吧，你回去好好休息一下。另外，我觉得张震的建议不错，你要是加入刑侦小组，遇到有关你妹妹线索的概率肯定比你自己盲目寻找要高得多，你回去好好想一想吧。"

她见我不说话，又补充道："不管张震是不是为了拉拢你才抛出来条件，反正我这里只要有空闲的时间，肯定会帮你的。要是近期的案件，我相信以你的个人能力能够解决，但是事情已经过了好几年了，如果不借助我们的资源,你一个人恐怕难得有进展。"

我耐着性子等她说完,然后客客气气地点了下头:"嗯,我会考虑。"

说完,我冲着多肉招了下手,带着玫瑰转身走向楼顶的出口,留陈沁一个人站在夜色中。

我回到警犬基地宿舍时,已经是晚上十一点多了。一连几日的早出晚归,基地的门卫都在纳闷我到底在干吗。

今天多肉一直跟在我身边,没机会在宿舍拆家,我总算不用收拾屋子,洗了个澡后就拖着疲惫的身子躺在了床上。

可是躺在床上后,我的大脑又格外清醒,张震和陈沁的话趁机占据了我的脑海。刚开始我听了张震的建议是果断拒绝的,之后在天台上,陈沁站在我的角度跟我苦口婆心,我对她也是敷衍的态度。

然而就在这短短的时间里,我的想法又有了变化,我突然觉得陈沁说得也不无道理,如果让我独自一人去挖掘当年的线索,我恐怕连一个方向都没有。当然,陈沁这么一个冷冰冰的人物,能跑到楼顶跟我促膝长谈,我想或多或少也有张震的指示。可偏偏就是这样一个我一眼就能看穿的"间谍",让我原本坚定的态度摇摆不定了。

我在床上翻来覆去、辗转反侧,脑海里陈沁的面孔始终挥之不去。她那不羁的笑容,随意坐在地上的身影,还有焦急关切的神情,像是密集的潮水般充斥我的脑海,不给我任何考虑的机会。我紧闭着眼睛,用力按着额头,想要把这些画面从我脑袋里赶出去。

我不知道我这一晚睡了多久,只记得大概是熬了大半夜,睁开眼时,天已经蒙蒙亮了。起床去洗漱了一番,站在镜子前,对面的我萎靡不振,眼睛因为没休息好而遍布血丝。

我今天特意挑了一件衬衫穿上,独自一人走出了基地,连车都没有开。出门就是公交站台,我上了一辆公交车,再下车时已经到了市公安局的门口。

此时正值市局上班时间，一群身穿天蓝色衬衫、戴着深灰色领带的警察脚步匆匆地往气派的大楼内走去。我跟在他们身边，显得格格不入。

昨天陈沁也没有说让我去哪里找她，我来到了她的办公室。一推开门，就看到第一排的陈沁正背靠着办公桌，面朝着门，像是在刻意等我一样。她见我进来后，只是与我对视了一眼，随即就转过了身，神情没有任何变动地坐在了椅子上。

从她身边经过时，陈沁头也不抬地说了一句："随便坐，等会儿有例会，一起去。"

我轻轻嗯了一声，今天的陈沁像是变了一个人一样，说话都温声温气，让我一时间还有些不适应。也许昨晚我们在天台上的交谈，让我和她对彼此的态度发生了一些微妙的变化。

今天是周一，例会定在上午十点。别问我周末为什么没有休息，对于一线的刑侦人来说，加班是家常便饭。

快到点的时候，陈沁走到我身边提醒了我一句，我跟着她走出办公室，来到了之前我曾参加过一次会议的会议厅。

上一次，我和陈沁在会上还针锋相对，这一次我俩心平气和地并排坐在一起，已经是化干戈为玉帛了。

张震还是坐在会议桌的主位，他落座后目光扫了一圈在场的人，最后定格在我的身上。我看到他冲着我露出了微笑，我连忙把头埋了下去。

"这次程炜炜的失踪案，林轩同志确实立了很大的功劳，要不是他发现了程炜炜姐姐的嫌疑，又及时找到了他被困的地点，后果不堪设想。"张震首先把我夸了一通，然后站起身，"来，大家老规矩，给呱唧呱唧。"

一桌人像是提前商量好了一样，腾的一下全部起身，啪啪拍着手掌，搞得我有些尴尬，站也不是，坐也不是。

鼓掌后，张震告诉大家我加入陈沁小组的消息，之后很快切换了话题，询问苏梓航废弃工厂女尸案的进展。

我看苏梓航脸色一直不佳，他简单汇报一番，进展基本还停留在两天前。我能够理解苏梓航的心情，废弃工厂女尸案和程炜炜失踪案几乎是在同一起跑线上，而现在程炜炜都已经被成功解救了，犯人也落网了，被张震寄予厚望的苏梓航当然会感到压力。

陈沁的手指灵巧地旋转着一支中性笔："不是已经确认了死者的身份了吗？死者家属有没有找到？工厂的负责人有没有找到？"

一名男警察皱了皱鼻子，说道："那天开完后会就已经让派出所的同志去查失踪人口了，派出所的人找到了死者的丈夫，他也确认了尸体。据死者丈夫所说，死者已经失踪快半个月了，他早就报了案，一直没有找到死者。"

"咱们的同志曾找到过死者工作的地方，那时东润食品厂还在正常生产当中。工厂的负责人叫高毅，他当时告诉警察，死者确实在工厂工作过，但是几天前就联系不上了。后来咱们在东润食品厂找到了死者尸体，才发现在那次派出所的同志上门询问不久后，高毅就关闭了厂子。就目前来说，他的嫌疑最大。昨天上午高毅已经被抓到局里，可是到现在他都不肯承认。"

听完那名警察的话，陈沁托着腮，思考一番后说道："高毅在警察上门问话后就突然关了厂子，有可能他就是凶手，也有可能是他在我们之前就已经发现了尸体，怕担责任，不管怎样，高毅的行为都说明他心里有鬼。"

我接过陈沁的话："还有种可能，高毅的工厂生产环境恶劣，一次警察的登门造访，让他担心卫生部门会紧随其后，被迫关厂逃走也是说得通的。"

陈沁抬头和我对视了一眼，没有反驳。

张震坐直身子，看过手中那份审讯高毅的笔录："这个案子到现在线索那么少，咱们的突破口还是应该放在高毅身上，人死在他那里，他又一声不吭就跑了，这其中有太多的疑点。另外咱们也不能完全指望他开口承认，苏梓航这边还是要尽快找到其他线索，看看能不能建立证据链定他的罪。"

尔后张震又神色严肃地望向陈沁:"陈沁这边刚破了失踪的案子,我知道你们很辛苦,理应让你们组好好休息两天,但是对废弃工厂女尸案,上面也抓得很紧,咱们队警力有限,你们再坚持一下,调查下高毅和死者的关系。"

"放心吧张队,待会儿我再去审审高毅。"陈沁一点也没有推脱。

张震在会上部署了一些接下来的安排,其间刚刚通报案件进展的那名警察的手机突然震动了起来,他先是挂了,没过一会儿又有电话打了进来,在张震的示意下,他接通了电话。

挂掉电话后,那名警察神色为难地告诉张震:"张队,死者的丈夫又去派出所闹事了。"

那警察用了个"又"字,显然这事不是第一次了。他用求救似的眼神看了一眼陈沁,也顺带看了眼我。

"带我们过去吧。"陈沁站起身,收起了桌上的笔记本。

例会结束后,我和陈沁跟着那名警察上了一辆警车,路上陈沁问我:"你对这个案子怎么看?怀疑高毅吗?"

"怀疑。"我用了肯定的语气,"但是也不能完全判定就是他,苏梓航已经确认了死者的死亡时间,而高毅关厂逃走的时间晚于这个死亡时间三四天,这期间高毅的工厂还在生产,要是他杀了人,把尸体藏在自己的厂里,那不是引火上身吗?"

陈沁一脸经验老到地说道:"凶手杀人后,将尸体藏在家中的事并非鲜有发生,前段时间发生的一桩杀妻案,凶手就将尸体藏在家里的冰箱中好几天。"

"这不一样,工厂里那么多工人,那么多双眼睛盯着,暴露的概率会大大增加,再说尸体也并没有被藏在低温的环境里啊。"我和陈沁想得不一样。

陈沁深呼吸了一口气,靠在椅子上轻闭上眼睛,揉着太阳穴不再说话,似乎在想事情。

我没打扰她,二十多分钟后,警车停在了派出所的门口。陈沁被车外的喧闹声所惊醒,我俩透过车窗朝外看去,黑压压的一群人堵在派出所的门口,拉着横幅,情绪激动地嚷嚷着。

领头的是一个三十多岁的男人,中等个子,身材挺壮硕,肩膀和两臂处的肌肉突起。他身后的那些人衣着都跟他差不多,有的还戴着草编的遮阳帽,肩披一条汗巾,裤腿有明显的泥巴印,应该是刚从地里干完活过来的。

我们车里的司机按了几下喇叭,非但没让他们让路,反而还引起了那伙人的注意。领头的那个人转过身后,我看清了他的样貌,上午在会议室时我看过这个人的信息,他叫邱阳庆,是死者的丈夫。

邱阳庆估计以为我们车里坐着的人是领导,几步从人群中蹿了出来,拦在车前大声喊冤。陈沁让司机停下车,推开车门走了下去,我是头一回见到这种闹事的阵仗,本来还有些担心犹豫,见陈沁下车后我也跟了下去——总不能显得比女人还胆小吧。

邱阳庆见车里下来个女人,愣了一下。陈沁不紧不慢地走到他面前,余光扫了一眼邱阳庆带来的人:"邱阳庆,你知不知道你现在在做什么?带人来堵派出所的门?"

陈沁目光极具威慑力,声音带着不容置疑的威严,原本还气势汹汹的邱阳庆只跟她对视了一个回合就软了下来,换了张委屈弱势的脸面:"我老婆死了,你们警察到现在还没有给我个说法,我老婆躺在停尸房里,不许我们动,不能下葬,你们是让我老婆死不瞑目吗?"

"法医那边还在努力调查,尸体当然不能动,难道你老婆不明不白死了,就能瞑目了?"

邱阳庆一听,不顾形象地坐在了地上,三十好几的大男人当着我们的面哭了起来："我求你们了,我好不容易找的老婆,还没来得及抱娃就没了,她死得那么惨,我现在每天晚上都做噩梦……"

我看着邱阳庆这个样子,突然想起了四年前自己跪下来的那一次,应该在别人眼里也是这么狼狈吧。我的心一下子被触动,很是同情邱阳庆,我走到陈沁身旁,压低声音说："陈沁,高毅那边先放一放吧,我想听听邱阳庆怎么说。"

陈沁点了下头,我弯腰把邱阳庆从地上扶了起来："咱们进去说,你让他们回去吧,别耽搁大家务农了。"

我劝导了几句,邱阳庆才让堵在门口的人让了路。我和陈沁带着他走进了派出所,找了间会议室坐下。

"你老婆是什么时候失踪的?在那之前,你老婆有过反常的表现吗?"我给邱阳庆倒了杯水,坐在他边上。

"大概是半个月前,邓梅下班后一直没有回家,我去她工作的地方找过,问她身边的朋友也都没有消息,后来我报了警,还让家里的亲属跟我一起在周边找了好几天。"邱阳庆端起水杯,托着杯底,"邓梅失踪前没有过任何反常的表现,家里的钱也没有少,这肯定不是离家出走啊。"

陈沁眼睛紧盯着邱阳庆,不放过任何蛛丝马迹："你和邓梅关系怎么样?"

邱阳庆"嘭"的一下把水杯重重搁下："我和我老婆关系非常好,我一直宠着她,她一直以来也很勤俭持家,结婚这么久我们连架都没吵过几次,而且本来打算今年要孩子的。你要是不相信,你可以到处去问问。"

"你别激动,我们也就是问问。"我拍了拍邱阳庆的肩膀让他冷静一点,话锋一转地问道,"那你知不知道,邓梅和高毅之间有什么关系吗?对于邓梅死在高毅地盘的事,你怎么看?"

一听我这话,邱阳庆的拳头骤然捏紧,指节咯咯直响,两只眼睛仿佛要往外喷火一样。他用拳头狠狠锤了一下桌面,那杯原本就已洒了一大半水的水杯跳跃起来,邱阳庆咬牙切齿道:"一定是高毅!邓梅一定是高毅杀的!"

他的话音刚落,陈沁那双摄人心魄的目光已经锁定了邱阳庆的眼眸:"等等……你怎么知道你老婆是被人杀的?这话我们可没说过。"

两个嫌疑人

陈沁的话也正是我所想到的,到目前为止,关于本案的内部消息还是处于封锁状态,警方不可能告诉邱阳庆,邓梅是他杀。虽然邱阳庆去认过尸,但是邓梅被定义为他杀,还是前两天苏梓航听了我的暗示后,在验尸时找到极为细微的线索才断定的。邱阳庆这样的外行人更不可能凭借肉眼判断死者死因。

会议室内顿时陷入了沉默,我和陈沁不动声色地盯着邱阳庆。邱阳庆眼球左右摆动,观察着我们的表情,忽然脸一板:"什么意思,你们这态度是在怀疑我喽?高毅是什么样的人,我比你们清楚,我老婆在东润食品厂工作时没少受到他的骚扰,邓梅是在他的地方出的事,不久后高毅就跑路了,邓梅的死怎么可能跟他没关系?"

"哦……我明白了。"邱阳庆一副恍然大悟的样子,白了我和陈沁一眼后阴阳怪气地说道,"高毅肯定没少给你们这些当官的好处,要不然他那个没有资质的食品厂怎么会开得下去?我听说你们早就找到高毅了,可是现在都还没有结果出来,你们一定是收了高毅的黑钱,不仅不定他的罪,还想把责任推到我身上,是吗?"

陈沁只是多问了一句,邱阳庆就给了这么多说辞,还举一反三地诬蔑我们，他越是这样反而越让我们生疑。陈沁还想多问，我偷偷给她使了个眼色，她把话咽了回去。

我抽出几张纸巾，慢条斯理地擦拭桌面上的水迹："你刚才说高毅骚扰你老婆？能说具体点吗？"

"这种事我怎么说得清楚！"邱阳庆瞪了我一眼，把袖子往上撸了几分，"反正高毅不是个好人，之前我找过他说过邓梅的事，让他别再找我老婆麻烦，他让保安把我打了一顿，我现在手臂上还有当时被打的伤疤。"

照邱阳庆的说法，高毅有可能在追求邓梅这个有夫之妇，案子也许是情欲型杀人。当然，这是邱阳庆的一面之词，我不可能完全相信。

我和陈沁交流了一下眼色，陈沁站起身，跟邱阳庆说："你先回去吧，这段时间尽量不要离开靖城，我们随时要找你问话。在警方未做定论之前，你不要到处去传播谣言，更不能带人到派出所闹事，下一次再这样，我们不会对你这么客气的。"

邱阳庆蛮不情愿地小声嘀咕了几句，跟着陈沁走出了会议室。不一会儿，陈沁出现在了门口，冲我招了招手："走，去见见高毅。"

门外站着之前在市局会议中接到电话的那名警察，他领着我和陈沁上楼进了一间审讯室，让我们稍等片刻。

审讯室内只剩下我们两人，陈沁试探着问我："你觉得邱阳庆是不是有些奇怪？"

"你是觉得邱阳庆有嫌疑吧？"我明白陈沁的想法，直截了当道，"要说察言观色，我比不了你，我只是觉得邱阳庆一直在把嫌疑往高毅身上推，不知道是不是因为高毅打伤过邱阳庆，让他怀恨在心。"

"是不是高毅打的，我待会儿还要问高毅。"陈沁一旦对某件事或者某个人起疑心，一定会想方设法地去佐证。

"对了，玫瑰和多肉呢？你怎么没带它们来？"我这几天一直带着俩狗行动，今天一个人过来反倒让陈沁有些奇怪。

"在基地，审讯这方面它们也帮不了什么忙，等什么时候要去现场勘查再带上它们。"

陈沁点了点头，就在这时审讯室的门被推开，两名警察带着一个男人走了进来。那男人正是高毅，跟邱阳庆差不多的年纪，不过脑袋上稀疏的头发让他更加显老。他似乎没休息好，眼睛有些浮肿，手腕上带着一串银闪闪的手铐，走路跟跟跄跄。

等高毅坐下后，陈沁表明了身份。既然之前已经有市局的同志审过高毅了，很多地方可以略过："高毅，邓梅为什么会死在东润食品厂？她的死跟你有关系吗？"

高毅头也不抬，一字一顿："我说了，我不知道。"

"你难道不清楚，现在你的嫌疑是最大的吗？"陈沁腰一弯，身子朝前倾，"邓梅死后没多久，你就跑路了，而且据我所知，你跟邓梅有过不正当的男女关系吧？你应该知道邓梅是已婚的女人。"

"什么叫不正当的男女关系？你说话不要这么难听。"高毅头一抬，目光冷厉地看了看陈沁。

陈沁丝毫不躲避，继续说道："邓梅的老公邱阳庆说你经常骚扰邓梅，还曾打伤过他。你是破坏他们婚姻关系的第三者，这种关系你觉得是正常的？"

高毅沉默半晌："邱阳庆这种男人配不上邓梅。"

"别扯远话题，你懂我的意思。我们怀疑，你强行追求邓梅被拒绝，怀恨在心，所以才杀了她。"陈沁的话像是挥出的一把铮铮的利剑，这么直接也许也是陈沁审讯的一种技巧。

"放屁！"高毅怒吼一声，唾沫星子都从嘴里迸了出来，"我没杀人，邓梅的死我根本就不知情！"

对于这件事，高毅的反应和邱阳庆差不多。可是有没有杀人，不是一两句否认就能撇清楚的。高毅应该知道，自己既然被关在这里，他的嫌疑无疑是最大的。

但是我并没有等到高毅做出任何解释，他说完那句话之后就再次埋下脑袋，不再搭理我们。

我跟他言明利害："你可以保持沉默，但是你要知道，就算你不说，我们也能找到证据定你的罪。不管结果是不是你说的那样，过程肯定都是对你不利的。"

如果高毅不能给我们一个合理的解释，他绝对无法离开这里，就算他没有杀人，无证开办食品企业这个罪名他也逃脱不了。高毅喉头哽了一下，缓缓抬起头，表情已不像方才那般。

"警察同志，你们要问什么，我都说，但是我是真的不知道邓梅怎么死的，我只知道她失踪了，是你们警察找到我之后我才知道邓梅发生意外了。"高毅态度软了不少，唯独对邓梅的死一直不松口。

我二话没说，站起身："给你机会你不要，那我们没什么好谈的，我只告诉你最后一句，死者身上发现的证据，对你很不利，别到时候把你压到法庭上了你再喊冤，那时才是真的口说无凭了。"

陈沁听我这么说，眉头不经意地皱了皱。高毅眯着眸子，想从我的表情中辨别出这段话的真假。

我再次用上了之前对付程依依的方法，想诈高毅一下。可是比起程依依这样的未成年人，高毅更加老成，更何况他还是个狡猾的不法商人，见多识广，让他相信我的话没那么容易。

一回生二回熟，有了上一次的经验，陈沁这次表现得更加自然了。她哼了一声："法医验过尸了，已经证明邓梅是他杀，而现场有些物证上有你的指纹。再说了，你关厂跑路更是加深了你的嫌疑。如果你有什么要说的，趁早说，否则就算你是无辜的，到时候凶手做了假现场、假证让你的罪名坐实了，你想洗都洗不脱了。"

我的手在桌子的遮掩下，冲着陈沁竖了大拇指。陈沁这番跟我打配合的话，说到了点子上。

果然高毅一听此话，哪里还绷得住，戴着手铐的手举到胸前，紧张地说道："我说……我说！在你们没发现邓梅的尸体之前，我已经发现她死在厂里了……"

"你早就知道邓梅死了？"陈沁腾的一下站起身，有些怀疑高毅的话，"那你为什么不选择报警，而是一声不吭关厂逃走了？"

"我怕啊。"高毅不安地搓了搓手掌，焦灼道，"我的厂本来就暗地里开着，不合法，现在发生一起意外死亡事故，这个责任怎么可能跟我脱得了干系，我不跑，难道等着警察来抓我？"

高毅这话说得倒也没错。

可是我的直觉告诉我，高毅肯定还有什么事情瞒着我们。我留意到他话中的一个细节，陈沁已经说过邓梅是他杀了，可是高毅却说邓梅是事意外死亡，要么高毅在故意混淆，要么他内心一直觉得邓梅是意外死亡。

我顺着他的话问道："你是什么时候见到邓梅尸体的，还记得具体时间吗？"

"5月13日。"高毅回答得很果断。

苏梓航的验证中，邓梅的死亡时间是5月5号左右，这二者相差了一周左右的时间。我继续问道："那在邓梅失踪的前后，你的厂有停止生产过吗？还有，邓梅的工作岗位是做什么的？"

"生产没有停过，邓梅的工作主要是监督工人拌料。"

我的问题给高毅设了个陷阱，他的回答一来证实了我之前推翻张震推论的说法，二来既然工厂没有停过生产，邓梅身边还有其他工人，发生意外死亡而不惊动他人的可能性很小。

其实这件事，如果当时工厂里有监控，发生过什么可以一目了然。可是偏偏让人头疼的是高毅这个工厂是个黑作坊，装监控无疑是在记录自己的罪行，高毅不会这么傻。

高毅就透露了这么多,再问下去他怎么都不肯开口了,我和陈沁只得作罢。

我俩离开了派出所,返回市局。在路上,陈沁问我,在高毅和邱阳庆之间更相信谁。

我摇了摇头:"两个都不信。"

这其中高毅的破绽露得最多。高毅这人给我的感觉很精明,他应该不会认为邓梅是意外死亡,至于他为什么要那么说,我就不得而知了。

他现在可是一个凶杀案嫌疑人,邓梅要是意外死的,他何必一开始藏着掖着不告诉我们?我想,高毅肯定有考虑过邓梅是死后被抛尸,但他不肯说,一定是有什么原因迫使他撒谎。

究竟是什么原因,我无从得知。

陈沁要把审讯的笔录录到电脑里,然后要去一趟苏梓航那儿,我暂时不用跟着她跑,于是我们在市局门口分开。此时已经过了中午饭点,我在市局附近的小吃街填饱了肚子,乘公交车回到警犬基地。

在基地的训练场里,我远远看到多肉正跟在一只德牧的屁股后面乱追。在它们旁边,还有一道倩丽的身影无奈地转着圈,手臂上套着仿德全牛皮护袖,冲俩狗喊着命令词。俩狗撒野正欢,完全不理会女孩。

女孩很年轻,乍一看还像是个学生。她戴着一顶军绿色的帽子,穿着警犬基地统一发的夏季短衫,露出来的胳膊肤如凝脂,被太阳晒得白里透红。她的脸上洋溢着青春灿烂,自有一番天真无邪的气质,在操场翠绿的草地陪衬之下,她像是一朵含苞待放的小花蕾。

那女孩眼看着多肉越跑越远,急得直跺脚,一回头看到我站在她身后,她顿时笑靥如花,步态轻盈地向我跑来,嘴里还喊着:"师父。"

我没做任何回应,站在原地不动。这个女孩叫赵思思,今年刚毕业于中国刑事警察学院警犬技术系,被分配到了靖城警犬基地。女警犬训导员本来就凤毛麟角,何况还长得这么漂亮,在警犬基地简直就是受到国宝级的待遇。我作为基地的技术指导给赵思思上过几次课,没等我答应她就认我做师父了,总像个小跟班似的跟在我后面,给我惹来不少眼红。

"师父,你这几天去哪里了?我到处找你都没找着。"赵思思把手臂上的护套解了下来。我这几天早出晚归,也没跟别人透露我在做什么。

"有些事情要处理。"我没告诉她实情,扯开话题,"你这几天训练怎么样?"

赵思思抿着嘴摇了摇头,幽怨道:"师父不教我,我怎么都做不好。好不容易让贝丽静下心来训练,可是又被多肉带跑了,拉都拉不住。师父,你到底怎么让它们那么听你话的?"

贝丽是赵思思带的一条德国牧羊犬,正是这会儿被多肉撵着追的那条。我朝着多肉的方向远远地喊了一声:"多肉,回!"我一脸严肃,投过去的眼神中带着不容置疑的威严,我的声音中气十足,带着命令的口吻。

多肉一听,身形一顿,朝我跑了过来。它再怎么皮,听到我用这种语气喊出的命令,也得乖乖回来。

赵思思见状,一脸崇拜地望着我:"师父,你怎么做到的?"

"犬是群居类动物,在它们的群体里会有统治者。有些狗的主人在驯养的过程中不够强势,让狗误以为它自己才是主人、是统治者,颠倒了身份。"我指了指站在远处朝我们观望的贝丽,"你在训导贝丽的时候,底气明显不足,语气不够严厉,奖罚不分明,久而久之它觉得自己不必听你的命令,就算违抗你,你也不会把它怎么样。"

"那……我该怎样做?"赵思思皱起眉头,显得楚楚动人,一双大眼扑闪扑闪。

"你照我刚才的样子试一试。"

赵思思一听,照葫芦画瓢,挺直腰杆,绷紧脸庞,声词严厉地喊道:"贝丽,回!"

不过相比我而言,赵思思的声音还是略显稚嫩。

贝丽听到后,前后左右地踱了下步子,犹豫一番之后才不紧不慢地走了过来。之后它加快脚步,跑动的方向中途发生了偏转,直奔向我而来。它奔到我面前,后腿朝地上一蹬,热情地朝我怀中扑来。

我无奈地翘起嘴角,抓起它的前肢,像老友相见一样地拥抱了一下。

狗的情感很丰富,同时也是察言观色的高手。贝丽能够感受到赵思思的气质是伪装出来的。

看来赵思思要想再把身份转换回来,还得多花点时间了。

我在贝丽的背上拍了一下,让它回到赵思思的身边。我顺着操场四处张望了一圈,问道:"玫瑰呢?"

"在那边自己跳高台。"赵思思把项圈套在了贝丽的脖子上,羡慕地朝训练场望了一眼,"师父,要是贝丽像玫瑰那样就好了……要不咱们换一换?"

"别这样说,贝丽会难过的,记住,永远要相信自己的同伴,不抛弃不放弃。"我赶紧打消赵思思的想法。

赵思思嘟着嘴巴点了点头。我拜托她今天再帮我照顾下多肉,然后转身走向训练场。赵思思还想我多待一会儿,拦着我不让我走,我拗不过她,说晚上请她吃饭——作为照顾俩狗的感谢,她这才兴高采烈地让了道。

我在训练场找到了独自蹲在沙坑边上的玫瑰。从某一角度来看,玫瑰其实挺像我的,一样的沉默寡言,一样的形单影只。

玫瑰闻到了我的气味,向我走来,在我的腿边蹭了蹭。我蹲下来,告诉它我加入了陈沁他们小组,现在正在追查废弃工厂女尸的案子。我自言自语的话虽落在玫瑰耳中,却只是让它茫然地看着我。我在想,如果玫瑰真能够和我说话,作为旁观者的它,会不会劝我不要去。

我轻叹一声,轻揉着玫瑰的耳朵:"对不起,我需要他们的资源,而且……我相信陈沁。"

我的道歉,是出于这几天没有照顾好多肉和玫瑰,忙碌的时候,我只能让它们待在基地。玫瑰从小到大都没有离开过我太长时间，我的存在会让它感到踏实，有奔头。在我的生命里，可能玫瑰只占据了一部分，可是对于玫瑰来说，我就是它的一生，是它生命的全部。有我陪伴的时间对它来说是那么珍贵。

有人说，在狗的眼中，人类是能活500岁的精灵。它们会像人类仰慕神灵一般的仰慕人类。

我没有去证实过这样的说法，但在我的眼里，玫瑰是我最好的朋友。如果有一天它不得不离开我，我无法想象那时我会是怎样的心情。

不论如何，我相信玫瑰会无条件地支持我。我微笑着揉了揉玫瑰脖颈上的皮毛，让它跟我回趟宿舍拿东西。

我事先给陈沁打了通电话，约好下午一起去高毅的家搜一搜，看看能不能找到有用的证据。

回到宿舍，我躺在床上想眯一小会儿，却睡不着，满脑子里都是审问高毅时的画面。不管是从高毅的表情，还是从他的回答中，我总觉得有破绽，可我冥思苦想，也没把这处破绽给找出来。

在床上干躺着也是浪费时间，我翻身下床，招呼一声玫瑰，随手拿起挂在衣架上的背包。我把背包挽在胳膊时，包的布带有些松，背包拉长到我的膝盖位置。我没注意，一抬腿，膝盖正好重重撞在背包上，一声沉闷声响，膝盖顿时被包里一个坚硬的东西磕得生疼。

我疼得蹲在了地上，背包坠到地上时与地板碰撞，发出了金属撞击的声音。

我不记得有把什么金属物体放在包里，我纳闷地扯开背包的拉链，抖了抖，包里的东西都被我倾倒在地板上。

一个扁平的铜黄色罐头盒"砰"的一声掉了出来。我捡起来看了眼罐头的包装，登时回忆起来，这是我在废弃工厂里随手拿的一个鲱鱼罐头。当时原本是想把它拿到基地作为训导警犬臭味忍耐力的道具，结果放在包里被我遗忘了。

我边揉着膝盖,边把罐头拿在手里端详。尽管臭味的源头被密封在铁皮盒子里,但是那种让人作呕的气味仍是若隐若现。

罐头盒的包装贴纸上是一条鲜活的鲱鱼,看着让人没有一点食欲。我把盒子翻了个面,看到背面有几行文字,是食品配料表和生产商及地址之类的信息。罐头盒的底部有一排不怎么清晰的钢印号,印着罐头生产的日期——5月12日。

我一看到这行数字,脑中某一条信息就被牵引了出来。我细细回想,记起上午在审讯室时,我问到高毅是什么时候第一次见到邓梅的尸体,他回答说是5月13日。

也就是说,高毅在看到邓梅尸体的前一天,东润食品厂还在正常生产中。

我顿时心生惊惧,苏梓航那边给出的验尸报告,邓梅的死亡时间应该是5月5日左右。尸体被藏在酱料池中无人发现,工厂又在正常生产,那么……

我低头看了眼手中的罐头,意识到事态的严重性。

夜探案发现场

"玫瑰！"我冲着客厅喊了一声，玫瑰听到后快步跑来。我把罐头盒捏在手中递到玫瑰鼻子前，玫瑰蹲在地上，俯下上半身，鼻子紧贴着罐头盒闻嗅。我迟疑片刻，还是决定打开罐头。

我手指扣住了铁罐顶部的小拉环，用力一扯，罐顶的铁皮"滋啦"一声被我扯开。罐头里的臭味像是被封印已久的洪水猛兽，顿时冲出来，铺天盖地。我瞥了一眼罐内，乳灰色的汤汁中盛着几条去掉脑袋的鲱鱼，翻着银白色的肚皮，汁面上浮着一层油脂，极为黏稠。

不知是事实如此还是我的心理作用，我总觉得这股臭味中夹杂着死人的腐烂气味。

我面对这种气味都难以忍受，玫瑰受到的折磨更是可想而知。但是和我相比起来，玫瑰显得更加淡定，它隔着一段距离，鼻子微微皱动，随后抬起头，激昂地狂吠几声。

玫瑰的反应是在对我示警。警犬在发现幸存者、遇难者遗体或者违禁物品时，会蹲在原地大声叫唤提醒训导员。玫瑰的判断证实了我的猜想，我放下罐头盒，来不及洗手，赶紧给陈沁打了一通电话。陈沁刚一接通，我就急不可耐地告诉她："陈沁，赶紧让你们的人查一查东润食品厂的销售渠道,把 5 月 5 日之后生产的货全部扣下来!"

陈沁有些意外,我连忙解释:"邓梅的尸体在酱料池里泡着,腐烂了都没人发现,在高毅发现邓梅尸体到关厂逃逸的这段时间,东润食品厂一直在生产受到尸体污染的食品。我手里有证据,待会儿我会送到苏梓航那里化验,但是在化验结果出来之前,你要相信我,赶紧把那批货扣住!"

事情过了这么久,我无法猜测那批货的最终流向。如果到了消费者的手中,除了有传播疾病的可能性,势必还会引起大范围的群众恐慌。

听到我语气中的果决,陈沁不敢怠慢:"好,我现在就去找张震,让他下命令。"

挂掉电话后,我找了几张塑料袋,把罐头里三层外三层包了起来。我叫上玫瑰,离开宿舍。带着这样一个"生化武器",我根本不敢乘其他交通工具,怕被别人赶下去,只得硬着头皮开了自己的车。心里想着,回来至少得在车里喷半瓶空气清新剂了。

我开车和玫瑰到达市局时,正好看到陈沁从大楼里走出来,她身后跟着张震和一队警察,各个神色匆匆。陈沁看到我之后,告诉我他们已经查到了东润食品厂的销售网络,现在正要出警。

陈沁让我留在市局等她回来,我点头答应了。待他们走了,我给苏梓航打了个电话,不一会儿苏梓航就乘坐电梯下了楼。

我把塑料袋里的东西交给了苏梓航,让他拿回去做化验。禁不住苏梓航的纠缠,我告诉了他事情的经过,他听后感到极为惊奇,非拉着我一块儿上楼去了实验室。

苏梓航拿着样本去化验,我坐在实验室旁边的办公室里,玫瑰安静地趴在我的脚边。我的这个意外发现,总算是能够解释了高毅为什么在发现邓梅的尸体后一声不吭就跑了,我能肯定,高毅一定知道这件事。或许这是他的无意之举,但是他知道这件事的严重性,他担心这事败露出去,所以只能跑路。

化验的过程很漫长，陈沁那边也一直没传来结果。我干坐了一下午，等到天都快黑了时，苏梓航才从实验室里走出来，手里拿了份报告。

"还好，死者身上没有什么传染性病菌，不过在样品里检出了微生物群落，万一这些罐头有人吃了，腹泻肯定是跑不了的。"苏梓航坐到我旁边把报告递给了我。

我不安的心情总算是得以缓解，不过在我看来，病菌传染的危险虽然被排除了，但是这些东西真要进了人的腹中，那该有多恶心。这让我联想起曾经看过的一条新闻，在国外某家酒店的顶楼水箱里藏了一具尸体，直到有房客抱怨水压过低后，酒店的工作人员检修时才发现这具尸体。而在这之前，那些房客喝的水、吃的食物，都已经受到了尸体的污染。

苏梓航看了看我，又看了看玫瑰，饶有兴致地问我："林轩，你这次又是怎么知道这事的？难道又是玫瑰告诉你的？"

我把看完的报告扔给了苏梓航，白了他一眼："知道了尸体的死亡时间，罐头上又有生产日期，很容易就能联想到这个结果。"

苏梓航咯咯地傻笑几声，我没再搭理他。

大概到晚上七点左右时，陈沁的电话终于打了过来，她告诉我已经扣下了东润食品厂未销售完的大部分货品。鲱鱼罐头是小众食品，人们的猎奇心理过去后，这种食品销量遭遇了滑铁卢，东润食品厂的大部分货都在经销商那里滞销了。有些货流到了网商平台，售卖出去了一些，好在这事发现得及时，警察能在快递到达之前将其扣下。

陈沁在电话里气急败坏地说道："难怪高毅那小子一见到邓梅的尸体就跑了，不敢报警，问他问题时他也支支吾吾，你说他到底还有多少事瞒着我们？"

"至少现在基本能够排除是高毅杀的人了。"我这样安慰道。

高毅就算再傻，他也不可能杀了人还把尸体藏在自己工厂的调料池里，还若无其事地生产。除非他心理变态，故意想这么做来报复社会——所以我才没有完全排除他的嫌疑。

在这之前,种种迹象都让我们觉得高毅跟这件事撇不清干系,现在想来,我却感觉像是有人刻意而为一样。

凶手杀害了邓梅,为什么不把尸体藏在更为隐蔽的地方?

选择这样的抛尸地点,是否是为了故意嫁祸给高毅?

难道凶手跟高毅之间有什么矛盾?

我的脑海里蹦出这样的念头。

电话那头传来陈沁指挥警员搬走货物的声音,随后陈沁贴着电话说道:"我之前问过你,高毅和邱阳庆之间你信谁,你说你谁也不信,那么现在咱们是不是应该重点查邱阳庆了?"

"我正想跟你商量,想去邱阳庆的家里一趟。"我抬起手腕看了眼时间,"等你那头弄完回来了,估计都快转钟了,明天咱们一起去。"

"好。"

挂掉电话,看到定格在8点的时针,让我突然想起了和赵思思的约定。我急忙给赵思思拨了一通电话,满怀歉意地跟赵思思说明了情况,另约时间。电话那边的她语气很是委屈,同时再次对我这些天的行踪表示极度好奇,追问了一番。

我搪塞了几句,赵思思不买账,非要打破砂锅问到底,临了还嗔怪地说,我要是不实话实说,以后休想把玫瑰和多肉交给她带。

我拗不过她,只能把玫瑰在废弃食品厂找到女尸,我又如何如何加入刑侦小组的经过,一五一十地告诉了她。赵思思一听,很自然地挂了电话,我心里却有了"不祥"的预感。

果然,在我喂过玫瑰然后下楼准备离开时,我看到市局门口一辆红色的奔驰车打着双闪。赵思思倚靠在车门前,看见我出来冲我挥了挥手,手腕上那只欧米伽的蓝宝石表面在路灯的辉映下闪闪发亮。

早就听说赵思思家境条件不错,不知道她为什么非要到警犬队工作。

我硬着头皮走过去，赵思思望了望我身后灯火通明的市局大楼，突然笑道："师父，我还以为你跟哪个女孩约会才把我忘了，没想到你真在这儿啊。"

"你动作倒挺快。"

赵思思脸颊露出两个好看的酒窝，给我拉开车门："那当然，我怕你溜了。"

还好路边灯光偏暗，要不然赵思思一定能看到我额角的三条黑线。

车后排的贝丽见到我，尾巴都快摇得看不清了。待我上车后，赵思思问我："师父，咱这是要去哪里？你接下来的行动是什么？"

我只说了一个方向，惜字如金。

赵思思倒不在意，兴致勃勃地开车上了路。按照我指引的方向，赵思思把车开出了市区，路越走越偏，直至最后连路灯都没有了，除了车大灯照亮的中间一条凹凸不平的小路，两边黑漆漆的一片，只闻蛙鸣遍野。

"师父，你确定是这里吗？我们到底要去干什么？"赵思思语气胆怯了不少。

"东润食品厂。"

我这不是故意为了吓唬赵思思。既然邓梅很可能不是高毅杀的，那么到底是什么人或者用什么样的方式，才躲过那么多人的眼睛，把一具尸体神不知鬼不觉地抛到工厂里。我决定尽快再去一趟东润食品厂勘察，早一步找到这条线索。

我知道赵思思肯定会赖着跟我来，至于为什么带上她，就是这个原因。

"你要是害怕，现在回去还来得及。"我目视前方，漫不经心地说道。

赵思思喉咙里传来明显的咽口水的声音，故作镇定地回我一句："我才不怕！"

车又在路上行驶了一阵后，终于停在了废弃的东润食品厂门前。食品厂四周污染严重，寸草不生，蛙鸣少了不少，显得极为寂静。食品厂的建筑在微亮的夜幕衬托下,像是一张参差不齐的剪影,毫无美感可言,反之还给人一种残破荒芜的感觉。

前不久圈在厂子外的警戒线还没有撤去,风一吹过,仿佛一条瘦长的鬼影在摇摆。

我推开车门率先走了下去,赵思思却迟迟不敢下来,我拍了拍车门:"要不你就待在这里,我进去看一下就回来。"

赵思思环顾一周,确定不敢独自一人待在车里,果断否决了我的提议。她下车后蹿到我身后,攥着手掌犹豫了许久,还是没有抓住我的胳膊。也不知道这是她作为女孩的矜持,还是因为我平常拒人千里的态度让她印象深刻。

玫瑰从车上跳下来后径直走向了工厂的大门,回头望了望我,然后从铁栅栏的缝隙中穿了进去。贝丽则待在赵思思的身边,似乎是感受到它主人的紧张情绪,贝丽的尾巴高挑起来,它围着赵思思转着圈,寸步不离。

我走到铁门前,正在想应该怎么进入工厂时,发现铁门上警方贴着的两张封条交汇处断开了。我试着伸出手掌推了一下那扇看上去有些厚重的铁门,没想到铁门在发出一声刺耳的"吱呀"声后轻而易举地打开了。

这么重要的案发地点,警方不可能不封锁。我怔怔地看着眼前敞开的铁门,门中央的铁闩断成了两截,截口平整,应该是被锯断的。

看来有人在我们之前偷偷溜进去过,而且掩盖了痕迹,试图掩人耳目。

这一切被赵思思看在眼中,她屏着呼吸,压低声音说道:"师父……要不先报警吧?"

我没有作声,向玫瑰走去。赵思思抿了抿嘴唇,紧紧跟随我。

我们一前一后走进了厂房,我这才想起来没有带上手电,只能用手机自带的照明功能勉强作为光源。借着这微弱的光亮,我看到工厂里的物品大致还是原来的摆放位置,甚至之前被玫瑰撞倒的那堆罐头依然散落在原位上。我原以为偷偷溜进工厂里的人说不定是为了窃得里面的物资,现在看来并没有那么简单。

上一次警方在搜查过后,用通风设备流转了一遍室内的空气,与之前相比,现在厂房里并没有明显的让人作呕的气味。

"师父,咱们来这里,到底是做什么啊?"赵思思按捺不住心头的疑惑。

"如果凶手在抛尸的过程中破坏了门窗进入,很容易就被人发现,就跟我们刚才进来时一样。"我转了个身,举着手机照了照进来时经过的那扇门,"我看了一下,从外面进入厂房里的出入口似乎只有这一个,当然,这是不能肯定的,我现在就要找到,除了这个门以外是否还有其他的途径能进入厂房。"

赵思思鼓着脸颊问道:"怎么找?白天看得清楚,不是更容易些吗?"

"玫瑰可以找到。"我胸有成竹地回答。

赵思思闻言顿时来了兴致,全然忘却了方才的紧张,凑到我面前满怀期待地问:"师父,能让贝丽试一试吗?下个月的警犬技能比赛,我想带贝丽参加,你多教教我,成吗?"

在训导警犬这件事上,赵思思的执着胜过了大多数人。警犬训导员不是份轻松的工作,除了要跟警犬建立感情之外,在警犬每天的训练中,训导员同样要跟着跑上跑下。要是碰到什么出警或者救援的任务,训导员一样要身临险境,而不是在后面指手画脚。

作为一个女孩,能从事这样的工作,而且不比别人差,说实话我挺佩服赵思思的。在训导警犬的过程中,被警犬无意弄伤是无可避免的事。我曾不止一次看到赵思思蹲在训练场边,被烈阳晒得大汗淋漓,捂着印着清晰划痕的手臂一声不吭。和她的外表比起来,赵思思的内心一点也不娇贵。

所以在她提出这样的要求时,我应允了。我把贝丽叫到身边,贝丽直立着耳朵,深棕色的眼睛看着我,蹲在地上,后背笔直。

我对赵思思说:"其实要找到另外一个出口并不难,狗狗有很明显的依赖性,特别是对于主人,警犬也一样。狗能通过气味判断出主人的位置,如果主人身处在一个封闭的地方，狗会想方设法回到主人身边，一些我们难以发现的出入口，狗可以用敏锐的嗅觉和感官把它找出来。"

赵思思听了我的话，朝厂房的那扇门看了一眼，顿时明白了我的意思："师父，你是说，咱们把贝丽留在厂房外，然后把那扇门关住，我们待在这里，贝丽一定能找到其他入口进来是吗？"

"嗯，在狗的眼里，没有什么能比回到主人身边更有吸引力。"

赵思思蹲下身，搂住贝丽的脖子，在它的耳畔小声说了一句："贝丽，拜托你了。"然后，她领着贝丽走出了厂房，在外面解开了贝丽的项圈，转身进来时关上了门。

我和赵思思还有玫瑰待在厂房里，听到铁皮门发出了几声"砰砰"的响声，想来是贝丽在外面用前肢拍打门的声音，可是并没人给它开门。过了一会儿，外面安静了片刻，接着厂房一侧的窗户玻璃又发出了拍打声，贝丽的脑袋时不时出现在窗外。

贝丽在窗外跳跃，往内探望，孤零零地叫唤。赵思思想走过去，被我拉住了，她只得冲着贝丽做出一个加油的手势。

贝丽见我们都不搭理它，显得更加着急了。在拍打了好一会儿窗户之后，贝丽消失在了窗外。

工厂四周重新恢复了安静。赵思思有些担心，问我贝丽会不会已经离开这里了，这荒郊野外的，如果贝丽走失了怎么办？

我抱着手臂，摇了摇头，让赵思思打消这些顾虑。

又过了一会儿，外面终于又传来了动静声。不过跟方才相比，这个声音显得很稀疏，像是爪子抓挠什么东西的声响。我察觉到这个声音是从工厂的墙外发出来的，我连忙迈开脚步小跑了过去。

我来到墙边，蹲下身子，发现砖石搭建的墙壁下方有一个直径80厘米左右的洞口。洞外黑漆漆的，完全不透光。在我这个位置，能够清楚听到贝丽在外面扒拉杂物的声音。我伸手进洞里摸索了一阵，掏出来几个木块和铁皮，估计洞口是被这些杂物给堵住了。

"师父，你觉得是这个洞口吗？"赵思思俯下身，用手机上的照明灯往洞内照了照。

"有可能吧。"

我语气不怎么肯定，这个洞位置太低了，一个成年人从这里钻进钻出的话还是挺困难的，而且还带着一具尸体。如果尸体是从这里拖拽进去，尸体身上应该会留下痕迹。所以我又补充了一句："再找找，兴许还有其他入口。"

贝丽在外面扒拉的声音越来越清晰，看来它与我们的距离在逐渐接近。就在这时，玫瑰突然蹿过来，咬住了我的裤腿拽了一下，又小声叫唤了一声。随后它回头望向我们进来时的那扇门。

玫瑰耳朵向前倾斜，微微转动，这是它在寻找声源的意思。它的尾巴僵硬地抬起，与地面相平行，玫瑰此时的反应是在告诉我有人要进来了。

时间这么晚了，况且这工厂位置极偏僻，平常根本不会有人靠近。我立即联想到了工厂铁门上被撕掉的封条和断开的铁闩，外面的人会不会跟之前偷偷进入工厂里的人有关联？

在来者身份未确定之前，我必须要保持警惕。我立即抓住了赵思思的手腕，压低声音道："快，躲起来！"

赵思思不知所以，对我这突然表现出来的紧张大为不解。我没给赵思思解释，拽着她，侧身躲到了几个铁桶后面，关掉了手中的光源。

玫瑰嘴里发出低沉的咕咕声，这是对于外人入侵领地的警告。我在它的背后抚摸两下，叮嘱道："玫瑰，别出声，待在我身边。"

我察觉到玫瑰有往前奔出去的想法，对于陌生的敌人，玫瑰不会这样冲动，唯一能解释的，是来者中有玫瑰所熟悉的，或者说玫瑰曾遇到过对方。我想不通究竟是何许人也，只得按兵不动。

"怎么了，咱们为什么要躲起来？"赵思思似乎被我的情绪所感染了，抓着我手臂的那只手有些颤。

"嘭"的一声，金属相撞的巨大响声在工厂内犹如一道惊雷。我迅速捂住了赵思思的嘴巴，另一只手给她做了个噤声的手势。

在巨响发出的同时，几声发动机的轰鸣声也随即响起。从声音上大概能够猜出来，外面应该是有大型机械驶入。

我小心翼翼地猫出去半边脑袋，看到方才我亲手上锁的门被人从外面用东西撞开了。紧接着几束光束从门后投射进来，在厂内摆晃。光束后跟着几道黑影，待门被完全撞开后，我看清楚是十多个人拿着强光手电走进来。

"怎么门被锁住了？今天白天过来时这道门没锁啊？"一个男人的声音传来，因为背着光，我看不清他们的模样。

"这地方这么偏，还死过人，谁会进来？"另一个男人漫不经心地回答了一句。

我听他们的谈话，这伙人似乎之前就已经探好点，专门趁着天黑行动。我看清这伙人驾驶的大型机械是一辆吊车，还有两三辆货车跟着，不知道这伙人究竟要做什么。

正想着，一道光束朝我这方射来，我急忙蹲下身躲在铁桶后面。与此同时，方才那个男人又在说道："先把厂里的设备吊上车，那些铁桶不值钱，就留这里算了。"

原来这些人是来偷盗工厂的设备。

高毅逃走的时候比较匆忙，工厂的物资大多没有被处理。凶案浮出水面后，东润食品厂的物资都被暂时查封。这伙人为了盗取这些设备搞出这么大的动静，还真是胆大。

对方人多势众，我这会儿要是蹦出去，非但阻止不了他们，还会给自己带来危险。

我悄悄拿出手机，原本想拨110，转念一想后还是把电话打给了陈沁。

陈沁这个点应该是休息了,她一边打着哈欠一边问我什么事情,我把眼前发生的事简略地跟陈沁说了一遍。

我挂掉电话时,工厂里的那伙人已经开始了行动。好几个男人用铁链绑住设备,然后让吊车把设备往货车上运。另一群人在工厂里四处搜寻值钱的东西,手里拿着铁棒挑开堆放的杂物,原本就已经够乱的厂房顿时变得更加杂乱不堪。

我听到赵思思急促的呼吸声始终没有平缓下来,伸手握住她的手腕,小声安慰:"没事,待会儿警察就来了,咱们别出声就行。"

"可是……贝丽还在外面!"赵思思手腕一翻转,反抓住了我的手。

她话音刚落,一声犬吠骤然响起。那个方才被我们找到的洞口处传来动静,贝丽动作娴熟地从外面钻了进来。

贝丽奔进来后撒开四肢到处乱窜,寻找我和赵思思,厂房中响起升腾跌宕的犬吠声。

贝丽的突然出现,让那伙人吓了一跳,纷纷停下了手里的动作,随即警惕起来。一个男人端着手电,光束追着贝丽,大喊一声:"这地方怎么会有这么大的狗!"

"打死它!"另一人语气极为凶狠地说道。

赵思思一听,心急如焚地问我怎么办。这时贝丽找到了我们的位置,兴奋地奔过来,扑进了赵思思的怀里。我见状,把玫瑰推给了赵思思,让她带俩狗藏着,随后我从铁桶后站了出来。

我一起身,几道光束就射向了我的脸庞,我用手挡住刺眼的光亮。我的突然出现,恐怕让那伙人也心惊胆战,一群人一时间不敢向我靠近。直到他们确认我是孤身一人之后,这伙人才板着脸朝我逼近。

"汪汪!"

在我准备独自面对这伙人,盘算着该如何拖延时间时,听到了身后玫瑰的叫声。我回过头,看到玫瑰从地上猛地弹起向我跑来。它动作突然,以至于赵思思都没来得及拦住。

玫瑰奔到我身前,像是一个威风凛凛的女骑士,玫红色的皮毛根根竖起,如同染血的披风。它脑袋冲着那伙人,弓起身子,嘴角露出牙龈。

对方一时间被玫瑰的气势所镇住,领头的一个男人停下脚步,开始盘问我的身份:"你……你是什么人?"

这群人把我围在其中,我看到他们的手里都拿着家伙,面露不善。

不知道他们是因为忌惮玫瑰的扑咬,还是担心我是警察的人,把我围住后他们迟迟没有下一步行动。

我毫不畏惧地盯着问我话的那个人,用命令的口吻说道:"我还要问你们!这里是警方贴封条封锁的案发现场,你们居然拆掉封条进来偷东西,赶紧给我离开这儿!"

一听我这话,一群人面面相觑,似乎有了退意。这伙人并非穷凶极恶,也就有个趁天黑进厂偷东西的胆量。

领头那人打量我一番,半信半疑:"高毅欠了我们那么多钱,我们凭什么不能用他的物资来抵债?"

"欠你们的钱,自然有法院来管,现在我要告诉你,这地方和一起凶杀案有关,你们要是故意破坏案发现场,就是犯罪!"我疾言厉色。

"你等会儿,我打个电话问一下。"对方拿出手机,不知道给谁打了一通电话,之后态度骤变,指着我说,"大家别信他,他肯定是进来偷东西的贼!"

那人说完,抄起一根棍子就朝我气势汹汹靠近,距我一步之遥时,他挥起棍子向我袭来。

我伸手去拦,却拦了个空。定眼一看,玫瑰像是箭矢一样冲向男人,后腿在地上弹跳一下,身体跃起半米高。它一口咬住了棍子的一截,脖子往后一扯,棍子被它扯了过去甩向一边。

这一切发生在短短数秒之间。一群人目瞪口呆,尤其是朝我挥棍的那个男人。方才玫瑰的牙齿要是再往上两三寸,我估计男人的手要被咬断了。

玫瑰冲着那伙人咆哮,不许他们靠近我身边。我怕他们一拥而上,于是我朝几辆货车的后面扫了一眼,冷硬着嗓音说道:"邱阳庆,别躲了,给我出来!"

无处不在的"目击者"

顺着我的目光,那伙人也回头望去。过了片刻,一个人从其中一辆货车驾驶室中跳了下来。我猜得没有错,这个人正是邱阳庆。

邱阳庆走过来,带着疑问语气问我:"你怎么知道是我?"

我哼了一声,之前这伙人还没有进来时,玫瑰就提醒了我,还"告诉"我其中一个人的气味是它认识的(方才对方还没进来时,玫瑰就有所察觉,我想玫瑰是通过我身上残留的对方的气味辨识出来的)。我回顾了今天与我有过接触的所有人,记起曾和高毅还有邱阳庆接触过。高毅还被关在警察局,不可能逃出来,可能性最大的就是邱阳庆了。

其次,方才那领头的人打了电话后态度立即变了,还对我发动攻击,电话那头应该是认识我且对我反感的人。这一点更令我确信我的判断。

我没把心里的想法告诉邱阳庆,而是指了指他带来的人和大型机械,反问道:"你这是要做什么?"

"我的老婆死在高毅的厂里,你们直到现在都还没有给我个说法。就算不是他杀的人,他是不是也得负责任?高毅现在欠了一屁股债,只能用厂里的物资来抵赔偿。"邱阳庆说得理直气壮。

"高毅现在只是嫌疑人,这一点警方正在调查当中。厂里的资产会被法院先查封，你现在的行为，不管是有理还是无理，都是违法的行为！"

邱阳庆听我这么说，冷笑一番，没有丝毫的忌惮之情，不过他身旁的那些人倒是从我的话里听出来我的身份。有两个人神色担忧地凑到邱阳庆身旁小声耳语几句，邱阳庆啐了口唾沫，瞪了我一眼，转身带着人离开了厂区。

货车一辆接一辆驶出了厂房，原本装上车的东西虽然留了下来，但是并没物归原位。这一番折腾后，这处抛尸现场是被彻底破坏掉了。

见那伙人离开后，赵思思带着贝丽从铁桶后跑了出来。对于方才发生的事，赵思思依然心有余悸。她催促我快点离开这里，以免待会儿那伙人又折转回来。

那些人前脚刚走没多久，厂房外就响起了一连串的警笛声。我走到厂门口，看到之前我们来时的那条小路上一排闪烁红蓝灯光的警车驶了过来。

领头的一辆车停在我面前，陈沁率先从车里走出来。她穿着一身便装，头发也有些乱，看得出来离开家的时候很匆忙。她走近，先是问我有没有事，在确认我没受到任何伤害后才问了我方才的具体经过。

我把经过一五一十告诉了她。陈沁的目光越过我的脸颊，落在赵思思身上，问道："她是谁？"

"警犬基地的同事，叫赵思思。"我介绍道。

在看到赵思思时，陈沁的表情就已经有些微妙的变化了，我也琢磨不到她在想什么。之后陈沁的面孔又板起脸，转向我，严肃道："在你有所行动之前，是不是应该跟我说一声？我现在很怀疑你的思维能力！"

我听出来陈沁的话意，她这是不带脏字地骂我蠢。我耸了耸肩，陈沁一出现，表情由最初的担心，到之后我看不透，现在又是横眉冷目，简直比川剧的变脸还要丰富。

我自知理亏，没有做任何反驳，我对陈沁说道："这里交给你了，墙那边有个洞，有可能是凶手把尸体运进来的通道。"之后我给赵思思使了个眼色,跟陈沁说我们先离开这里。

在陈沁直勾勾的眼神注目之下,我和赵思思带着贝丽、玫瑰走出大门。找到停在路边的车之后,我们原路返回。

"师父,之前我是太害怕了,从小到大这种事我还是第一次经历。"赵思思一上车,脸色就变得难堪起来,"要是再有下次,我一定不会自己躲着。"

赵思思是对自己刚才的表现心有愧意。我倒是不以为然,一个女孩更应该考虑的是该如何保护自己。

我侧头看了一眼玫瑰,心头温热起来。在危险发生之时,任何人都有理由保护自己。可是玫瑰的目标只有一个,那就是保护我。

我伸手在玫瑰的后背轻轻抚摸。一个念头涌上心头,如果面对危险的是它,我也有勇气义无反顾地站出来吗?

我现在脑海里能有一个肯定的答案。

我开车把赵思思送回了她在警犬基地附近一处小区租的房子。赵思思来找我之前,把多肉留在了自己的住房里,我俩一进门,就看到五六只鞋子散乱在地上,和鞋子相伴的还有两个枕头,其中一个枕头被咬破了一个口子,里面的棉花飘得到处都是。

赵思思第一次见到多肉拆家的能力,傻了眼。我把多肉从里屋的床上唤了出来,以迅雷不及掩耳之势伸手捏住了它的脸。多肉受痛,跳了一下躲开,躲在门背后一脸幽怨。

我跟赵思思道了歉,赵思思笑着说没关系。我帮她把房子收拾了一遍,临走时赵思思说给我做点吃的当消夜,在多肉的连声附和中,我谢绝了她的好意。

从赵思思的住处出来,我牵着玫瑰和多肉走在空无一人的马路上。路灯将我的影子拉得长长的,映着被昏黄路灯照亮的地面,如同沙漠里一棵形单影只的巨人柱。

一旁的多肉东闻西嗅,另一边的玫瑰一如既往高冷,我夹在中间。这样的场景不知从什么时候开始占据了我生活的大半部分。或许是旁人的冷嘲热讽让我习惯了独处,或许是林汐的离开,让我愈发感受到了这个世界的黑暗。

于是,我与犬为伴。

我回到宿舍时,已经到了后半夜。匆匆洗了个澡,躺在床上睡了没多会儿天就亮了。想着今天和陈沁说好要一起去邱阳庆的家,连忙抛开赖床的想法,带着倦意从床上爬了起来。

等我到了陈沁的办公室时,我才得知陈沁已经出外勤去了。

明明昨天说好一块儿去,现在陈沁却放了我鸽子。我带着疑惑给陈沁打了一通电话,电话只响了一声就被挂断了。

我有些纳闷,找陈沁的同事查了邱阳庆的住址,然后开车带玫瑰和多肉朝邱阳庆的家驶去,我觉得陈沁应该在那里。

邱阳庆的家距离东润食品厂四五公里,陈沁之前查过邱阳庆两口子的底细,邓梅在食品厂里工作,邱阳庆在家务农,听说还承包了一片鱼塘。

近年来靖城一直重视处理环境污染这一块,一些高污染、气味重的企业都被迁至远离主城的地区。邱阳庆的家恰好靠近工业区,受环境污染的原因,庄稼收成并不好,承包的鱼塘也曾有过小规模翻塘的现象。

附近的住户有能力的都搬离了这片区域。我开车在路上,很少看到有人在路边走动。

我按照导航规划的路线,从一条小路驶入了更窄的土路。路边有几亩鱼塘,估计离邱阳庆的家应该不远了。

车窗开着,风从外往里灌。风中带着一股淡淡的鱼腥气味。玫瑰蜷缩在副驾驶座位上,鼻子往上提了提,随后把头埋进身体里——它不喜欢这种腥气。

我突然觉得,玫瑰的表现有些似曾相识。

鱼腥……鱼腥气，邓梅的尸体上，不正是带着这样的气味吗？

我把车停在路边，推开车门走了下去。我拨开路边半人高的杂草，看到了这片死气沉沉的鱼塘。之所以用死气沉沉来形容，是因为鱼塘的水面上飘着十几条翻着白肚的淡水鱼。

方才在车上闻到的腥臭味正是从鱼塘里飘出来的。鱼塘水质很差，偏绿，说明水里的有机物不平衡。再加上夏天气温正高，这些死去的鱼一腐烂，腥臭味更加明显。

一般的广阔水域，水中很少有味道。而养鱼的池塘，因为鱼的生存密度偏高，水中带有土腥味在所难免。

早在之前，我就觉得邓梅的尸体在酱料池浸泡那么久，被那么浓重的味道覆盖，仍然有能被玫瑰发觉的明显腥臭味，应该能体现出死亡现场的特异性——有可能是水产基地，也有可能是菜市场的鱼摊或者是鱼塘。

而现在我身处的位置，正好是一处鱼塘，而且很有可能就是邱阳庆所承包的那一片。如果人是邱阳庆杀的，那么这处鱼塘或许就是第一案发现场。

我倚靠着车门，环视着周边的环境，这种乡间土路，连路灯都没有，更别指望有监控探头了。而且我来的路上，发现经过的人确实挺少，想找到一个目击者，概率还真不大。

我又围着池塘的岸边转了一圈，这附近土质挺硬的，脚踩上去都没有脚印留下来，找了一圈，实在是找不到什么显眼的线索，我只得无功而返。

等我回到玫瑰身边时，发现多肉这家伙不知所踪了。我在原地等了一会儿，趴在地上的玫瑰忽然站起了身。我顺着玫瑰的视线望了过去，看到一群狗在多肉的带领下，浩浩荡荡向我跑来。

我粗略数了一下，狗大概有十多只。有些狗浑身脏兮兮的，看不出来原有的皮毛颜色，毛发长的把眼睛都遮住了，看似流浪许久；也有些狗长得比较精壮，皮毛凌乱但也不脏，应该是这附近的农家犬。

和它们相比，皮毛蓬松发亮、身形高大的多肉简直就像贵族。

狗是群居类动物，在野外，一群狗会共同守护属于自己"帮派"的领地。我和玫瑰无意之间已经闯入了这群狗的领地范围，不过我不知道多肉为何会和它们聚在一起，也不知道它用了怎样的方式，让这群狗并未对我和玫瑰发动攻势。

本来我还想埋怨多肉乱跑，看到这一情景的我忽然心生一计。我转身从车的后备厢里取了两大包成犬犬粮，又拿了一袋鸡肉肠。因为玫瑰和多肉都是中型犬，食量挺大，在外出勤需要经常临时补充体力，所以我车里有足够的粮食储备。

我把大包狗粮拆开，倒在一个小盆子里，把盆子高高举起。这些流浪狗和农家犬闻到了狗粮的味道，一个个都伸长了脖子，盯着我手中的盆子，哈喇子顺着嘴角流出来。

我把盆子搁在地上，一群狗饿虎扑食般的争相抢夺盆中的食物。没多大会儿，盆中的狗粮就见了底，一群狗又眼巴巴地望向了我。

"吃了我的东西，可得帮我个忙。"我冲它们说了一句，也不管它们听得懂听不懂。紧接着，我再次围着池塘开始走动，这一次有了一群狗跟着我。

狗有一个共同特性，那就是对任何东西都感到好奇，也许是一张塑料袋，也许是一个空瓶，它们都会乐此不疲地上前嗅一嗅，用鼻子拨弄一下。所以我想借此让它们帮我寻找一下，看看能否发现死者身上遗留下的东西——如果这里真是案发现场的话。

半个小时过去后，我未曾发现有用的东西。我把那群狗重新唤到身边，把手里的食物都拆开分发了下去。当我准备上车离开这里时，我发现一只小黑狗紧紧跟在我身后。

我以为它是没吃饱，冲它摊了摊手掌："没有了，我就带了这么多东西。"

小黑狗冲我摇了摇尾巴，脑袋扭向了池塘的一棵树后面，然后撒开四肢奔向了那棵树，鼻子在地上拱了拱，似乎是拨开了地上的杂草。

我走过去，蹲下了身子，看到地上有半截烟头。烟纸包裹的烟草因为被雨水泡过而散开，烟蒂保留着原样。我伸手准备去捡起来，手伸到一半又缩了过来。我回车里拿了一副手套和密封袋，戴着手套把地上的烟头捡了，装入密封袋中。

我提着袋子的封口，举到眼前仔细瞧了瞧。这种别人随手丢弃的烟头随处可见，算不上什么有价值的线索。不过有总比没有好，拿着这个暂且被称作线索的烟头，我招呼玫瑰和多肉上车离开了这里。我顺着路继续往下开去，十分钟后路到了尽头，我的眼前出现了一间院子。

院前停了两辆警车，院门敞开着。我朝内看了一眼，我之前猜得没错，陈沁确实正在里面。

她此时穿着警服，戴着一顶两边帽檐上翘的女式警帽，一手托着笔记本一手握着笔坐在木凳上，背挺得笔直，浑身透露出一股威严气势。在她对面，邱阳庆正在支支吾吾地回答着问题。

我下车后走进了院子里，陈沁听到脚步声后朝我看了一眼——准确来说是白了我一眼。

我干咳了两声，不知道哪里惹着了她。我走近一些，像是没有看到陈沁一样地略过了她，站在邱阳庆面前："你家前面那片鱼塘，是你承包的吧？"

"是，怎么了？犯法了？"因为昨天的事，邱阳庆的语气很不善。

我找准时机，等他话音刚落，我忽然话锋突转，急促问道："邓梅是不是在那里死的？"

我的话，像是一支锋利的箭头，触不及防地刺向了邱阳庆。我微眯着眼睛，死盯着他的面孔，想要察觉出他面部肌肉的微妙变化。

邱阳庆回了我一句："人不是我杀的！"

出乎我的预料，邱阳庆听了我这话没有丝毫的异常表现，不过他的回答却是答非所问。我又问:"我没问你杀没杀人,我是问你邓梅是不是死在那里?"

"我不知道!"邱阳庆神情始终保持平静。

我原想用试探的方式来证实我心中判断,看来这招是不管用了。

一旁的陈沁见状,冷沉着一张脸问我:"你是不是有什么发现了?"

"暂时没有。"我如实回答。

陈沁把冷峻的目光从我身上挪开,对邱阳庆说了一句:"今天就问到这里,这段时间你不要离开靖城,我们有发现会随时找你核实。"

说完,陈沁与我擦肩而过走出了院子。我进来刚问句话,一点有用的线索都没找到,陈沁就甩开我要走。我心一急,追了过去,一把抓住了陈沁的肩膀:"路前面的那处鱼塘,符合邓梅死亡时的环境条件,你难道不觉得邱阳庆有重大嫌疑吗?"

陈沁脚步只停顿了一下,肩膀一抖就挣脱了我的手。我不管身旁还有两个陈沁的同事看着,抢先一步走到陈沁前面,双手按住了她肩头:"你不想想,为什么会有人把尸体丢在高毅的工厂里?邱阳庆知道邓梅和高毅之间的秘密,他恨高毅,抛尸的地点正是为了报复。还有,昨晚发生的事,我觉得有些蹊跷,邱阳庆很有可能是怕我们找到遗留在废弃工厂的抛尸痕迹,所以才会故意去破坏现场。"

"手拿开!"

陈沁露出一贯冷硬的表情,我连忙挪开手掌。她瞪了我一眼,声音染上几分隐怒:"你别以为就只有你聪明!"

她余光瞥了一眼院内:"到这里之前,我已经走访过附近的居民,邓梅失踪的那天有人目睹她曾回到了家中,但是据邱阳庆所说,邓梅那天没有回去,这一点有明显出入。"

"所以说,邱阳庆身上有太多疑点等着揭开。"我不知陈沁生的哪门子气,在这种事上我不做反驳。

"你想怎样？"陈沁整理一下领带。

"我的猜测是邱阳庆承包的那处鱼塘就是死者死亡现场，邓梅是在上班时间或下班途中遇害，结合验尸报告给出的死亡时间，邓梅遇害是在白天，如果邱阳庆是凶手，他不可能大白天去抛尸，那么尸体很有可能曾暂放在一处地方，他不可能什么线索都不留下来。"

我把玫瑰牵到陈沁面前："我相信如果有，玫瑰一定能找出来。"

"好，给你时间。"陈沁侧身给我让出一条道。

我弯腰解开玫瑰的绳扣，命令道："玫瑰，搜！"

早在进院子前，玫瑰就开始不规律地走动，显然是有什么发现早已按捺不住。在我一声令下后，玫瑰目标明确地朝院外奔去，几秒后就消失在我视线中，只留下地上一排脚印。

片刻过后，玫瑰在远处发出几声犬吠。我立即小跑过去，陈沁一脸将信将疑地跟我而来。

玫瑰发现异常的位置是在院外一百米左右的地方。我走过去时，玫瑰正围着一处土地转着圈。我拨开上层的杂草，一眼就能看出土地有翻动的痕迹。

"搜！"我命令道。

玫瑰弓起身，后肢略微叉开作为支点，前肢左右并进，迅速将地上的浮土刨开。陈沁站在我身边，方才的刻板表情早已换成了讶异，她应该也想不到玫瑰居然能在这么短的时间里就发现目标。

我的心绪倒是没有任何波动。东西没出来前，谁也不知道埋的是什么，说不定埋着一个玻璃瓶也不是不可能。

很快，玫瑰身下就已经堆积出一个小土堆，它刨出的坑越来越深。我也蹲下去，伸手刨土加快进度。

忽然，我的手指触碰到一条柔软的皮带，我拨开皮带旁边的土，一点一点把这件东西拉了出来。一个粉红色的女式皮挎包出现在我眼前。包的旁边还埋着一个亮银色的物体，我抠出来一看，居然是一个手机。手机不知是没电还是有故障，一直开不了机。

我把两样东西摆在陈沁面前的地上，陈沁的脸色顿时变得凝重起来。转身对身后的同事说了一句："把邱阳庆控制住，带过来！"

我没想到这么顺利就能找到如此重要的证物，心里谈不上兴奋，反而觉得迷雾重重。既然邱阳庆会深夜去工厂破坏现场，那么说明他有想过要处理遗留下来的证据。而现在死者曾接触过的东西就被随便地埋在浅层的地下，这有点不符合常理。

陈沁虽然无法确信挖出来的东西跟邓梅的死亡案件有关，但是如果能证实这些是邓梅的遗物，可以先拘捕邱阳庆。

邱阳庆家的院门被再次敲开，两个警察把一头雾水的邱阳庆带到了挖出包和手机的地方。起先邱阳庆还狡辩了几句，当我侧身让开，让他看到地上的两样东西后，他的脸色急剧变化。

邱阳庆应该是一眼就认出了这些东西，等他再次抬起头看向我们时，我发现他眼中尽是惊慌失措。我指着这些东西问他："这些东西为什么在这儿，你不会不知情吧？"

"我不……"

"邱阳庆！再不说实话，你可别后悔！"陈沁一声喝吼打断了邱阳庆的谎言。事情既然已经到了这一步，现在开口讲出实话才是邱阳庆的最后机会。

邱阳庆被陈沁盯得浑身只打哆嗦，他在纠结一阵子后，重复了以前对我说过的话："人不是我杀的，真的不是……"

"就算凶手不是你，一旦确认了证据，你也得给凶手顶包！"陈沁断然道，指着地上两样东西，"除非你现在就把事情经过交代清楚。"

邱阳庆可能是意识到自己现在不说，以后恐怕就没有机会了。他蹲在地上，两眼呆滞，讲述起邓梅失踪那天发生的事情。

那一天，邓梅从工厂下班后往家走，被正在鱼塘整理网具的邱阳庆看到。邱阳庆把邓梅拦住，两人就邓梅与高毅之间的亲密关系发生了一番争吵。

邱阳庆早已听说过邓梅和高毅间的苟且之事，任何男人在这件事上都难以忍受。在邓梅再三回避这个问题之后，邱阳庆一怒之下打了邓梅两巴掌，还夺过邓梅的挎包抛进了池塘里。

原以为邓梅接下来会哭闹或者还手，但是邱阳庆没想到，邓梅追着挎包跑了几步，居然也跟着跳进了池塘。邓梅似乎是想要捡回漂浮在水面上的包，但是她不会水，在鱼塘里扑腾了几下就开始往下沉。

邱阳庆站在岸边，怒火使他没有做出任何救援行为，只是冷眼旁观。过了一会儿，邓梅没有动静了，邱阳庆这才感到了恐惧，下水把邓梅捞了上来。

我听闻有些诧异，问了一句："邓梅为什么不要命地下去捡那只包？"

"包里装着三万块钱，这也是我后来翻包才看到的，钱我拿走了，包和手机埋在了地下。"邱阳庆声音低沉下来，两颗凝滞的眼珠望着那只被泥土包裹的包。

"后来又怎样？你怎么又把邓梅丢到高毅的工厂里去了？"陈沁冷峻着眼色追问道。

"没有，这不是我做的！"邱阳庆当即反驳，"我其实没想邓梅死，所以我把邓梅救上来后按压了她的胸腹，但是人没有醒过来。我赶紧回去，准备开车过来把人送到医院，可是……可是我回到原地时发现邓梅不见了！"

"什么？不见了？"我和陈沁异口同声。

动物证人

邱阳庆一句话，让案子再次变得匪夷所思起来。如果邱阳庆说的是实话，凶手或许另有其人。

当然，也不能排除邱阳庆是在撒谎，目的是为了混淆我们的思路。

陈沁的眉头皱得有棱有角，从她的表情中就能看出她在绞尽脑汁地拆分邱阳庆描述的经过。她寻思了一会儿，问道："你把邓梅救上来的时候，人已经死了吗？"

"我……我也不敢肯定，好像还有一点脉搏吧……"邱阳庆苦着脸道。

一个死人，绝对不可能自己爬起来离开这里。那么只有两个结果，一是当时邓梅是真的活着，自己爬起来离开了；二是邓梅在活着或者已经死亡的情况下，被另外一人给带走了。

第一种的可能性比较小，邓梅要是有自主能力求救，肯定第一时间会去医院，医院一定有记录。

那么……会是有人带走了邓梅吗？那人究竟是谁，又是否与邓梅有关系？我百思不解。

我问邱阳庆："你昨天那么晚跑到东润食品厂，不是故意去破坏现场？"

"真不是，我是想高毅玩了我老婆，搞得我家破人亡，怎么也得给我点补偿吧。"邱阳庆说着说着突然两眼目光如炬,"警察同志,我老婆消失后又死在高毅的工厂,难道你们不觉得肯定跟高毅有关系吗?"

"有关系,被你这么一番折腾也快没关系了!"陈沁愤愤不平地指责了邱阳庆一句。正是因为邱阳庆担心邓梅的死引火上身,一直隐瞒不说,才让我们兜兜转转一圈却一无所获。

陈沁说完,让同事把邱阳庆先带回局里。等邱阳庆快上警车时,我才想起还有一个问题,于是追上去问:"邱阳庆,你平常抽烟吗?"

"从来不抽。"

我摸了摸口袋里塑料袋装着的那个在案发地附近发现的烟蒂,若有所思。

"你自己回去吧。"陈沁从我身后绕出来,眼神在四周望了望,语气中半带调侃地问道:"今天怎么没带个稚气未脱的女孩在身边?"

我不知该作何回答,索性装作没听见。陈沁似乎很生气,扭头就走,重重关上车门。

我把绳扣扣在玫瑰的项圈上,叫了一声趴在树下乘凉的多肉。我打开车门,打算带着俩狗回市区,在路上,我脑海里仍然在分辨邱阳庆的话是真是假。我在想,如果一个人杀了人,应该不会把那么重要的证物随随便便埋在自己家附近,那跟埋一块定时炸弹没什么两样。

另外,邓梅包里装的三万块现金又是从何而来?一般情况下一个人不会随身带这么大额的现金,钱会不会是谁给邓梅的?

还是说邓梅自己取了钱,计划远走高飞,故意编排了自己的死亡,甚至废弃工厂的那具死尸就不是她本人,她现在还活着好好的?

我脑海里构思出悬疑电影一样的情节,思绪愈发天马行空。

在原路返回的路上,经过来时的那处鱼塘时,玫瑰抬起前肢搭在敞开的车窗上叫了一下。

我目光透过车窗,看到之前帮过我的那只小黑狗正趴在原地,好像在等我一样。我把车停在它面前,走过去蹲在它身边:"是不是还很饿?我去拿点吃的给你。"

这只狗大概一岁左右,相当于人类的十七岁,是我们常能看到的中华田园犬。它显然已经流浪许久,也可能是一出生就在野外生存。头上的毛发似乎从来都没有修剪过,以至于遮住了它的眼睛。

它身处的位置,正是方才指引我找到那枚烟蒂的地方。这种烟蒂在路边随处可见,我根本无法判断这烟蒂跟邓梅的死有何关联。我只是觉得这条路只通往邱阳庆一户人家,平常应该没什么人经过。另外邱阳庆告诉我他不抽烟,应该是实话,因为我从来没从他身上闻到过烟味。这枚烟蒂的主人到底是谁,让我有些好奇。

看着面前的这只小黑狗,我突然有了一个大胆的想法,或许这只小狗还能够记得这枚烟蒂主人身上的气味。

"走吧,我带你去吃点东西。"我让小黑跟我上车,坐在了玫瑰的身边。玫瑰性情温和,一点也不排斥这个陌生同类。

回到市区时,正好是中午。我把车停在市公安局的车库,从后备厢取出一根狗链套在小黑的脖子上。我把三条狗暂时留在车库,否则一齐带出去实在是太过于显眼了。

陈沁应该比我早回到市局,不过我没想着去找她。这女人的心思简直跟刚出生的蓝鲸幼崽一样,一天变一个样,我是琢磨不透。

我到食堂买了点东西,回到车库时看到三条狗的身边多了一个男人。我走近一看,原来是苏梓航。

苏梓航背对着我,弯着腰,把手里那份盒饭的肉都挑出来放在地上。那盒饭里就剩了点青菜,我估计苏梓航不爱吃肉——难怪长这么瘦。

听到脚步声,苏梓航回头看了我一眼,眉开眼笑道:"林轩,你又多养了一只狗啊?"

"不是,它也许是工厂女尸案的证人。"

苏梓航一听，惊奇之情表露于外："哈，我头一回听说有动物当证人的，林轩，你快跟我说说。"

"动物证人"目前在国内还比较少见，苏梓航恐怕未有耳闻。

但在国外，确确实实发生过动物指证嫌犯的事例。

2006年，法国巴黎有一名女子被发现在寓所上吊身亡，案发时只有该名女子所饲养的一只名叫史酷比的小狗在场。本来案子被警方定性为自杀，但是死者的家属一再坚持认为事有蹊跷，警方才在后续调查中逮捕了一名嫌疑人。

史酷比作为"证人"被破天荒地传召出庭，在专业人员的引领下走到证人席。史酷比在见到该名嫌疑人时狂吠不止，似乎意有所指。

法官在庭上观察了史酷比在见到嫌疑人后的反应。尽管法官并非是以史酷比的反应为依据来宣判，但是法官仍称赞了史酷比的表现，认为其对调查提供了协助。

我把国外发生的那起案件跟苏梓航讲了一遍。我指着小黑对苏梓航说："这只狗或许能辨别出女尸案嫌疑人的气味，当然，这只是我的猜测。"

随后，我又把包里的东西拿出来递给苏梓航："我本来正要去找你的，这个是我在案发现场附近发现的证物，你拿去尽快化验一下，有结果给我打电话。"

苏梓航从我的手里接过塑料袋，端详了一阵。他似乎还在脑海里消化我方才说的话，整个人看上去有些愣。

我拍了拍他的肩膀，叮嘱他尽快把结果告诉我。他抬起头看了我一眼，抿了抿嘴："我发现你越来越像陈沁了？"

"什么？"我听得云里雾里。

"使唤我越来越自然了。"苏梓航愤愤不平地道。

我知道他这是玩笑话，尴尬地笑了笑。苏梓航把证物收好，突然问我："诶，你知不知道陈沁昨晚去干吗了？"

我没意会他的意思，摇了摇头。他环着胳膊自言自语道："我听说昨晚陈沁很晚的时候突然回到了局里，似乎非常着急，带了几个组员出去了一趟，回来时脾气就不对了……"

原来陈沁这火气从昨晚开始就萌发了，听苏梓航所说的时间段，这火气的源头好像还在我的身上。

我有些心虚，跟苏梓航说声先回去了。

离开市局，我回到了警犬基地。在基地专供警犬清洁的沐浴室，我给小黑好生清洗了一遍身上的污垢。

洗完之后我才发现，原来这是一只纯灰色的中华田园犬，只是身上太脏才掩盖了原本的毛色。中华田园犬就是我们平常说的"土狗"，因为自由繁殖的原因，杂色比较多，纯色中我也是头一回见到灰色的。

小黑变成了小灰。可能是第一次脱离野外的环境，小灰显得有些拘谨。

我回到宿舍，等待苏梓航那边的结果。这段时间对我来说是难得的空闲。

直到第二天下午，苏梓航才给我打了通电话。电话中他告诉我，从烟头上提取的上皮细胞经过对比，发现烟头的主人是高毅。

这个结果我之前已有猜测，但是信心不大，因为高毅把尸体藏在自家工厂的酱料池里这一点太难以说通了。

挂掉电话，我赶紧带着小灰去了市局。我给陈沁打了电话，结果半天也没人接听。我问了陈沁的同事，他们说陈沁在审讯嫌疑人。

审讯室我之前去过，我轻车熟路地找到了位置。审讯室门口站着一名警察，他认得我。我拿手指了指那扇紧闭的门，说我要进去。

那名同志帮我推开门，我看到陈沁果然坐在里面。她对面坐着的人是高毅。不知道之前谁递给过高毅一支烟，高毅正抬着戴着手铐的手，吞云吐雾。

我走过去坐在陈沁身边，陈沁侧头看了我一眼："你怎么来了？"

"你继续问他,不用管我。"

陈沁没多说,把头扭了回去。她手里拿着一个套着密封袋的手机,我认出来这是曾被邱阳庆埋在地下的那个手机。手机是邓梅的,因为被水泡过而损坏了,现在被技术科的同事修好了。

陈沁翻弄了一下手机,在通讯软件里找到了邓梅给高毅发的几条语音信息。当着高毅的面,陈沁把语音放了出来。

语音中,邓梅找高毅要钱,说过几句威胁的话。

我察觉到高毅今天的神情有些古怪,眼眸里藏着让人看不懂的情愫。手里的那支烟几乎要燃尽时,他才把烟头按在烟灰缸里,用一副烟嗓问陈沁:"凶手找到了?"

"你先别管凶手,我问你几个问题。"陈沁放下手机,脸部的线条略显冷硬,"邓梅死前,身上曾带着一笔三万元的现金,是你给她的?"

高毅靠在座椅上:"你方才也听到了,我工厂这两年效益很差,邓梅找我要过几次钱,我没答应,她威胁我说不给就把我们之间的事告诉我老婆,我凑了三万块给了她。"

他似乎想到了什么,试探着问:"该不会凶手是为了钱,谋财害命吧?你们可以查一查那三万元的下落。"

三万块现在在邱阳庆的手里。高毅的话,意图过于明显。

陈沁避开了高毅的问题,又问:"邓梅失踪那天,你在哪里?有去过邱阳庆的家吗?"

"那天我记得是在处理经销商那边的生意,邱阳庆的家我从来就没有去过,在哪里我都不知道。"

陈沁手里的笔在桌上轻敲了两下:"邓梅的死亡地点我们已经找到了,就在邱阳庆承包的那处鱼塘。但是尸体最终出现在你的工厂里,你怎么看?"

"报复!这绝对是报复!"高毅激动地说道,"这么说,该不会就是邱阳庆杀的自己的老婆吧？他对我心怀怨恨，想栽赃嫁祸给我。"

我离陈沁很近，听到了她鼻子里的一声轻哼。陈沁盯着高毅："我听说，你能在靖城开办工厂，完全是依仗你的老丈人。你应该没想过跟你老婆离婚吧？邓梅拿你出轨的事威胁你，现在她死了，你难道不满意吗？"

高毅一听，如坐针毡。随即他把波动的情绪强压了回去，无奈道："邓梅的死，我挺难过的。"

"我看不见得吧。"陈沁打断高毅的话，口气冷淡地说道，"你发现邓梅的尸体后，第一时间不是想着报警，而是逃走，从这一点能看出来你跟邓梅之间并没有什么感情。"

"还有一个问题，我们搜查过你的工厂，只发现墙体上有一个洞能够转运尸体，除此之外凶手很难有机会避开厂里工人的视线抛尸。可是那个洞口我们检查过，尺寸太小，尸体过洞肯定会有剐蹭，但是现场和尸体身上都没有发现痕迹。"陈沁把质疑的目光投在高毅的身上，"或许只有你，作为工厂的老板，才有可能神不知鬼不觉地抛尸吧？"

高毅一听此话，情绪再次变得激动起来："这位警官，你的意思是我杀的人，还把尸体丢到自己工厂里？那我岂不是作茧自缚？"

高毅如果这么做，可以理解为是想栽赃嫁祸给邱阳庆，但是风险极大，我觉得高毅这么精明的人应该不会这么傻。

这一直是我所困惑的一个问题。

陈沁没有合适的话语反驳高毅，她站起身，眼里的锋芒迅速扫向高毅，之后冷冷撂下话来："我会抓到你的把柄的！"

说完，陈沁准备离开。我见时机已到，伸出手臂挡在陈沁的面前："等等，我还有问题问他。"

陈沁停顿脚步，眼神意味不明。我不动声色地盯着高毅："你刚才说，你从来没有去过邱阳庆的家？"

"我说了，我连他家的地址在哪里都不知道！"

我语气寡淡地说道:"你在说谎。"

高毅白了我一眼:"请你拿出证据,否则就是在诬陷我。"

我不紧不慢站了起来,在我的脚下,小灰正趴在地上。我拍了拍小灰的后背,小灰从桌子下钻了出来。

小灰绕过桌腿,跑到高毅的脚下,围着高毅嗅了嗅。高毅不明所以,抬起脚往地上跺了几下,想要吓跑小灰。

小灰后退几步,突然昂起头朝高毅狂吠起来。

或许小灰亲眼看到过高毅的出现,又或许高毅曾在案发现场停留过,他的气味留在了那里。小灰在气味还未完全消散前经过了那里,它记得高毅身上的气味。

上一秒还很温顺的小狗,在靠近高毅后表现得较为狂躁起来。这一幕让陈沁和高毅都是一愣,显然这是他们始料未及的画面。

"很不巧,你那天在鱼塘躲在树后时,被这只小狗发现了,它还记得你。"

烟头是在树底下发现的,除了树下的地面相对平坦外,其他地方都是靠近水沟的斜坡,坡度较大,人站在那里很容易滑到水沟里,所以我觉得高毅应该是躲藏在树下。

高毅的脸色变得十分难看,想来我应该是猜对了。他抬着脚凭空向小灰踢了几下,嘴里骂骂咧咧:"随便找一只疯狗过来,冲老子叫唤就说我去过邱阳庆家,你他妈是不是有病啊?"

"我说的是鱼塘,又没说邱阳庆的家,你怎么知道邱阳庆家前面就是一片鱼塘?"我嘴角微微上扬。

高毅狠狠瞪了我一眼,意识到是上我的套了。他怕我又诈他,索性扭过头闭口不言。

我径直走到他面前:"你躲在树后,等邓梅经过那里时,你把她推入鱼塘,等她死后,你又把她包里的钱拿出来占为己有……"

"你放屁！"

本来还想行使沉默权的高毅，经不住我的"胡言乱语"，打断了我的话："钱在邱阳庆手里，我没拿！"

"你没拿，还知道钱在邱阳庆手里，是你当时在场亲眼看见了？"我找准破绽追问道。

高毅顿时语塞，呼吸瞬间变得急促起来。他抬起头，血丝密布的眼睛死死盯着我。

我从包里拿出密封袋包着的烟头，又翻出手机中苏梓航传给我的检验报告："如果说，方才那些都是我的猜测，这个总能作为证据了吧？"

看着我手里的那枚烟头，高毅显得极为惶恐不安。他根本不用看我另一只手上的检验报告，他抽的什么烟，又随手丢在了哪里，他不会没印象。

这个证据，让高毅编造的不在场证明和方才的话成了不折不扣的谎言，他再怎么解释也解释不清。

高毅沉默了一阵，我估计他脑海里正思索着应对的办法。尔后他垂着的头缓缓抬了起来，声音低沉，带有几分无奈："我承认，我那天确实跟在邓梅身后，她在回家的路上被邱阳庆拦住了，我躲在树后偷偷观望，看到他们吵得不可开交，后来不知怎的，邓梅突然掉入了池塘中。"

高毅这番话与邱阳庆所说的略有出入，我没有打断，听他继续说道："我当时傻了眼，也不知道该怎么做，我看到邱阳庆站在池塘边上迟迟没下去施救，等到邓梅没动静了，邱阳庆才下去把邓梅捞了上来，那时人已经没了。"

我冷哼了一声，高毅这是仍不死心，想让自己的身份由嫌疑人变为旁观者。

我追问道："据邱阳庆所说，他原本想要把邓梅送到医院去，但是等他开车返回时发现邓梅已经不见了，是不是被你带走了？"

高毅想也没想就否决道："不是，我只偷看到这里，后面的事我就不知道了……"

"高毅！你还在说谎！"我猛然伸手重重拍在他椅子的扶手上，厉声道，"你要是心无歹意，为何会跟踪邓梅？如果你亲眼看到邱阳庆杀了人，为什么要替他隐瞒？还有，要想把邓梅带走，你当时一定有备交通工具，只要我们检查你的车，很容易就会发现这一点，你觉得你现在否认还有用吗？"

如果邓梅在第一次落水后死亡，高毅完全没有必要冒风险去转移尸体，也就不会有之后发生的一系列事情。所以，邓梅第一次上岸后一定还活着。

我站在高毅面前，居高临下地看着他："你不肯说，我来替你说，你看到邱阳庆把邓梅救了起来，之后邱阳庆返回住处去取车，准备送邓梅去医院，你乘机蹿出来将邓梅杀害。"

"随后你将尸体抛到自己的工厂，继续生产，假装毫不知情。警方按照常理来思考问题，认为你不会把尸体带到人多眼杂的工厂里处理掉，况且因为尸体的出现还导致你关停了工厂。你这看似引火自焚的举动反而让我们淡化了你的嫌疑，你之所以这么做，也是为了嫁祸到邱阳庆身上。"

我倒推了一遍事情经过和高毅心里的想法。陈沁冷不丁插了一句："不止这么简单，东润食品厂效益一直很惨淡，高毅其实主要是利用这个工厂从他老丈人手里骗取资金。高毅跑路的时候跟他老婆说有人在他工厂里抛尸陷害他，他老婆又给了一大笔钱让他出去暂避风头。"

高毅要是只是单纯地想把谋杀的罪名嫁祸给邱阳庆，他明明还有其他的办法，为何偏偏选择抛尸到自己工厂这样一个风险最大的法子，这一直是我所想不通的事情。现在听了陈沁这番话，我可算是恍然大悟，原来高毅玩的是一箭双雕。

能得到这些讯息，陈沁一定是利用这两日展开了一系列的调查。不得不说，我和陈沁虽然性格大为不同，但是我们之间确有一种默契，在某些事上会不谋而合。

再看向高毅时，他脸上已经冒着虚汗，血色尽失。事情已经到了这般田地，就算他仍不承认，接下来的调查和现有的证据也足以定他的罪。

高毅终于不再隐瞒，将事情经过交代了一遍。

邓梅那天被邱阳庆救起来后确实没有死，只是暂时昏迷了。在邱阳庆去取车时，邓梅苏醒过来，从地上爬起来找到了自己的手机，发现手机已经进水损坏，所以她准备自行离开。

躲在树后的高毅将一切看在眼中，他觉得这是个极好的时机，既能撇掉纠缠自己的邓梅，还能让邱阳庆当冤大头顶罪。于是高毅现身，将走了十多米的邓梅再次推入了水中。

邓梅这一次直接在水中溺亡，高毅原本是想把邓梅的尸体从水里捞上来后，拖回到最初的位置，让邱阳庆以为邓梅上岸后不久就死亡了。可是在此时，邱阳庆返回了，高毅只好等邱阳庆离开后，将尸体带回了自己的车里。

我猜得没错，高毅带着尸体，两者浑身都是湿漉漉的，就算之后高毅清理过车辆，也不可能完全抹盖掉痕迹，所以高毅不再挣扎，选择承认。

这个案子之所以这般错综复杂，就是因为高毅和邱阳庆两人都是心怀鬼胎。如果邓梅在天之灵看到自己身边的这两个男人都如此冷漠，她会做何感想？

不过，邓梅在两个男人之间游走，何曾不是玩火自焚？

高毅该交代的都交代清楚了，陈沁保留了审讯的记录，让同事将高毅带下去看押。

我和陈沁起身离开审讯室，陈沁经过我身边时，有意无意地放缓了脚步。我看了眼时间，清了清嗓子："晚上一起吃个便饭？"

我长这么大，还是头一次主动邀请异性吃饭（上一次是被赵思思"胁迫"的，不算数），我可是鼓足了勇气。我主动向陈沁示好，是不想让我们之间一直这么僵持下去，以防我们分道扬镳、信息不对称，不管是于我寻找林汐还是于陈沁侦破案件，都是不利的。

陈沁没有作声，像是没有听到我的话，举止泰然地迈开脚步朝门外走去，很快她的背影就消失在门口。

我有些尴尬，甚至有些后悔主动示好。直到听到门外陈沁的声音传来："时间地点我来选。"

留下这句话的陈沁终究是没有再现身。我呆了半晌，嘴角不经意地翘了起来，两颊的肌肉提紧几分，这种表情的诞生对我来说既陌生又让我心潮澎湃。我摸了摸自己的脸颊，不记得上一次不由自主地露出微笑是什么时候的事了。

从审讯室出来时，天边已经染上了一层昏黄，身旁的小灰斜靠在我的腿边，时不时伸出舌头舔舐一圈嘴唇。我从警犬基地出来时将玫瑰和多肉交托给了赵思思，不知道这会儿赵思思有没有记得给它们喂食。

回到警犬基地后，我才知道是我多虑了，一进赵思思的宿舍，我就看到多肉撑着圆鼓鼓的肚子靠在一张充气垫子上，满足地舔着自己爪子上的毛发。这种动作，相当于人类吃饱喝足后擦嘴唇。另一边的玫瑰，也是一副饭后慵懒的状态。

我跟赵思思打了声招呼，把玫瑰和多肉接了回去。在路上，我的手机突然收到一条短信，陌生的号码，我没在意。等我回到家躺在床上摆弄手机时，翻看那条短信，发现里面只有短短一行字。

"哥哥，谢谢你。"

我的呼吸，在各种复杂情绪的作用下变得沉重起来。我脑海里第一念头，想到这条短信的发送人会不会就是那个被我亲手送进看守所的小女孩。除了她，我想不到另外的人选。

我回拨了过去，显示无人接听，或许在很长的一段时间里，这个号码的主人都会杳无音信。我有些黯然，只能安慰自己，希望那个叫程依依的女孩在受到应有的惩罚之后能够尽快回归到正常的生活中。

这条短信让我突然想起了林汐，早两年的时候，我手机里还保留了好多她发给我的信息，她总是喜欢在"哥哥"两个字的后面加上一个笑脸。后来那个手机坏掉了，林汐在这个世界上给我留下的痕迹越来越少。

　　我起身下床，在床下的行李箱中找到了一面相框，我用衣袖把相框擦拭了几遍，放在了书桌上。我凝视着相框中的照片，里面一个小女孩梳着双马尾，阳光透过头顶树叶的缝隙，洒落在她的笑脸上，她踮着脚尖，把一顶牛仔帽遮在身边一个男孩的头顶。

　　我一直不想让别人看到这张相片，因为怕他们诧异于一个曾如此阳光灿烂、拥有过暖阳一般笑容的男孩，为何会变成如今这般心若寒灰。

　　原本已经睡着的玫瑰被我的动静声吵醒，它悄无声息地靠近我身旁，在我腿边蹭了蹭。我的眼眶有些湿润，趴在书桌上，整夜心神不宁。

自杀的受害者们

第二天中午时,我接到了陈沁的邀约,地点选在了一家我从未听说过的餐厅。为了避免不必要的尴尬,我没有带玫瑰和多肉一同前往。

当我到达餐厅时,看到陈沁已经坐在了靠窗的位置,最近的两起案件都在张震规定的期限内顺利结案,刑侦大队总算有了短暂的空闲时光。陈沁穿着一身黑色连衣裙,看起来一脸的轻松,坐姿都不再像之前那般笔直端正。我在她对面位置坐下,她抬起头看了我一眼,破天荒地露出一抹微笑。

我让陈沁点了餐,等服务员走后,我俩陷入了沉默,不知该如何正常交流。我坐立不安地摆弄着桌上的玻璃杯,直到把一大杯柠檬水都喝光之后,我才抿了抿嘴,小声说:"陈沁,我想请你帮我个忙。"

"说吧。"陈沁把手臂往胸前一抱,坐直身子,"你一进来,我就看出来你有心事。"

我犹豫再三,把我经过整晚深思熟虑的一个想法说了出来:"你能不能帮我查一下,四年前到现在,年龄在十四岁到十七岁之间的无名……无名女尸?"

这四个字,我说出来几乎用尽了所有的力气,我昨晚一直在想,林汐迄今为止都没有任何的消息,或许是因为我把希望全然寄托在她还活着的可能性上。可是还有一个我不得不面对的可能性，那就是林汐已经成为一具沉默的尸体。

陈沁听闻，默不作声，只是用勺子不断搅拌着杯中的柠檬水，把原本完整的一片柠檬搅得支离破碎。良久，她抬起头，用低沉的声音对我说："林轩，其实这个问题，我很早之前就已经想过，只是怕你难过、怕你排斥，我才没有跟你说起过。靖城人口基数大，每年都有人以各种各样的方式死去，这其中还有很大一部分不能确认身份的死者，或许你会在其中找到你妹妹的消息，但也有可能在你看过这个世界上最悲情的一面后，仍一无所获。"

我有些不理解陈沁最后一段话的意思，她的眼神好像在确认我是否已经考虑好，我没多想就点了头。

"如果你真的想好了，我倒是知道有一个人能够帮你。"陈沁侧过头望向了窗外。

我急忙追问道："你说的那个人是谁？"

"苏梓航。"陈沁淡淡地吐出来三个字，也许是她看到了我一脸诧异的表情，随即补充道，"他是中国无名逝者寻亲公益组织的志愿者，可以查到国内无名尸的数据库。"

我没想到苏梓航还有这样一个身份，并且我对陈沁所说的这个公益组织闻所未闻。陈沁帮我给苏梓航打了一通电话。苏梓航这人给我留下的印象还不错，工作认真尽责，但是在我看来他没有什么主见，我心里头始终没有底，不知苏梓航是否靠谱。

今天的饭局，在我突然提出的话题下，让原本轻松的氛围变得过于沉重。这对我来说并没有什么，但是波及看似心情还不错的陈沁，这让我有些不好意思，所以饭后我主动买了单就离开了，没有继续打扰她的意思。

我按陈沁给我的地址前往苏梓航的家，见到苏梓航后，我跟他说明了来意，他很爽快地答应下来，把我领进了他家中的工作室。

一进门，一具仿真人体骨骼架立在我的面前，把我吓了一跳。骨架在灯光的映射下很是惨白，看着有些瘆人，旁边就是苏梓航的工作台，桌上除了一台电脑，剩下的空间堆满了各种文件、档案和书籍。听到开门的动静，一只小灰狗从桌底下向我奔来，围着我和苏梓航兴奋地转圈。它正是上个案件中的"动物证人"，现在已由苏梓航领养了。看样子他们相处得不错。

苏梓航示意我坐在电脑前，我的余光不时瞥见骨架空洞的鼻骨孔正对着我。

苏梓航打开了一个网址，输入了他的账号，页面刷新了一下，随即屏幕中出现密密麻麻的黑色文字，文字后是灰色的背景，除此之外再无任何色彩。我看到网页的最上方写着"让生者慰藉，让逝者安息"几个大字，下面是各种描述死者体貌特征、年龄和死亡地点的文字。

"这是全国最大的无名尸数据库，每天都有更新内容，里面记录了近十年无法确认身份的死者信息，不过几年前的内容可能不完整，只有死亡地点和年龄等简略信息，现在有更多的公安人员作为志愿者参与其中，死者的血型甚至伤检报告都有收录。"

我随便点开了一行标题，看到里面写着这位死者于一年前在某市某地被一辆货车撞上，送医后抢救无效死亡，身份信息不明，之后描述了死者的体貌特征，如有线索请与某某警官联系，并附上了警官的电话号码。里面还附有图片的链接，点开前弹出了"图片内容可能引起不适"的提醒。听苏梓航说查看图片需要一定的权限，需要认证公安人员身份或者公安机关开具的失踪证明。

我返回到最初界面，看着这些单调冰冷的文字，我的脑海里蹦出来几个念头：林汐会不会就在其中？她会不会很早就已经被人发现？她的名字是不是已经被"无名氏"三个字代替了？

这些念头，像是拧结的绳索一样盘踞在我的脑中，每个绳索的末端都连接着我的神经，稍一牵动，痛及全身。我深呼吸了一口气，既希望于从数据库中找到林汐的下落，又祈祷自己一无所获。

平复好情绪之后，我按苏梓航教我的方式在数据库中寻找符合林汐的年龄条件的无名逝者。

因为其中还包含了外地的逝者，筛选出来的结果足有上百条，我耐心按顺序一个一个点开，生怕漏过某一条信息。

页面在不停减少，我的鼠标不停下滑接近末尾，并未找到与林汐体貌接近的逝者。我的心并未因此而宽松，反而愈发沉痛，这些逝者遇难时都是花季少女，在最好的年纪遭遇不测，青春戛然而止。她们中有些是因为遭遇车祸，或者是溺水而亡，或者涉及刑事案件，她们的名字被共同用"无名氏"替代。这其中我甚至看到有七八年前的逝者，不知道这么多年过去，她们是否已与家人"团聚"，即使隔着生死之距。

直到现在，我终于明白了陈沁之前跟我说过"你会看到这个世界上最悲情的一面"这句话的意思。一个人悄无声息地死去，无法看到亲人最后一面，身边没有一个人，遗体没有归宿，而他的家人还在苦苦等候或者寻找，几年甚至几十年。这其中的痛苦不会因为时间而减淡，反而会一天一天积累。

在这件事上，我深有体会。

我的表情有些凝重，可能在苏梓航看来，是因为我没有找到关于林汐的下落。他轻拍了下我的肩膀，安慰道："林轩，你别难过，这是好事情，说不定你妹妹现在还活着。"

我没有回应他的话，而是突然问了一句："你为什么会做志愿者？"

苏梓航愣了几秒，抬起头似乎是在回忆过去，良久他才低沉着嗓音说道："我刚参加工作那年，见过一个冬日里猝死的流浪汉，他脸上有一层浮灰，眼角与脸颊之间有两三道白色的印迹，师父告诉我这是泪痕，我第一次见到这么明显的泪痕。后来看过当时报警的一位清洁工的笔录，他说看到那个流浪汉死前眼泪哗哗地往外流。"

"我当时就在想,那个人为什么会流泪?是不是临死前想起了自己的故乡,想起了自己的母亲或其他亲人?他是不是后悔自己糊涂地到处流浪,想对母亲说声对不起?他孤零零地死在了他乡,他的魂灵能回家吗?我能不能送那个猝死的流浪汉回家?"

苏梓航说那时候没有人给过他答案,他也没有能力去帮助那位流浪汉魂归故里。后来他在法医这个行业略有建树,又在一次新闻中了解到国内有这样一个公益组织,所以他义无反顾地加入其中。

听完他说的,我感触良多,之前一直听说法医这门职业,越是经历得多了,越是对生死逐渐看淡,可苏梓航却是那么的感性。我不禁对我之前给予苏梓航的评价心生惭愧。

苏梓航和我聊了聊这些年帮助无名尸找寻亲人的经历,我也跟他说起了这些年找寻林汐的艰难经过,彼此间心生感慨。在交谈中,我一直盯着电脑屏幕,从字里行间了解到靖城这些年命案发生的频率。数据库的标题中会有差异之处,如果尸体被人认领,标题会打上"已认领"的标志。在查看这些已被认领的尸体时,我发现了一个诡异的规律。

我发现有接近七八年的时间,每年都会有一起女性死亡的刑事案件,并且年龄都是十五岁到十九岁之间的女孩。详情中没有给予过多的案件介绍,和其他的案子相比可以说是相当简略。其他案子末尾留的是处理此案的警官的电话号码,而这些留的是靖城刑侦大队的座机,悬赏金额也比其他案子高。

我把心里的疑惑抛给了苏梓航,苏梓航看着我,表情逐步变得难堪起来,似乎有什么难言之隐。我先是向苏梓航确认这些案子是否涉密,在得到否认后,我开始追问这几起案子究竟为何有这么多共同点,凶手是否已经伏法。

苏梓航一开始不愿意多透露,后来实在耐不住我的软磨硬泡,才告诉我说:"这些是一起连环杀人案的受害者,每年都会有受害者出现,凶手至今还……还没有下落。"

我吃了一惊，我还从来没听说过靖城有如此骇人听闻的案子，而且至今未破获。看苏梓航这番窘态，我估计警方现在连凶手的身份都还没有搞清楚。难怪苏梓航支支吾吾的，我估摸着不只是他一个人，恐怕整个靖城公安体系都因为这个案子而蒙羞，所以比较避讳这个问题。

我让苏梓航把他知道的都告诉我，我得知最后一位受害者的死亡时间距离现在都已经有些久远了，大概有五年左右。从时间点上来算，我那时候还在外地上大学，这也是我对于这起连环凶案未曾耳闻的原因。不过在当时，这案子肯定惹得靖城百姓人心惶惶，媒体也必定大肆报道过。

这么说来，张震那时跟我说的"靖城公安命案必破"，也是忽悠我的。我不解地问道："既然凶手作案这么有规律，警方就没有做出应对的方案吗？杀害那么多人，凶手不可能没有留下一点线索吧？"

"不是你想的这么简单。"苏梓航叹了声气。

"这几起案子和别的凶案有本质上的区别，受害者并非死于凶手之手。"苏梓航似乎觉得自己这话前后有矛盾，急忙摆了摆手，"不对，也不能这么说。受害者是受到凶手的胁迫被逼自杀，每个人的忍耐程度都有极限，在生不如死的时候，有时候死亡也是一种解脱。"

当"自杀"和"生不如死"这两个词汇落入我耳中时，我的心不禁颤了颤。虽然我没有接触过这个案子的细节，但仅仅从苏梓航的话里，我就已经感受到受害者当时的绝望和凶手的残忍无情。

我脑海里不断地涌现出那些受害者的模样，身形都是女孩，面孔却都模糊不清。我突然意识到什么，腾的一下站起身："你说，会不会林汐她也……"

林汐的年龄正好符合凶手的"猎杀"标准，我不得不将两者联系在一起。

苏梓航未作多想就摇了摇头："不会的，凶手每次作案后都会留下尸体，从来不藏尸，这是他对警方的挑衅。另外你妹妹失踪那年，凶手已经不再作案,销声匿迹了。"

他说的这一点我之前也发现了,自最后一位受害者,凶手似乎再也没有犯过案,而这个时间是在林汐失踪的前一年。

苏梓航替我关掉了电脑,不想让我的情绪继续深陷下去,他把手搭在我的肩上:"别瞎想了。"

我喉咙一哽,闭起眼睛,不想让苏梓航看出我的情绪。片刻后我睁开眼,跟苏梓航说了声谢谢,抓起搭在电脑椅上的外套朝外走去。

站在门外,看着夕阳从西山上斜射过来,地面的一切都罩在一片模糊的玫瑰色之中,我才发现不知不觉已在苏梓航家待了一下午。这一天的时间可以说一无所获,却又让我的大脑堆积了杂七杂八的思绪,如同过量储存的硬盘,让我头晕目胀。

我恍恍惚惚回到宿舍,一推开门,多肉就立即蹿到我面前,围着我狠狠嗅,好像我身上有什么特殊的气味吸引了它。我没心情搭理它,换了双鞋朝卧室走去。

多肉像跟屁虫一样跟了进来,不时扭头回望门口,好像在等待某人的出现一样。我知道它是在等最近一直跟我在一块儿的陈沁,以至于喋喋不休地叫着,好像很关心我和陈沁关系的进展。

在我被多肉闹得快要抓狂时,它的声音戛然而止,我回头一看,玫瑰不知什么时候悄无声息地进来了,正站在多肉身后,低着脑袋,尾巴挑起与地面平行,瞳孔变大,看上去眼神有些凶。

多肉以前也跟玫瑰干过架,每次都落得下风,所以一见到玫瑰这个样子,多肉赶紧夹着尾巴躲到我腿边,不敢作声。

玫瑰走到我身旁,蹭了蹭我的腿,它能感受到我的心情,它知道我现在需要一个安静的环境。

我躺在床上,用枕头蒙着头,迷迷糊糊睡了一小会儿,醒来时已经晚上七八点了。我喂过多肉和玫瑰,又简单煮了碗面条填饱肚子,正准备早点洗澡休息时,房间门被敲响了。伴随着敲门声的还有一阵阵犬吠,我听出了这是贝丽的声音,不用多想,就知道门外的人是赵思思。

我刚把门打开一条缝,贝丽就迫不及待地钻了进来。接着赵思思一猫身就进了屋,跟贝丽的动作简直如出一辙。

"师父,我发现了一个超级神奇的东西,你快来看看!"赵思思一脸激动,仿佛发现了新大陆一样。

不管是什么,我这会儿都没有兴趣了解,我敷衍地回应了几句。赵思思好像没有看出来我低迷的情绪,还是一脸天真散漫的样子,她把我拽到沙发边上,拿着手机在我眼前晃了晃:"师父!我找到了一个能翻译狗语的软件。"

她说的这个,我很早就已听说过,不过对此我一直保持怀疑的态度。赵思思不等我说话,轻点了一下屏幕,然后让贝丽叫了几声。之后过了几秒,赵思思的手机响了一下,她看了一眼屏幕中出现的翻译文字,咧嘴笑道:"贝丽它饿了,说要吃东西呢。"

我看贝丽静静地蹲在我面前摇尾巴,伸手过去摸了摸它的腹部,没有作声。

赵思思拿起茶几上的一包狗粮,伸手进去抓了一把,"啪"的一声洒在了地面上,细小颗粒状的狗粮像是断了线的珠子一样,在地上滚动散开。赵思思冲贝丽招手:"贝丽,快吃啊!"

贝丽慢腾腾地伸动前肢站起身,鼻子皱了皱,低头用舌头舔起距离自己最近的几粒狗粮。它吃完后并没有下一步动作,而是重新蹲了下来。一旁的赵思思急不可耐,伸手指引,可是贝丽似乎并不理解她的意思。

赵思思几经尝试后只得作罢,扭头望向了我:"师父,这到底是怎么回事啊,贝丽为什么不吃东西?它难道不是饿了吗?"

我摇了摇头,指着地上分散并不密集的狗粮,问道:"在你眼里,这些食物你看得是不是很清楚?"

"当然看得清啊。"

我把手放在贝丽的后背上,笑道:"可是它看不清楚。"

赵思思一脸诧异,我指着地上的狗粮跟她解释道:"狗的嗅觉和听力要比人类强很多,唯独视觉比人要差,要看清某件东西,它们需要比人类距离物品更近才行。当然,也不能说它们这是近视眼,而是它们视网膜上的视锥细胞比人类少。你在学校生物课上应该学过吧,视锥细胞负责处理色彩,你看这地板花纹这么明显,这些狗粮散落在花纹上面,贝丽根本就看不见。"

赵思思恍然大悟,认真地把地上的狗粮拾起来在手掌心中聚拢,然后把手递到贝丽的面前。我把她的手推开,说贝丽这会儿根本就不饿,不信可以摸摸贝丽的腹部,鼓鼓的,跟小气球似的,那翻译狗语的软件就是忽悠人的。

赵思思嬉皮笑脸地围着我转了一圈,半开玩笑地问我:"师父,这会儿也没有外人,你就告诉我呗,你是不是真的能听懂狗说话?要不然为什么每次你都能搞懂它们的意思?"

我低头看到贝丽和玫瑰齐刷刷地望着我,我似乎能够从它们的目光中感受到期待。说实话,我虽然总是刻意隐藏自己的这种能力,有时候却又很想把这个秘密分享给别人。因为我很想知道,如果我真的是这样的怪人,他们究竟能不能接受我。

面对赵思思那双充满纯真的眼睛,我终究是还是选择了规避。我说今天时候不早了,让她早点回去休息。可赵思思一脸意犹未尽的样子,非拉着我一块儿出去吃消夜,还说我之前答应过她了,一个大男人不能言而无信。

我无可奈何,只能妥协了,于是在别人早已睡熟的时候,我和赵思思牵着三条狗出了门。路上此时行人极少,偶尔有几辆车路过。多肉闹着让我把绳子松开,它要撒会欢儿。赵思思看着多肉摇摆着胖胖的屁股在马路上跑来跑去，笑得合不拢嘴。

路灯给赵思思的脸上打上了一层暖洋洋的滤镜，有一种朦胧的美感，而且我总觉得她笑起来时浑身上下会透发出一种能量，会让人暂时忘却烦闷，我不由得多看了几眼。

"师父，你在看我呀？"赵思思突然把手伸到我眼前晃了晃。

我赶忙把目光挪开，嘴里说着没有，脸颊却莫名其妙地发烫起来，幸好路灯不太亮，不至于让我显得尴尬。

不知为何，我突然又想起了陈沁，如果现在我身旁的人是她，她说不定会霸气地掰过我的脸，把手机的光源打在我脸上，质问我为什么说谎。

我叹了声气，用力摇了摇脑袋，最近怎么总是想到这个女人。

一路上赵思思请教了我很多关于驯养警犬的技巧，我知道她是不想在不久后的警犬技能大赛中输得太难看。训犬这门技术更像是一门手艺，除了足够的耐心以外，还需要持之以恒的学习和足够多的训练，这些都是需要以时间为基础。赵思思虽然比警犬队别的工作人员更努力，对动物也很亲和，但是她经验不足，在需要决策的时候也显得不那么果决，所以还需要多练、多掌握老前辈的经验。

我自认为我的教导能让赵思思受益匪浅，赵思思听得很认真，对我充满了感激，提前申请了待会儿饭后买单。我没多想，不过看到前面的多肉转过脑袋，饱含深意地看着我，我告诉赵思思还是我请她吧。

路两侧的商铺早已关门歇业，赵思思找到了一家路边摊，随意拉起一个塑料凳就坐了下来，一点也不介意凳子上的污渍是否会沾到她那条价值不菲的裤子上。我点了些小菜，然后开始听赵思思讲她在学校的一些事情，我则保持着沉默。

我正听着，突然间赵思思的声音戛然而止了，我抬起头，看到面前的赵思思正昂着头，抬着眼眸向我身后某一处望去。她的五官像是定格了一样，表情凝滞，片刻后才伸出只手指向我身后，呆呆地问："师父你快看，那边怎么了？"

  我回头一看，此时漆黑的夜幕之下居然有一簇光亮若影若现，那光亮呈橘黄色，看上去雾蒙蒙的，仔细一看才发现光亮是被一层黑烟所笼罩。光亮发出的地方距离我这里不远，在黑暗的衬托之下更为显眼。

  "不好！那边发生火灾了！"我猛地拍了下腿，急忙站起身。

火场里的无名尸

我把多肉和玫瑰唤到身边来，抽出两张钱放桌上，转身就向火灾发生的方向跑去。赵思思从惊愕之中回过神来后，也跟在我身后一路小跑。

在路途中，我听到消防车的警笛声此起彼伏，声音越来越近，渐渐地还能听到哭声和呼救声。我到达火灾发生的那栋楼房前时，那里已经挤满了行人和车辆，道路堵得水泄不通，很多车子挤在一起，司机不停地按喇叭。消防车辆还未到达现场，起火居民楼内的群众在无人指挥的情况下匆匆忙忙地从楼中涌出来，现场混乱不堪。

起火地点是在楼房顶层，尽管火源离我有一段距离，我还是能够感受到灼热的气浪朝我脸上席卷，空气中都是烧焦的气味。我抬头望上去，这栋燃烧的楼房就像是一支巨形火炬，把整条街都照得透亮。在"噼里啪啦"的爆裂声中，浓厚的黑烟如同小型的龙卷风一样，随着火舌向半空中猛蹿出去十几米。

我的手突然被谁抓住，回头看到是赵思思气喘吁吁地站在我身后，她抿着嘴，瞄了瞄楼顶又神色担忧地看着我，似乎想让我赶紧离开这里。

在警犬队时，我之前也参与过火场的救援，不过那都是火势已经被扑灭后的救援行动。我之所以急急忙忙赶到现场，本意并非是来灭火或是营救被困人员，而是想借助警犬对现场进行勘察，探测是否存在其他爆炸隐患，防止二次爆燃的发生。

我蹲下身，把玫瑰脖子上项圈的卡扣打开。楼房中究竟有什么可燃可爆物谁也不清楚，何况还有燃气管道，如果发生爆炸后果不堪设想。一般这种工作是由消防员手持便携式碳氢化合物探测设备来完成，可传统的消防搜寻设备不太灵活，工作时间也需要很久，探测搜索现场的效率只有20～30平方米/小时。而借助警犬，探测效率能达到2400平方米/小时。

"玫瑰，找找附近有没有可爆物！"我握紧拳头，拳头轻碰了下玫瑰的鼻间，蹲在地上的玫瑰立即起身跟上了我的步伐。

我把多肉的链绳交给赵思思，叮嘱她远离这片区域。大楼外墙和玻璃在高温的侵袭下纷纷破裂脱落，靠得太近，一不留神就会被砸中。

我朝大楼走去，一名身穿黑衣的男人与我擦肩而过，我离他很近，甚至能闻到他衣服上沾染的灰烬气味。男人拖了一个大号的行李箱，戴着口罩和帽子，低着头脚步匆匆地向马路对面走去。

男人应该是这栋楼低层的住户，居然还有时间收拾行李逃离火场。与他相比，后面一批从楼道中跑出来的人可以用"惨烈"两个字来形容了，有人只穿着睡衣睡裤，衣物大部被烧焦，更有甚者只穿着一条裤衩，怀里紧紧护着孩子，自己身上却被大量烧伤。他们一个个脸上都是惊魂未定的表情。

玫瑰在我的指引下沿着楼房外围嗅探，很快就告诉我没有嗅到爆燃隐患。我并未就此放下心，今天的场景环境有些特殊，玫瑰在之前的训练包括行动中都没有这方面的经验。大火仍在燃烧，其产生的有毒刺激气体会对玫瑰的嗅觉进行干扰。除非真有燃气管道泄漏或者其他大量可燃气、液体的存在，对于小容量的可燃隐患，玫瑰在这种环境中无法辨别出来。

火势逐渐从顶层向下蔓延，我正准备撤离时，听到一位女人的哭喊声，哭声很凄厉，仿佛天塌下来一般。我顺着声音望过去，看到有个三十岁左右的女人正站在楼道口急得直跺脚,眼睛直瞅着楼上,脚步时不时往前迈,似乎在进与不进之间犹豫不决。她站的位置很靠前,不时有碎玻璃从半空中坠落下来,就落在她面前两三米的地方。我见状赶紧上去拉了下那女人的手臂,提醒她不要站在这里。

"怎么办啊!我孩子还在家里!我晚上要出去工作,只能把他留在家里,门都还锁着……"女人说着说着眼里就哗哗地往下流,捶胸顿足,情绪濒临崩溃。

我一听,心里咯噔了一下。女人外出时为了不让小孩晚上乱跑,把门给反锁住了,这意味着锁住了孩子逃生的唯一出口。这位母亲几次三番试图冲进去,但还是被楼道内聚集的浓烟逼迫了出来。

我抬头看了眼这栋老式楼房,除了顶层火光汹涌外其余楼层漆黑一片,我问那女人:"你的家在第几层?"

"在第五层,左边那个门就是。"

火如果是从下往上烧,很快就能把整栋楼点着,但是从上往下就需要很长的时间。我见楼房的七层以下都没有明显火源,心想着此时是救援孩子的最后时机。消防员这会儿还没到,我找女人拿到了她家的钥匙,又脱下了自己的外套,然后找附近的人要了两瓶矿泉水把衣服浸湿。我让玫瑰留在外面等着,把外套卷起来堵住鼻子,一埋头就冲进了楼道内。

尽管我已经做好了充足准备,但是在我踏进楼道的第一时间,我还是被浓厚的烟尘呛得剧烈咳嗽。我能够感受到周边的氧气极度稀少,隔着湿润棉质的衣物,我大口呼吸,喉咙里像是堵了一层泥沙一样。

楼道里尚且还能够看得清楚,我扶着落满铁锈的栏杆,用脚摸索楼梯坎,一点一点朝楼上移动。

我憋了一口气冲到第五层,掏出钥匙打开了房门,我冲着里屋喊了一声,结果喉咙里堵了太多的烟尘,发出的声音很小很沙哑。

我从口袋里摸出哨子,憋足了一口气吹了下去,哨子发出尖锐的声音,穿透烟雾,很快房间里的木地板传来"嗒嗒"的踩踏声。黑暗中,我的双腿被一双小手抱住,低头一看,一个七八岁左右的小男孩正紧紧抱着我,像是抱着一株救命的稻草,战战兢兢。

"跟我来,抓紧我的手!"我低语一声,张开手掌握住男孩手腕。

可当我转身时,我才发现此刻楼道里已经完全看不清路了,我就像是盲人,在楼道之中迷失了方向。我伸出手臂在身前探摸,却什么也摸不着,这种感觉很是让我惶恐不安,我愈发觉得在无任何装备的情况下进来是件很鲁莽的事。

浸湿的外套再无半点过滤作用,燃烧后产生的各种有毒气体直往我肺里猛罐,因为大脑缺氧,我的意识开始变得模糊起来。我不知道我和小男孩能不能撑到消防员进来救我们的那一刻。

凭着毅力,我坚持着朝前踏出脚步,靠感觉往前走。突然,我的脚踩到了一个细细的东西,那东西很软,踩上去的感觉很难以形容。我被这东西绊了一下,整个人往前倒去,重重摔在了水泥地面上,被我牵着的那个小孩倒在我的腿上。

我趴在地上伸手往后摸索小男孩的位置,手指触碰到方才绊倒我的那个物体。我的指腹在接触到那个物体的第一瞬间,一种触电的感觉蔓延全身。那东西很冰冷,表面光滑且柔软,有点橡胶的感觉。我心里不禁有些忐忑,一咬牙,张开手掌抓了过去,当我抓到那个东西时,我惊叫了一声,连忙又甩开了。

我抓住的居然是一只人的手臂,我无法从这具手臂的肌肤上感受到一丁点的体温。这只手臂将我绊倒在地,想来手臂的主人应该是倒地的姿势。

此时,我的大脑再无半点思维能力,求生的本能让我从地上站了起来,我切实地体会到了缺氧的极度痛苦,随即联想到了白天在苏梓航的电脑上,我看到的一具具溺亡尸体扭曲的五官。

小男孩拽着我的手臂,那力道让我意识到,他把逃生的希望全然寄托在我的身上。但此时，失聪、失鸣占据了我所有的感官，先前在废弃工厂、在公安局楼顶曾出现的那种恍惚状态再次控制了我的身体，让我寸步难移。

"汪汪！"

就在我快要晕厥的时候，我听到了玫瑰的声音，我却没有办法做出回应。过了大概十几秒，我的裤腿被一道大力拉扯，我本能地跟着这道力量朝前迈出脚步。

我两腿机械性地抬动，不知过了多久，我看到前方出现了一道光束，我用尽力气向前奔跑而去。在我踏出楼道的那一刻，我总算感觉到勒紧我肺部的绳子松解开了，我张大嘴巴呼吸了几口新鲜空气，意识逐渐清醒。

我刚走出没几步，突然听到有人朝我大呼"小心"，我还没来得及作何反应时，眼前一道影子一闪而过，拦住了我的去路。紧接着我头顶上方划下一道火光，"啪"的一声，一个东西砸在我面前的地上，迸发出几道火星。我的耳畔传来痛苦的"呜呜"声，我的心即刻间感受到一阵刺痛，像是被尖锐的东西猛轧了一下。

声音是从玫瑰嘴里发出来的，一片因高温爆裂的玻璃从楼顶上掉落下来，砸在了玫瑰的后腿上。玫瑰原本均匀的皮毛上有好几处灼烧的痕迹，它趴在地上弯转身子，舔舐着伤口。

我冲了过去，蹲在地上不知所措，我无法看清玫瑰的伤势到底如何，只看到地上有一摊黑色的印记，我鼻间能够嗅到铁锈般的血腥气。

赵思思从隔离带外跑到我身边，把外套脱下来盖在玫瑰的身上，急得都快哭出来了："师父！快带玫瑰去医院啊！"

我回过神把玫瑰抱起来，往火场外跑去。女人牵着被我救出来的男孩追着我不住感谢，我无暇顾及，只想尽快把玫瑰送到动物医院救治。玫瑰在我怀里，身子微微颤抖，我心里很不是滋味，刚才那个女人所经历的焦急、悲痛，此时如出一辙地出现在我身上。

动物对于人的感情太直白了，以至于不顾一切，而人在危难面前会有所顾虑，会衡量是否能够承担危险带来的后果。玫瑰在听到我吹出的哨声时就立即奔向了我，要知道犬对于火和光有与生俱来的恐惧，在训练过程中让犬克服对火的恐惧是非常困难的一件事。

我穿过人群站在了马路边，正招手拦车时听到了后面有人叫我的名字，回过头看到是陈沁。陈沁一路小跑到我身边，没有留意到我怀里的玫瑰："你怎么在这儿？"

"现在不能跟你解释，快帮忙！"我低吼一声，包在玫瑰身上的外套垂落下来。

陈沁这才看到我怀中的玫瑰，此时路灯映在玫瑰身上，能够看清玫瑰皮毛上沾染的大片血迹。陈沁脸色一变，扭头就朝停在路边的一辆警车跑去，我紧随其后。

陈沁一路上都让警笛鸣着，很快把车开到了靖城农业大学附属动物医院。我下车后直接抱着玫瑰跑进医院急症室，值班的医生看过玫瑰的伤势后当即安排了手术。

我站在手术室门口，急速的心跳始终没有平缓下来，如果玫瑰因为我执意冲进火场而发生严重的意外，我可能会后悔一辈子，就像我一直以来后悔当年不应该离开林汐去外地上学一样。

"林轩，洗下脸吧。"

陈沁走到我身边，递给我一瓶矿泉水。我抬头从面前玻璃门中看到自己的倒影，这才发现此刻我浑身都是灰烬，脸上像是抹了一层煤灰一样。

我接过水灌了几大口，灼痛的喉咙总算是舒缓了几分。陈沁等我喝完水，继续问我之前没回答的问题："你今天不是休息吗？怎么会突然出现在那里，你和玫瑰都进入火场了？"

我把和赵思思在外吃消夜，突遇火灾的经过跟陈沁说了一遍。陈沁闻言，眸光变得意味不明起来。她转身接了个电话，回头跟我说道："居民楼那边的火势已经控制住了，应该是顶层起火，顶层的住户来不及逃脱，有三人死亡、一人重伤。林轩，你是最先发现火灾发生的目击者之一，你有没有留意到什么？"

听闻陈沁的话，我条件反射地想到了绊倒我的那只手臂，那冰凉的感觉仍缠绕在我的指尖。我问陈沁："发现的尸体当中，是不是有一具在楼道里？"

"你怎么知道？"

我咬了咬嘴唇，斩钉截铁地说道："楼道中的那人不是死于火灾！"

我方才多问的一句话，其实是在确认楼道里的手臂是否是我的幻觉。既然这是真的，我能够记得手臂主人的体温是低于人体正常体温的，人死后体温不可能下降得那么快，也就是说死者应该在火灾发生之前就已经丧命。

陈沁听了我的解释，陷入了片刻的沉思，并没有那种发现线索后的兴奋感。或许在她眼里，我当时从火场出来的精神状况并不太好，这一切究竟是真实还是我的臆想，谁也无法肯定。

陈沁侧过脸颊看了一眼手术室，问我："你再好好想想，或者……玫瑰当时有没有什么发现？"

我明白陈沁的意思，她应该是已经从电话中得到了火灾发生的初步原因了，如果我没猜错的话，大概率是人为纵火。我摇了摇头："没有，我当时距离火场挺远的，赶过去时只看到有人群从居民楼里逃出来，场面很混乱。我带玫瑰探寻到现场是否有爆燃物，玫瑰并没有发现。"

一般来说高层起火，火势的蔓延速度并不快，这种情况下高层住户最佳选择是向底层逃脱。陈沁说顶层住户连逃生的时间都没有，那么在这么短的时间内形成无可挽救的火势必定需要有引燃源，引燃源可能是汽油或者易燃气体之类的东西。

如果是这样，当时我让玫瑰盘查居民楼爆燃隐患时，玫瑰应该能察觉到引燃源的存在，可是玫瑰并没有示警。我看了一眼紧闭的手术室，我现在没有多余的心思考虑这些,只期望玫瑰不要有事。

陈沁嘴角牵动几下,似乎还想问点什么,这时她的电话突然响了起来。陈沁背过身接通电话,没过几秒就听到她惊讶的声音:"什么?楼道里的那名死者身上有伤口?"

陈沁和电话那头的人声音都挺大,我勉强听出是苏梓航的声音,就是没听清苏梓航说的"伤口"到底指的是什么意思。陈沁挂了电话,回头对我说:"我过去一趟,你这边要是有什么事就给我打电话。"

我"嗯"了一声,目送着陈沁小跑着离开,走廊里陷入了死一般的寂静。我靠着墙壁,面无表情,手术室灯牌的红色灯光看着十分的压抑。

到了后半夜的时候,手术总算是结束了,医生告诉我玫瑰的伤势不算重,主要是烧伤。动物的皮毛很容易着火,一旦接近火源,受到的伤害肯定要比人的严重。我看到玫瑰从手术室中被推出来,它身上打了麻药,没有醒过来,看着它身上玫红色的皮毛被火烧得参差不齐,我心里又是一痛。

赵思思把贝丽和多肉送回家之后也赶了过来,陪我守在病房里,这一晚上,我在忐忑不安和懊悔无及的情绪中度过。第二天我迷迷糊糊地睁开眼时,看到玫瑰已经在动物医生的协助下换药了,精神状态好多了。我不顾身边还有人,询问玫瑰感觉如何,惹得身旁的医护人员用异样的眼光看着我。

上午时陈沁跟我打了个电话,先是问了玫瑰的情况,然后问我这会儿有没有空过去一趟。我有些犹豫,赵思思安慰我说没事,有她在这里就够了。我听出电话里陈沁的语气很严肃,似乎有很重要的事与我交谈,我叮嘱了赵思思几句,离开医院前往刑侦大队。

陈沁在大队的门口等着我,见到我后,她把我领进了会议室。

会议室中只有苏梓航一个人,不过桌上到处都是烟头烟灰,还有几杯没喝完的茶水,想来昨晚有一群人曾在此挑灯夜战过。房间里至今仍残留着难闻的烟味。我咳嗽了几声,苏梓航从椅子上猛地惊醒。

原来他刚坐着睡着了。

"林轩,你没事吧,听说你昨晚和玫瑰冲进火场救人啦?"苏梓航起身走到我面前,语气中透露着关切。

我拍了拍他的肩膀,抬头看到了墙壁上的白色报告板上贴着好几张照片,还写着密密麻麻的文字。照片都是昨晚在火灾现场拍摄的,我走近看到照片中呈现出的火灾后的惨烈画面,顿时回想起了当时我被困在火场时的心惊胆战和绝望。

我发现这些照片被分成了两组,一组"声势浩大",另一组只有一张照片,显得有些"势单力薄"。那张单独照片里是一个被严重烧毁的尸体——这还是我勉强从形态轮廓中辨识出来的。照片下除了死者的性别和年龄有确切信息外,剩下的位置都是问号,看来死者的身份还没有办法得到确认。

"这个就是在楼道内的那具尸体?"我指着单独的那张照片问陈沁。

"没错,你昨晚在楼道里发现的就是这具尸体。另外是楼顶起火的房间,有一对男女在火灾中丧生,一人重伤在医院,这三人是亲属关系,现在唯一有争议的就是楼道内的这具女尸。"

陈沁说完,苏梓航又接话道:"现在有几个重要疑点,一是昨晚林轩在火场中曾接触到死者,如果林轩当时意识是清醒的,从尸体的体温状态能够推测死者死亡时间至少与起火时间间隔五个小时以上;三是我在死者脖颈处发现了伤口;三是昨晚火势控制后,陈组长曾和消防队一起清点过居民楼的人数,确认了所有人员都已经撤离,除了顶层遇难的住户外,无人申报家中有死亡或失踪人员。"

原以为是一场普通的火灾案,在暴露出几个无法解决的疑点后,立即变得扑朔迷离起来。我盯着照片下的大大的问号,这个问号如同具有克隆能力一样,很快就占满了我的大脑。我喃喃自语道:"没人申报死亡?那么楼道中的死者也可能是顶层的住户吗?这一点只能等医院的那位伤者情况稳定后给予证实了。"

"那也不一定。"陈沁打断我的话，补充道，"这片老式小区没有门禁，谁都能够进入，死者并非一定是这栋居民楼的住户。"

现在最大的问题，是无法确认死者的身份。陈沁的推断自然有道理，但是那么晚还有一个不属于这栋居民楼的人出现，这一点恐怕很难短时间内搞清楚。

如果玫瑰没有受伤，我倒是可以带它去搜寻一遍现场。经过模拟训练的警犬，能在火灾现场搜寻煤油、汽油、稀料及其燃烧后的灰烬气味，很大程度上能够节省出化验样品的时间。可现在玫瑰的情况陈沁是知道的，没有玫瑰的协助，我的存在可有可无。

我跟陈沁说，我该交代的都交代清楚了，留下来也帮不上什么忙，是不是可以先走。陈沁瞪了我一眼，我冲她撇了撇嘴，转身准备离开这里。

当我刚走到门口时，听到苏梓航在后面跟陈沁小声说道："陈组长，我有个发现，昨晚会议中没有提出来，我总觉得楼道中那位死者脖颈处的伤口不像是外人所伤。伤口处于颈动脉位置，很可能是最终致死伤，如果是他杀，他杀损伤一般是多于自杀损伤的，伤口的方向会比较复杂，一般伤口是直下的，程度是由浅到深。但是这具女尸身上的伤口目前就发现这一处，四肢也没有发现抵抗伤，脖颈处伤口有些偏右，伤口向下略勾，很像是自杀的伤口……"

苏梓航的声音越说越小，最后那句话简直就像是蚊子嗡嗡声，似乎他说的这些话很隐晦一样。我跨出门口的脚又缩了回来，回过头看到陈沁和苏梓航的脸上出现了前所未有的凝重表情。陈沁沉默了足足有好几分钟，眼神始终意味不明，之后她用一种让我很陌生的声调问道："如果真是这样，岂不是当年未曾破获的那个案子又重现了？"

到底心中掀起怎样的波澜，才会让一个人说话的声调发生如此大的变化。我看着陈沁，能够看到恐惧、焦灼、疑虑集聚在她的脸上，这一瞬间，那个原本在我眼中坚毅的陈沁仿佛变了个人。

"陈组长,你先别紧张,这个案子较之前还是有很大不同点的。首先,那个凶手杀人后会让尸体出现在大众视野中,而现在这具尸体在火灾现场被烧毁了。另外,死者的年龄接近 25 岁,与之前那些被害人的年龄相差比较大。"苏梓航努力想将两起案子分开,却又显得中气不足。

陈沁口中的未曾破获的案子,很有可能就是苏梓航之前跟我说过的那起连环凶杀案。这个案子曾让靖城公安系统很长一段时间蒙羞,受到外界的质疑,甚至对此避而不谈。恐怕也只有这起案件才会让陈沁这般心神不宁。

像是有一种魔力在拉扯着我,我不由自主地回到了两人的身边。我抬手指向那具女尸照片,问苏梓航:"你之前不是说那些被逼迫自杀的死者,生前都曾遭受过非人的折磨吗?为什么这具尸体身上没有其他的伤口?"

"凶手的残忍手段是你想象不到的。"陈沁声音中像是藏了冰一样,表情也随之冷硬起来,"凶手会把受害者绑成脚比头高的姿势,然后用毛巾盖住受害的面部,再往上浇水,让受害者感受到濒临溺亡的感觉,又或者用灼烧后的铁器接触受害者肌肤,让受害者生不如死。现在这具女尸被烧毁了,根本无法找到尸体上浅皮层的伤口。"

陈沁的话,让我脑海里浮现出惨不忍睹的画面,凶手的冷血程度已经超乎了我的想象。

陈沁抬起手腕看了眼时间,对苏梓航安排道:"你尽快给死者再做一次尸检,虽然现在的被害者年龄和死后出现方式与之前的被害者相比有差别,但是不排除是同个凶手的可能性。我们都不希望最坏的事情发生,但是一定要做好面对最坏结果的应对准备,如果这一次真的是那个凶手所为,我们肯定要第一时间采取措施,越早越对我们有利。我现在去现场跟消防那边确认一下火灾发生的原因。"

陈沁说完就要走,她做事总是那么的雷厉风行,我赶紧跟着她:"我和你一起去。"

不管是出于对受害者的同情，还是对凶手残忍手段的愤慨，都使我抛开了置身事外的念头。另外有一点始终让我萦绕于心，那就是我总觉得林汐的失踪跟连环凶杀案之间好像有一道微妙的联系。人总是会变的，凶手也许是改变了行凶手段，如果这一次能够将凶手捉拿归案，或许能够解开我的疑虑。

我坐上陈沁的车，一路上并无交谈。陈沁把车停在昨晚发生火灾的那栋居民楼前，透过车窗，我看到楼前有块区域被警戒带圈了起来，有几个清洁工在里面清扫居民楼空地上的杂物。因为火灾的原因还没有明确，所以现场禁止外人出入，居民楼的楼道口由两名民警值守着。

居民楼的外墙被熏得漆黑，就像是涂抹了一层炭一样，我从车上走下来，鼻间仍然能够闻到明显的焦味。居民楼的大多数窗户都没有玻璃，露出一个个黑色的空洞窗口，顶层被烧毁得最为严重，已经面目全非。

陈沁下车走向居民楼，在楼道口正好碰到了下楼的市消防支队的消防员。陈沁跟他们交谈了几句，一位消防员指了指顶层的一间房，说火就是从那间房的窗台位置着起的，因为流动空气充足，所以燃烧速度非常快。

"起火源是什么？"陈沁马上问了一句。有时候弄清楚火灾的起火源就能判断案件的性质是刑事案件还是意外。

一名年纪稍长的消防员回道："不像是电路着火的样子，况且一般住户阳台上都没什么电器，另外起火点是在顶楼，也不可能是高空丢弃烟头导致火灾。早上询问了几名目击者，他们的口述证明了燃烧速度之快，从起火点的积炭程度上来看，很大可能是易燃物作为起火源，比如汽油之类，这个还需要等待化验。"

"请带我上去看看。"

其他消防员先行离开，方才给予陈沁解答的那位消防员带我们沿着楼梯往上走。楼梯坎的表面覆盖着一层黑色的燃烧灰烬，踩上去就会留下清晰脚印。到达第五层时，我看到了五层与六层连接处的楼梯坎上用白粉笔画出的人形记号，意味着这个地方就是楼道中那位遇害者躺着的位置。

通过这个人形形状，能够看出当时死者身体位于楼梯坎，手臂则伸到五层两边住户门前的平面上。我上楼时因为楼道能见度低，并没有发现这具尸体，准备离开时才意外被死者手臂所绊倒。

也就是在这里，我曾濒临死亡，那种窒息感回想起来依然很清晰。要不是玫瑰找到我，可能现在我所站的位置要多出一副人形标记了。

陈沁靠近我，看了我一眼之后又把目光挪到了标记死者位置的记号上，表情过于冷然，看不出来半点情绪。紧接着她扫视了一遍记号的四周，最后望向往上延伸的楼梯坎，从这里再往上两层就是居民楼的顶层，是火灾中那对遇难夫妻的房子。

消防员有些痛惜地说道："火灾初期，楼上那一家三口应该在睡觉没有发现，等火势变大房间温度升高后他们才有所察觉，高温导致防盗门变形打不开，三人躲在卫生间里，等我们发现时，大火早已冲破了卫生间的门……"

随后他又蹲在记号边上，拧紧了眉心："楼上住户的遇难我们只能报以同情了，可楼道这个人的死真的太蹊跷了，以我们的经验，火势从上往下其实蔓延得很慢。"消防员说着还看了我一眼，"如果不是火灾发生后还硬要冲进去，或者被困住，人逃生的机会还是很大的。我们灭火后询问过逃生出来的群众，楼道里的遇难者并非这栋居民楼里的住户，既然她没有被困在屋子里，那么应该是能逃出来的，除非她在逃生过程中突发疾病或者别的原因导致其无法逃离火场。"

火灾的案子已经交由刑侦大队负责，楼道女尸身上有伤口的细节消防员并不知情，他只能从侧面推测出死者当时的状态。

我和陈沁听完后相互对视了一眼，如果真是这样，那么死者大有可能是在火灾发生前就已经死亡。

死者出现的时机太巧合了，那场火仿佛就是因她而起一样。陈沁冲我使了个眼色,嘴唇轻轻张合:"死后抛尸?"

我迁思回虑后点了点头。

凶手把死者杀害后将尸体遗弃在楼道里,出于毁尸灭迹的目的,故意制造出一场火灾,这一点是说得通的。甚至有很大的可能性,死者的被害现场就在这栋居民楼的某一住户家中,这样杀人、抛尸两处现场都被破坏了。

陈沁让消防员带我们继续上楼看其他房间,从第五层开始,往上的楼层都受到了大火的波及,如果这些房间中有凶杀案的第一现场,所有的痕迹线索也已经付之一炬。我们没在楼上的那些房间中找到有用的线索,准备离开时,陈沁的手机响了起来,陈沁看了一眼来电显示,示意我避开那位消防员,跟她一起走到靠窗的位置。

陈沁开了外放,电话中传出苏梓航的声音:"陈组长,刚解剖过尸体了,死者气管内未发现炭末沉积,呼吸道也没有出现热作用呼吸道综合征,可以确认死者死因并非是吸入有毒或者高温气体。"

这个结果,我和陈沁彼此早已心照不宣。陈沁瞟了我一眼,冲着手机说:"死者所在的楼层,昨晚林轩也进入过,那时五层还没有发现明火,所以死者也不会是被火灼烧而死。"

现在既有验尸报告作为科学依据,又有我这个"第一目击者"证明,死者死因已经非常明确了,可是我和陈沁并没有一点轻松的感觉。死者身上疑似自杀的刀口,让这起案子从一开始就往不平凡的方向发展。究竟这起案子是否是已经销声匿迹五年的那个臭名昭著的凶手所为,目前谁也说不准,但在我和陈沁包括苏梓航心里,都有了自己的判断。

物证鉴定

从火灾现场离开后,我们回到了刑侦大队,陈沁将案件的详情汇报给了张震,张震随即安排了紧急会议。陈沁叫上苏梓航和其他组员到了会议室,众人聚在一起谈论案子。

这时一名警员手里拿着几张照片走了进来,把照片交到陈沁手中:"陈组长,死者和伤者的身份确认了。"

我把耳朵几乎竖了起来,结果这名警员汇报只是查明了顶层那一家三口的身份信息,关于楼道那具女尸的信息只字未提。

陈沁看过那几张照片之后,拧紧眉心小声嘀咕了几句:"咦……这个女孩子我怎么觉得有些眼熟,好像在哪里见过……"

顶层那对夫妻是机械厂的普通工人,社会人际关系简单,医院那位伤者是他们的女儿,是市科技大学一名大三学生。那女孩正值青春年华,再过一年就能毕业了,如今父母双亡,自己身上烧伤面积达到百分之四十。这一切的发生实在太突然,不知道女孩苏醒之后能不能承受得住这样的打击。

在场的所有人脸上都挂着愤怒,七嘴八舌地讨论接下来该如何行动才能让凶手在最短的时间内伏法。话题由昨晚的火灾案延伸到几年前发生的连环凶案上，那个神秘凶手的手段和形象在只言片语间勾勒出来，只不过他们的语气不再强势，我想，他们所有的描述都只限于猜测。

在这场对神秘凶手的口头讨伐中，我像是个局外人，我躲过陈沁的视线，独自离开了会议室。我心里有些牵挂玫瑰，不知道现在玫瑰怎么样了。

从刑侦大队离开后，我回到了动物医院。病房里，玫瑰身上覆盖着新的无菌棉，赵思思靠在病床旁边的椅子上，紧闭着眼睛，睡着了。我轻声叫醒了她，让她回去休息，这一连串发生的事已经让她心力交瘁了。

待赵思思走后，我迫不及待地问玫瑰："怎么样？感觉好些了吗？"

玫瑰凝望着我的双眼，似乎是看到了我眼眸中充斥着红血丝，它蹭着我的手背，反过来安慰我。

我视线落在玫瑰身上，能够看到丝丝血迹从层叠的无菌棉中透出来。我眼角有些温热，玫瑰总是能比我先嗅到危险，在我心里，玫瑰就像是我的守护神，能为我警示一切未知的危难。在它面前，我能选择站出来保护对方的机会都没有。

我给玫瑰讲述了今天上午在火场的发现，提及楼道无名女尸时我顿了顿。我感到有些可惜，因为火灾现场环境实在太恶劣，气味的干扰性太强，如果凶案发生在这栋居民楼里，或者凶手当时藏身在围观的人群里，玫瑰一定能定位出准确的位置。玫瑰的品种是寻血猎犬，对于血腥气尤为敏感，这种犬很久以前就曾被用于追捕偷盗猎物的小偷。寻血猎犬能够嗅到猎物身上溢出的血，不管小偷是经过浓密的灌木丛还是蹚过河水，猎犬都能靠嗅觉立刻察觉到并追踪其踪迹，所以它们也被称作嗜血犬。

这种"嗜血"的天性，应用在现代刑事案件的侦破中，有事半功倍的作用。

"我有点不明白，如果凶手是为了销毁尸体，为什么不在尸体附近点燃引燃源？他要是这么做了，我们未必能发现尸体身上的伤口。"我喃喃自语，尸体一旦被烧成焦炭状就什么痕迹都没有了。

随即我又想到:"可能凶手是想在别的楼层房间点火,转移警察的注意力吧,这样就无法第一时间确认凶手的居住地点了。"

"可顶层的住户是被困在房间里啊,起火地点是在顶层住户的阳台位置,凶手为什么没被困住,还是说是他故意破坏了防盗门?"我挠了挠头,凶手的行为真是让人匪夷所思。我知道凶手绝非善类,但是他也不应该冒着风险潜入别人的家里点火,害得受害者家破人亡。

正说着,玫瑰突然把脑袋一偏,望向了门口,四肢撑起从我怀里站了起来。我一扭头,迎上了一道深邃的目光,一双黑漆漆的眼睛挂在门上正盯着我,我吓了一跳。定睛一看,原来是一个人正站在病房门口,透过门上的小玻璃窗口往病房里面看。

我刚站起身,外面那个人就推开门走到了我的面前,我细细打量了一番对方,站在我面前的是一个年轻女人,身材高挑,体态轻盈,一头乌黑亮丽的头发梳理得极为整齐。她戴着一个黑色细框眼镜,显得很知性,她的五官很普通,唯独一双眼睛给人一种独特的吸引力。

从进门开始,她的目光就直视着我的双眼,她的眼神和陈沁一样锐利,却又截然不同,这道眼神不仅锐利,还仿佛能穿透一切本质,像个能摄人魂魄的无底洞,谁碰上都会掉进去。

在我印象中,我从来没有见过这个女人。在僵持片刻后,她冲我伸出手:"你好,物证鉴定中心白楠。"

她似乎对自己唐突的出现并没有感到歉意,于是我没搭理她。她一点也不觉尴尬地把手收了回去。

"你刚才……"白楠瞟了一眼病床上的玫瑰,继续道,"你在跟它讲话?"

"没有,你听错了。"我坐回到椅子上,把她晾在一边。

我知道我刚才的所有举动都被这个女人耳闻目睹了,我心里并未有一丝惶恐,因为在习以为常后我已经不在意别人对我的看法了。我自顾自地打开背包给玫瑰准备食物,完全把身边人当作空气。

没过一会儿,陈沁也从门外走了进来,不用多想,我就知道白楠是被陈沁带过来的,可能中途陈沁有事离开了片刻,给了白楠在门口"偷听"的机会。

陈沁扫了一眼我和白楠的脸色,似乎明白了些什么,她拖了把椅子坐下来:"既然都碰过面了,我也不给你们互相引见了。上午我们开过会,张队很重视这起火灾案,邀请了痕迹鉴定专家白楠加入我们。痕迹鉴定需要非常细致的心理,同时还要随时揣测凶手的心理动态,所以白楠对犯罪心理学这一块也很了解。"

心理侧写师这个词,如今在很多的小说或影视剧中都有出现。不过国内的分工还没有这么细,只能算是应用心理学的分支,很多警官都有一定的侧写技能,但并没有专门的侧写师岗位。

尽管如此,犯罪侧写还是需要庞大的知识储备,需要学习刑侦课程,如心理学、犯罪学和司法学。我想我方才的谎言,在具备如此繁多技能的白楠面前,没有丝毫作用。

陈沁扭头问白楠:"你怎么看待这起案件?你觉得这次案子的凶手和当年连环杀人案的凶手是同一人吗?"

"不好说,但是既然法医从伤痕鉴定中给出死者是自杀的结果,那么这起案子绝非是普通的纵火和谋杀案。"白楠靠在玫瑰的病床上,摘下眼镜用擦镜布仔细擦拭,"案子的共同点在于死者的死亡方式,不同点在于死者的年龄和凶手的抛尸手段,不排除是有人模仿犯罪,或者说当年的那个凶手在案发中或是在案发之外遭遇了极大的变故。"

"什么意思?"

"假设犯罪的是同一人,这次案子各方面有差异,从心理学的角度可以理解为凶手作案心态发生了转变。打个比方,凶手以前作案从未有过毁尸的想法,能看出凶手的胆大妄为和对于警方的挑衅心理,而这一次却选择放火毁尸灭迹，就可能是凶手在曾经的犯罪过程中留下过让他感到恐慌的破绽。"

陈沁将双臂抱在胸前，思考一番之后问道："既然凶手觉得自己留下破绽了，而且他已经隐匿这么多年了，为什么他会再次作案？"

"一般这种连环凶杀案的凶手，除了那些反社会人格的罪犯，大多数罪犯杀人都是因为情感的匮乏或是遭遇情感的冲突。杀人是凶手的一种宣泄方式，凶手会持续地作案来满足自己的变态心理，至于说凶手为何停止作案，很可能是有了情感羁绊。例如白银连环杀人案的凶手之所以后来收手，是因为大儿子考上了研究生，二儿子考上了大学，他不想继续作案，以免耽误儿子们的前程。如果凶手再次作案，很可能他现在是无牵无挂了，或者实在无法忍耐变态心理作祟。"

听完白楠的解释，陈沁的表情一点点变得凝重起来："这么说，如果凶手真的是同一人，现在反而变得更加危险、更加谨慎了。"

"可以这么说。"白楠回应道。

我坐在一旁听着两人的谈话，大致摸清楚了上午会议的结论，那就是还没有确定此案凶手与连环凶杀案的凶手是否为同一人。

"在没有证据和结论的情况下讨论凶手身份，我觉得完全是浪费时间，现在最重要的是确认楼道那具女尸的身份。"玫瑰吃完后，我把它的不锈钢碗收了起来，打断了陈沁和白楠之间的对话。

陈沁皱了皱眉头，显然是对我这样一个非专业人士的插嘴有点不满。她正准备跟我反驳几句时，口袋里的手机响了起来，她瞥了我一眼后接起了电话。

与电话那端的人交谈一番后，陈沁的手机收到了一组信息。陈沁看过一眼后把手机屏幕拿到白楠面前。我余光瞟了一眼屏幕，看到是死者手腕处的局部图片，那手腕上有一圈明显的黑色痕迹。

"死者的面部已毁，身上的物件只有手腕上戴着的一串金属手链。"

陈沁手指滑动屏幕切换到另外一张图片，"这是手链被清洗后的样子，能看出来是什么材质吗？"

白楠仔细看了几眼："应该是金，金的熔点一千多度，火灾现场温度只有七八百度的，烧毁不了。不过这手链清洗后还是黑色的，不会是纯金，应该是22K金、18K金、990足金等非纯金。"

"好歹还留了点东西，不用像没头苍蝇似的瞎找了。"陈沁站起身，把手机收好，"我现在让人到全市的金店查一查这串手链的出处，白楠你留下来陪林轩一起照顾玫瑰吧。"

"不用，我一个人就行了。"我冷冰冰地拒绝了。

白楠脸色乍青乍白，等陈沁走后，她走到我面前递给我一张名片，用温和的语气问道："我刚才的话没有恶意，只是直觉告诉我，你的精神状况似乎不太稳定，你从什么时候开始这样自言自语的？"

"我之前就跟你说过了，你听错了。"白楠的话就差直接说我精神病了，让我有些不耐烦。

白楠没再继续说下去，轻轻把名片放在病床上，转身离开了病房。

病房内只剩下我一个人，我随手把白楠的名片放进了包里，没有跟她联系的打算。我总觉得在这个女人面前，我毫无秘密可言，尽管像她说的那样，她的本意是为我好，可是我不想让自己成为她所判定的结果，这个结果对于我来说并不好。

接下来的一周，一切都像我期望的那样，陈沁和白楠再没有来过医院，让我乐得清闲。经过动物医院医生的精心照料，玫瑰在一周后出了院。这段时间它恢复得很不错，状态一如从前，如果不是身上参差不齐的毛发，没人能看出这是一只曾越过火海的英雄犬。

陈沁这些天似乎忙得不可开交，只能偶尔打电话关心一下玫瑰的伤情，我从陈沁那里得知火灾案几乎毫无进展，最关键的楼道女尸的身份迟迟没有确认。陈沁那边调查了全市记录的失踪人口，并进行对比，结果无一符合。

那个女人的死仿佛是落到水面的一片落叶，没有激起任何波澜，不知这个人活在世上该有多隐匿、多孤僻，才会在失踪这么久之后都无人试图寻找。

出院后我第一时间去了趟赵思思的家，因为玫瑰在医院需要照顾，所以这段时间我把多肉寄养在她的家里。我之前一直担心多肉会把赵思思家拆得乱七八糟，结果到她家后却发现，最容易吸引多肉"火力"的沙发居然完好如初。我惊讶之余问了赵思思，赵思思告诉我，她在沙发上套了剑麻编制的保护罩，任由多肉牙咬爪撕都没用。

多肉一副精神萎靡的样子，一见我就开始"抱怨"它时常因为无法拆烂沙发而感到忧郁，连饭都吃不下了。对于这样的结果我很满意，唯一让我郁闷的是多肉的体型，料想赵思思这丫头肯定没有给多肉控制饮食，几日未见，它胖了不止一两斤。

在睡过自从玫瑰住院以来的第一个安稳觉之后，第二天我主动电话联系了陈沁，看看她那边是否有需要我帮助的地方。

我从电话里听出陈沁所处的环境很嘈杂，不时传出吆五喝六的声音。陈沁扯着嗓子跟我报了一个地址，我还没听太清楚，电话就已经匆匆挂断了。

玫瑰还需要一段时间好生休养，我无法带上它行动。我把手机收入口袋，又扭头看了眼呼呼大睡的多肉，随即打消了心中不切实际的念头。我独自出了门，开车按照导航到达了陈沁说的大概位置，我把车停在路边，再次给陈沁打电话却无人接听。我在街边一排商铺中发现了有一间三层茶楼，比较符合陈沁之前接电话时所处的环境。

此时正是上午，茶楼前停了不少私家车，我见茶楼正门进出的人接连不断，似乎生意极好，可是靖城人并没有吃早茶的习惯，对此我倒是感到很好奇。

我走进茶楼，一楼是大厅，我环顾一周发现里面除了古香古色的木桌椅子比较精美以外，也没什么特别的地方。店里人并不是特别多，都安静地坐在座位上端着一杯茶细品,进来后只能听到音响中播放的古筝纯音乐,之前电话里的那种喧嚣我一点也没有感受到。

茶楼内的客流量根本无法与我在外面所看到的进出客人数量相对应,我随意坐在一张椅子上拿起桌上的单子假装点单,眼睛盯着进店的客人,发现他们一进来就轻车熟路地往二楼走去。

通往二楼的楼梯前站着两个男迎宾,不过从两人脸色和一左一右的站位中能够看出这二人是在守着上楼的通道。我放下餐单,跟着几个刚进门的男人一起走上楼,拨开厚实的垂帘之后,我眼前的场景瞬间由方才的静雅之堂变为了充斥着嘈杂声的聚赌之地。二楼的面积显然要比一楼大很多,空气却稀薄了不少。这里烟雾缭绕,我一进门就被浓浓的二手烟呛得直咳嗽,甚至眼睛都火辣辣的,被熏得睁不开。

赌徒三五成群地聚在一个个大椭圆桌子前,情绪高昂地挥舞着手里的纸牌或钞票。我没想到这间茶楼内居然隐藏着赌馆,不知道陈沁为何要到这里来,还是说我一开始就弄错了地方?

我迅速扫视了一眼这间赌馆,没有发现陈沁的身影,正要转身离开时,听到有人在叫我的名字,一回头看到陈沁站在一间不起眼的房间门口冲我招着手。她推开了那扇半掩着的房门,用眼神示意我跟她进去。

进入这间房间,空气清爽了不少,房间里冷气开得足,我一进屋就打了个哆嗦。陈沁在后面拍了下我的肩膀:"没吓着你吧?正准备跟你说让你在下面等我的,没想到你跑上来了。"

"你怎么会到这个地方来,你们不是在调查楼道里那具女尸的身份吗?怎么又抓起赌来了?"

"晚会儿再跟你说清楚,先见个老熟人。"陈沁在我身后把门关上,还随手反锁了。

我正纳闷这房间哪里有人时,听到桌子后传来"哎呦"的声音,我往桌子后一看,顿时乐了,原来还真是老熟人。

桌子后的人是之前寻找失踪男孩时意外抓捕到的混混头子龙三，那次龙三被抓到局里调查后，因为涉嫌聚众赌博被拘留了几天，没想到我还会再碰到他。龙三此时蹲在地上，双手端着一杯水放在脑袋上，面露痛苦之色，他整个人颤颤巍巍，双手更是颤抖得厉害，水杯像是装上了震动马达一样，时不时有水从杯子里荡出来洒在龙三的脑袋上。龙三身后还站着一个男人，提着水壶，待杯中水洒得差不多后就继续往杯子里倒水，男人唯唯诺诺，不时朝陈沁看上几眼，又被陈沁的目光狠狠瞪了回去。

"陈警官，该说的我都说了，那个女人我真是不认识，要不您再问问别人，哎哟……您就饶了我吧，我这腿真蹲麻了。"龙三抬起头求道。

他刚一抬头，就迎面撞上我的目光，龙三整个人一怔，惊恐地往我身后看去，确认我身后没有跟着上次差点咬断他小腿的玫瑰。龙三脸上挤出一道难看的笑容："这位同志也来了啊，要不我让人备上上好的茶叶，咱们坐下来好好说，我找朋友帮您们问问那个女人的身份，您看成不？"

这下我算是明白了，陈沁那边一定是在户籍系统和警员排查都无法落实那名女性死者的信息之后，用上了非常规的寻查手段。龙三虽然违过法，但并非穷凶极恶之人，他们常年跟些小混混和小偷小摸的人打交道，一些小道消息要比警察知道得更快，例如销赃渠道，或是犯罪嫌疑人在哪里办假证准备潜逃，或是从没有上过户籍的黑户，他们这类人都门儿清。

一旦发生大案、重案时，上面任务压得紧，警察需要最快时间摸查到需要的信息，龙三这样的人便成了临时的线人。

陈沁背着手走到龙三面前，居高临下地盯着对方："少废话！龙三啊，上次让你在拘留所待的时间是不是太短了，没想到你还敢开赌场，让我想想……开赌场是判三年还是多少年来着？"

"这么大排场，算情节严重，十年吧。"我在后面插了句嘴。

"哥哥诶！你可别吓我，我这可是小窝子。"龙三实在蹲不住了，一屁股坐在地上，头上的水杯一倒，杯中的水彻底倾泻而下。他揉着失去知觉的双腿，苦着脸道："陈警官，你说你要找人，好歹也要给我张清楚的照片吧？你就给我一张脸黑得跟个非洲人似的照片，你就算把人家妈找来认，也未必认得出来……"

"有清楚照片我还找你？"陈沁跺了下脚，掏出那张被火严重烧毁容的死者照片，抵到龙三面前："看不清楚脸，你就不知道换个法子？你底下不是有租给黑户的群租房吗，最近就没有人无缘无故消失？还是说你们有人拐卖妇女，把外地的女人拐过来了？那问题可就严重了。"

龙三往后一伸手，端着水壶的小弟赶紧把他从地上扶起来，龙三抹了抹脑袋上的汗和水："这我可不敢，找找找，我找还不行吗，可你得给我时间啊，我总得找人帮忙问吧？"

陈沁竖起三根手指头："给你三天。"

"三天？三天真不行。"

陈沁没说话，转身打开门准备离开，临走时瞟了眼外面吆五喝六的赌徒，淡然说道："三天换十年，你自己看着办。"

我跟在陈沁后面走出去，在门口回头看了眼龙三，刚站起来的龙三已经又瘫倒在椅子上了。

我和陈沁离开茶楼，在我的车前，陈沁问我："消防队那边送检的样品结果已经出来了，确认引燃源是汽油。我记得你那天跟我说过，玫瑰在火场没有嗅到过易燃液体是吗？"

我点了点头，心里顿生疑惑，众所周知汽油的挥发性是很大的，如果凶手提着汽油从通风性很差的楼道经过，就算装汽油的容器是密封的，也肯定会留下较为明显的气味。这种气味人虽然闻不到，但是嗅觉灵敏的玫瑰应该是能闻到的，可是为什么它当时没有给我提示？

"可能玫瑰为了救我，表现比较慌乱，也可能它当时给我提示了，我没有注意，再或者是凶手并没有从楼道进出。"我说出了几种可能性。

陈沁思考一番，喃喃道："听你这么说……还真有可能凶手不是从楼梯进入顶层的，如果凶手具备外墙攀爬能力，那种老式居民楼楼层不高，而且外墙有防盗网、空调挂机等物体可以借助，他完全能够从外面爬上顶楼。

"我让人去搜查一下居民楼的外墙是否留有痕迹。对了，玫瑰现在能否参加行动了？我想利用警犬来搜寻现场，看看能不能找到些什么。"

"这几天玫瑰恢复得很好，差不多可以出任务了。"我这话说出来有些心疼，玫瑰刚出院没多久，我应该让它好生休息的。可是现在局势太紧张，上面任务压得紧，而且时间过得越久，现场留下来的气味越不明显。

"好，三天后等龙三那边的消息，到时候咱们一起行动。"陈沁拍下我的胳膊，神情严峻地说道。

原以为指望龙三并不是件靠谱的事，没想到只过了两天这家伙就给陈沁打了电话，说有家按摩店的小姐前几天失踪了，一直没有消息，至于是不是死者他就不知道了。

看来陈沁的威胁对于这样的无赖还是挺管用的。

我和陈沁抱着试一试的想法赶到了那家按摩店，这一次我带上了玫瑰，同行的还有白楠。按摩店位于一条狭窄的街道上，这条五百米长的街道两边开着数十家按摩店和洗脚店。尽管是在白天，这些门面仍统一开着暖红色的灯光，店内的沙发上坐着几名衣着暴露的女人，化着浓妆，神色暧昧地朝路过门面的每一个男人抛媚眼。

在这些店里工作的女人，有些是被拐过来的，有些是自愿的，大多是外地人，连暂住证都没有，如果之前没有被公安机关处理过，公安系统里还真难以找到这些女人的信息。

我和陈沁走进龙三告诉我们的那间按摩店，一进门，店内那些女人的目光全聚拢了过来。她们或许还从未见过有男人带着女人进来消费的，而且还牵着一只大狗。

陈沁迅速扫视了一眼，径直走到一个四十多岁的女人面前，这些女人之中唯独她衣着正常且没有化妆。陈沁开门见山地向对方问道:"龙三说你们这里有个女人失踪了?失踪几天了?你把她信息给我们说说。"

可能龙三之前并没有告诉这女人找她问话的是警察,她白了陈沁一眼后,满不在乎地回道:"什么失不失踪的,做我们这行随时有人来,也随时有人离开,回头店里的姑娘一声不吭地找个老实人嫁了,也不会给我发请帖啊。"

陈沁脸色一黑,唰的一下掏出警官证,语气沉了下来:"我问你什么你就老实说。"

女人一看陈沁手里那个黑色小本上的烫金警徽,脸顿时就白了。一哆嗦,嘴上叼着的烟掉了下来,落在穿着拖鞋的脚背上,烫得她跳了起来。

再一抬头时,女人的表情明显变得殷勤起来,嘴里一边说着店里做的是正规生意,一边拉着陈沁到沙发边上。陈沁看了一眼那沾染不明污渍的沙发,皱了皱眉头没有坐下去。

"没时间跟你废话!你们店里是不是有人失踪了?"陈沁喝道。

"是是,前几天咱们店里是有个叫桃红的女人离开了。桃红可能是她的化名,真名我也不知道。她是自己来我们店打工的,她走的时候没跟我们说,具体去哪里我们也不晓得。"

陈沁问了桃红失踪的时间,和我对视了一眼。这时间正好是火灾发生的前一天。

时间倒是大致重合了,但是没有死者的容貌特征,也无法让别人辨认。这时白楠拿出一张照片递到女人手里,照片是死者手腕上戴着的金手链,经过清洗后恢复了原有的样貌,不过手链被火烧过,变黑了。之前陈沁曾拿这张照片在市里的金银首饰店询过,没有查到手链的出处。

女人接过照片仔细辨认了一眼,言之凿凿地说道:"这个是桃红戴过的手链,因为这是桃红之前的客人送给她的,她跟我们炫耀过,我们都记得手链的样子。"

看着这条失去光泽并且暗黑的手链，那女人突然笑了起来，说当时就跟桃红说过这金手链是假的，还跟桃红打过赌。女人乐呵呵的模样，似乎是高兴自己的话得到了佐证，丝毫没有想过这条手链的主人已经遭遇不测了。

"有没有桃红的照片？"陈沁问。

女人想了想，拿出自己的手机翻出微信中的一名联系人，点开头像："这个就是桃红。"

我和白楠凑过去看了一眼，不得不说，这张照片中的女人很漂亮，眉目如画，艳如桃花。和一旁沙发上坐着的那一排浓妆艳抹的妖艳女人比起来，桃红头发纯黑，看上去甚至有点学生的单纯模样。

"桃红不是至少有 25 岁了吗？这怎么看上去只有十几岁的样子？"陈沁不解地问道。

女人又是一笑："哎哟，妹子，你不知道现在化妆还有美颜有多厉害吗？你还别不信，我化了妆看上去也就 20 来岁呢。"

说着，她连忙拿过手机，要给我们翻出她自己的照片。

陈沁打断她，继续问："桃红失踪那天在做什么？"

"她说出去接客了，店里的司机把她送出去的，司机收过钱就回来了，她自己进的酒店。"

"把酒店的地址告诉我。"

半个小时后，我们到达了桃红去的那家酒店。我发现从按摩店出来，白楠的脸色一直不好，我问她怎么了。白楠说之前凶手杀害的对象都是十几岁的女孩，这次死的是一名 25 岁以上的女人，本来大家还怀着侥幸心理，觉得这个女人或许不是同一人所杀。可是现在看来，如果是桃红假装成未成年女孩接客，一切就都吻合上了。凶手直到现在都没有抓获，连嫌疑对象都没有，这一次他的再次出手，恐怕会像五年前那样，让靖城的所有人都陷入恐慌之中。

如果把杀人比喻成毒品，那么凶手就是深陷其中无法自拔的瘾君子。按照以往的判断，凶手的下次行凶时间应该是几个月或者一年后，可是现在凶手的心态发生了转变，谁也不能保证凶手会不会在短时间内就开始物色下一个目标。

陈沁进入酒店后拿出证件，询问了酒店的大堂经理。在提供了桃红失踪的日期后，经理替我们查询了当天所有客人的入住记录，并且询问了当天值班的前台服务员。由于桃红进入酒店后是直接上楼去客房，未在前台处登记，服务员回想一番后表示对桃红没有印象。

陈沁要求经理提供监控，在监控录像中，我们发现了桃红穿着一身白衬衫出现在大堂。之后她乘坐电梯上楼，进入619房间后就再也没有出来。

监控显示桃红最后一次出现的时间为8月24日，和按摩店提供的时间是一致的。火灾发生的时间为25日凌晨，这中间的时间段，619房间里究竟发生了什么，我们无从得知。

陈沁将监控时间调到25日凌晨左右，619房间的门终于打开了，不过房间中只出来一个男人，并没有看到桃红的身影。男人手里提着一只大号的行李箱，戴着黑色帽子和口罩，压低脑袋匆匆离开酒店。

我见这男人的着装有些熟悉，努力回想后，我的心突然咯噔了一下，我指着监控中那个男人跟陈沁说："这个人我见过！在发生火灾的居民楼我见过他！"

洒落的汽油

我记起火灾那天,在我进入楼道前,曾与这名男子擦肩而过。在火灾现场,男人也提着同样的箱子,那个黑色的行李箱中极有可能曾装着桃红的尸体。

我两耳发烫,心跳加速,我没想到我居然与凶手有过如此近距离的接触。我看向陈沁,她此刻同样呼吸急促,这么多年来,这是头一次捕捉到那个凶手的身影,尽管我们根本无法看清凶手的面目。

"现在看来,桃红应该是在酒店的房间里遇害的,从时间点上来看,火灾发生前男子并未离开客房,这么说,居民楼的火不是杀害桃红的凶手放的。"白楠低声说道。

"那为何桃红的尸体会出现在居民楼里?"陈沁眉头皱得有棱有角。

我呆立一旁,怎么一个案子又变成两个案子了,这也太倒霉了吧!

陈沁让经理带我们上楼进入619客房,一开门,玫瑰就跑了进去,低头在地板上来回闻嗅,时不时围绕着某一处绕圈子。

客房被收拾整理过,床单换成了新的,一点也看不出有人居住过的痕迹。可是在玫瑰的鼻子里,这间客房似乎处处隐藏着让它感兴趣的气味。

玫瑰又跑进卫生间里,我避开陈沁和白楠跟着进入卫生间,压低声音询问:"玫瑰,有没有发现?"

玫瑰的鼻子紧贴着卫生间的瓷砖猛嗅,不放过任何一个夹缝。当它探近洗漱台下时,它在台下的一瓶84消毒液上闻了闻,鼻尖一推,那瓶消毒液倒在了地上,滚到了我的脚下。随后,玫瑰蹲在了卫生间的排水孔旁,低头用鼻子轻触排水孔上的不锈钢隔网,最终它原地坐下,抬头望向了我。

卫生间显然被凶手清理过,稀释的血迹最终流入排水孔,所以玫瑰给出示警的那处位置气味应该最为明显。我捡起地上的消毒液瓶,晃了晃,直视着玫瑰的眼睛。我蹲下身,轻柔着玫瑰的耳朵,喃喃道:"玫瑰,你是想告诉我,凶手临走时用消毒液做过清理吗?"

一般情况下,警犬的搜索任务主要分为室内搜索、物证搜索、血迹搜索三大类,其中血迹搜索最为困难。在日常的模拟训练中,一滴血往往会被稀释成百上千倍,然后滴在干扰性比较强的环境里,再让警犬去寻找。

或许是出于寻血猎犬的天性,对于其他犬种较难完成的此类任务,玫瑰总是驾轻就熟。玫瑰此刻的眼神和表情明示了它的判断。

"玫瑰,还能找到其他线索吗?凶手有没有可能遗留下作案工具,或者凶手身上有没有特殊的气味?"我迫不及待地追问。这时我听到有人轻声叫着我的名字。我回过头,看到白楠靠在门沿上,用极具探究意味的眼神看着我。

我想她方才又看到我自言自语般的和玫瑰对话了,不过与之前她那种怪异的目光相比,这一次平和了许多。

我俩互相看着对方,都不说话,几秒之后白楠站直身子,换上一副漠然的表情:"你出来看看吧。"

我"嗯"了一声,跟着她走过去。白楠走到客房的大窗户边上,往外眺望,随后她指着窗外的某个地方对我和陈沁说道:"站在这个位置,正好能够看到起火的居民楼,如果我猜得没有错,桃红很可能是在火灾之前,甚至是24号就已经遇害,凶手早已清理完客房的痕迹并等待机会抛尸,在这个过程中意外目睹了火灾的发生，所以他把尸体抛到与自己毫无关系的火灾现场，毁尸灭迹并且混淆视听。"

我顺着白楠指过去的方向，确实能看到一栋顶部黑色的小楼，而且距离很近。夜晚的火光很明显，凶手应该是在第一时间就发现了火灾的苗头，甚至可能目睹了纵火的过程，能在火势放大前进入现场，所以才这般有恃无恐。

陈沁在一旁揉着太阳穴："这么说，这两起案子完全是巧合？"

我们解开了一直以来的疑问，却又面临更大的难题。居民楼的纵火犯另有其人，销声匿迹多年的连环凶手再次作案，这一切都像是巨石一般压在我们每个人的心上。

陈沁离开客房再次找到酒店的经理，调取了黑帽男子登记酒店入住的身份证信息，不过这种小酒店并没有连接公安户籍系统，入住时填写身份证号再拍张照片就完事了。陈沁把信息传回局里，那边给出的结果是查询不到。

监控里，黑帽男子于凌晨时分离开，连客房押金都没有退取，留给我们的只有他的身高、体型等少量特征。他出门后身影就消失在夜幕之中，想来是拖着装有桃红尸体的行李箱前往发生火灾的居民楼。

陈沁提议去居民楼那边调取附近的监控，看看能否找到凶手的逃跑轨迹。我也正有让玫瑰搜寻一遍现场的打算，于是我们驱车赶往居民楼。

我们分开行动，陈沁独自去问询附近的商户并调取监控，我和白楠在居民楼里找线索。

这栋楼底层的住户大多已经搬回自己的房中了，唯有顶层几户烧毁严重的房子还空着。楼外地面的垃圾已经被转运，楼道内曾经覆盖的燃烧灰烬已被清理，露出黑灰色的水泥面。我有些犯难，清洗楼梯坎的洗衣粉气味我都能闻得到，这气味已经将这里所有的味道都覆盖了。

我转身准备下楼，白楠在后面不解地问道："怎么这就走了？不是说要进去看看吗？"

"我去外面找。"

在楼外，我蹲下身解开了玫瑰的绳扣，轻拍玫瑰的后背："玫瑰，去搜！"

玫瑰身子一扭转，四肢健步如飞地跑开，它向前弓着身子跑动，时不时停顿一下用鼻子贴近地面闻嗅。白楠下楼后走到我身边，看着玫瑰完全不需要指引地独自搜寻，嘴角轻翘道："真听话啊，还是说……它真的能听懂你的话？"

白楠说这句话时，扭过头直视着我的眼睛，好像我的眼里有她想要的答案一样。我面无表情地回道："训练久了，就有默契了，它听不懂我的话也能明白我的意思。"

"我看未必，这个世界上无奇不有，新闻里不是也曾报道过，有人能够与猫狗对话吗？我觉得你也是这样的人。"

这是头一回，有人对我说出这种话还不曾表露出惊奇之色，好像这种事并不足为奇一样。比起白楠，我倒显得诧异了："你不觉得这样的人是异类吗？"

"不觉得，我在精神卫生中心工作过，还有比你更怪异的。"

"那你就是说我是精神病咯。"我板起了脸。

白楠一笑："我没说，我的意思是你还算正常。"

"那我可谢谢你了。"

"所以你承认你能听懂动物的语言了？"

白楠的话锋一转，让我突然意识到她这是在套我的话。我用余光看到白楠的表情似笑非笑，脸颊的肌肉定格，这样的表情我很熟悉，这是陈沁抓到嫌疑犯话语破绽时所流露出来的神情。

差一点，我就把白楠当作能够袒露心扉的对象了，我不禁有些懊恼，与人相处和与动物相处，天差地别，这其中最重要的区别就是信任。

我正不知该如何回应时，听到玫瑰的声音从不远处传来。白楠听到玫瑰的吠声,目光顺着声音望了过去。我和她看到玫瑰蹲在花坛旁的水泥地面上,耳朵像蒲扇一样的一抬一落,不停叫唤,似乎是发现了什么。

我快步走过去,俯下身急切地问道:"有发现?"

玫瑰没有回答我的问题,而是低下头,用鼻子轻触地面,它的鼻间与水泥地面相贴合,呼吸让地面上的浮灰四散飘动。我蹲下来,压低身子,紧盯着地面,我甚至能够看到水泥地面灰黑相间的纹路。突然间,我发现地面上有一小块的颜色与它周边的颜色不同,那小块看上去只有半个小指甲盖般大小,在阳光的映射下,呈现犹如琥珀一样的质地。

"玫瑰,你发现的是这个吗?"我小声嘀咕,伸出指头,用指甲尖把小块抠了下来。我用指肚轻轻揉捏这东西,给我的感觉有点像是石蜡。

"你找到什么了?"白楠盯着我手里的蜡状物体问道。

"不知道,你能看出来是什么吗?"

我把托着蜡状物体的手指伸过去,白楠扶了扶眼镜,调整姿态向我靠近,眼镜片几乎贴到我的指尖上。尔后她又用鼻子嗅了嗅,温热的呼吸轻触着我的肌肤,我呆立原地,一动不敢动。

"有点像是汽油挥发后留下来的杂质。"白楠拧着眉心寻思一番,继续说道,"能形成固态物的是汽油里烃、烷类挥发过程中氧化的残留物,类似石蜡,跟你手里的差不多。"

白楠是物证鉴定中心的痕迹鉴定专家,对于一些材质的特性比较熟。如果她的判断没有错,我手里的是未燃烧的汽油挥发后留下来的杂质,寻常人不可能携带汽油走动,而我所站的位置位于两处花坛之中,道路狭窄,更不可能是行驶的汽车漏油所致。那么有没有可能这是纵火凶手行进过程中意外泼洒出来的汽油?

我把心中的想法告诉给白楠,白楠没有予以否认。我招手把玫瑰唤到身边来,把手里的石蜡状杂质递给玫瑰嗅了嗅:"玫瑰,搜!"

"你又要做什么?"白楠问。

"我想让玫瑰继续寻找是否还有这样的杂质残留,说不定能够找到凶手的行动轨迹。"

大多情况下,警犬搜索并不能直接定位凶手位置,通常是找到凶手的行动方向,继而推断出凶手接下来的逃跑路线,这样警方可以有规划地调取沿途监控,节约时间。

在这件事上,白楠似乎与我想法一致,不再继续纠结于我是否能够与玫瑰交流。我见玫瑰的搜索范围越来越大,于是紧跟在它身后,确保能够第一时间跟进玫瑰的发现。

在中途,我碰到了陈沁,从她的表情上不难看出她那边一无所获。陈沁告诉我和白楠,由于火灾当晚有大量围观群众聚集,现场比较混乱,附近的商户没有谁注意到提着行李箱的凶手,监控倒是捕捉到几个凶手出现的画面,但是画面模糊且时间短暂,作用不大。

陈沁问我这边的搜索结果如何,我取出一只密封袋,袋里装着我刚找到的石蜡状物体。我把袋子递给陈沁,告诉她白楠的推断和我的计划。

我话音刚落,耳畔传来玫瑰的声音,它的举动与方才几乎一致,看来是找到同样的东西了。我走到玫瑰身边,果然在地上又找到那种石蜡状物体。

我回头看了眼第一次发现蜡状物的位置,又看了看居民楼,心里刚浮出的发现线索的兴奋立即就被团团迷惑所替代。可能是看出了我复杂的心情,白楠来到我面前,顺着我所望的方向看去,问道:"怎么了?哪里不对劲吗?"

"这两处汽油滴落点为何距离这么远?而且位置很分散,毫无规律。"我用手指了指我所站位置的周边,继续道,"还有,滴落点出现的位置是在人员较多的路面上,这路并非通往居民楼的必经之处,为什么纵火者不选择更隐蔽的路线?"

"凶手或许初次作案,没有想这么多。"

"潜入被害者家中纵火，还没让人发现自己，就算第一次作案，凶手也具备极强的心理素质和一定的反侦查能力。"

"也许是凶手故意而为，给我们放烟幕弹？"陈沁说道。

我摇了摇头："发现这些完全是玫瑰的功劳，凶手不可能连我们查案的手段都预测到了。"

玫瑰发现的两处汽油点，不仅没能推断出行凶者的踪迹，反而给我们留下了一连串的问题。这些问题暴露出来，不可能就视而不见，现在想来这似乎是自己给自己挖了坑。

"行了，这些东西先拿去化验，等结果出来了再谈。我刚才已经将桃红的遇害经过报告了张震，因为凶手的特殊性，张震已经成立了专案组，调集了一些当年曾参与案件侦破的警员。火灾案分开侦破，他要求我们这边继续跟进火灾案。咱们先出吃午饭，然后去一趟伤者的学校。"

火灾中的那名伤者是大三学生，对方学校在得知此事的第一时间就表态会协助警方调查。我们到达大学时正好是下课时间，我们找到女大学生的班主任，询问伤者在学校的人际关系。

班主任告诉我们，伤者在学校学习成绩一直挺好，而且很听话。在谈论伤者人际关系时，我发现这位班主任的神色变得犹豫起来。在陈沁的追问之下，对方才告诉我们伤者性格懦弱，曾经受过同校学生的欺负。

这起校园欺凌事件因为学校已经处理过，班主任不愿意再多提。他找出一篇新闻报告给了陈沁，让陈沁自己看。

陈沁扫了一眼这篇新闻，一拍脑袋："我说怎么第一次看到伤者的照片觉得这么眼熟，原来是以前看过这个新闻。我记得那次事件后续报告出现反转了，说是这个女生生活作风很乱，她的个人信息也被本地媒体曝光了。"

"不是这样的。"班主任连忙澄清道，"这些都是另外一个学生诽谤的，起因是怀疑对方勾引了她的男朋友。"

听班主任的意思，后续新闻报告并不属实。陈沁向班主任问来了另外那个学生的名字、宿舍楼和照片。之后，她让白楠拿样品回中心化验，她则和我一起去找学生询问事件经过。

在大学的宿舍楼门口，陈沁堵住了一名下楼的女生，那女生刚精心打扮过，似乎赶着时间要与某人约见。女学生看着颇为成熟，狭窄的楼道里充斥着从她身上散发的刺鼻的香水味。她用手拨开波浪卷的头发，冲陈沁翻了个白眼，十分不耐烦地说道："让开！"

"你就是周箐？"陈沁看了眼手机又看了眼对方。

"你谁啊？我不认识你。"周箐伸手推向陈沁肩膀，试图推开，看得出来她使出了很大的力气，可是陈沁却纹丝未动。

"王苗你总该认识吧？你之前是不是打过她？"

王苗是那位在火灾中受重伤的女孩的名字，一听这两个字，周箐冷哼了一声："事情不是已经解决了吗？我都跟人说清楚了，她是因为抢我的男朋友才挨打的。"

"所以后面的污蔑，甚至曝光王苗的个人信息，都是你做的是吧？"

"你可不要瞎说。"

"王苗家被人纵火，她现在还躺在医院重症监护室。"陈沁正色起来，侃然地说道。

上一秒，周箐还是一副趾高气扬的模样。听闻陈沁的话，她表情一怔，气势在一瞬间收敛起来。她脸上有一抹惶恐之色转瞬即逝，随即换上了强装出来的镇定，这个过程被我和陈沁尽收眼底。

"她家的事情，和我有什么关系？"周箐紧盯着陈沁的眼睛，似乎想到了些什么，继续问道，"你该不会觉得是我放的火吧？"

"不排除这种可能，能说说 25 日凌晨，你在做什么吗？"

"你也太能扯了，那天晚上我在酒吧，很多人看见。"周箐眼角一提，眼白在黑色眼影的衬托下分外明显。她的语调四平八稳，毫无破绽，所说应该属实。

纵火犯是个女孩的可能性不大，但是不排除是主谋的可能。所以，就算周箐能够提供不在场证明，她依然不能完全撇清自己的嫌疑。

陈沁侧身让出一条道，待周箐走远后，她盯着周箐的背影对我说："这个女孩肯定和纵火案有关。"

"你怎么看出来的？"我一头雾水，我觉得周箐已经制造谣言诋毁过王苗了，不至于继续报复王苗，做出纵火杀人这样暴戾恣睢的事情。

"她方才脸色的转变，你都看到了吧？"

见我点头后，陈沁继续说道："我第一次说出王苗被火烧伤时，周箐曾表露出惊恐，可是我问她那天在做什么时，她却很平静地给出了回答，有恃无恐，我认为这说明周箐那天确实不在现场，但是她一定对这起纵火案是知情或者是参与其中的。"

经验丰富的刑侦人员能够看出嫌疑人不经意间表露出来的心思，就像我能够通过动物的叫声、肢体行为理解其所传达的意思一样。我问陈沁接下来怎么做，陈沁告诉我她会让人监视周箐的一举一动，并且调取周箐的通话记录，在其中筛选出有嫌疑的联系人。

陈沁接到医院那边打过来的电话，被告知王苗已经苏醒过来了。我和陈沁立即赶到了医院，在病房里，我见到了皮肤被大面积烧伤的王苗。王苗身上大部分被无菌纱布缠绕着，内面渗透出黄色的液体，不知是药膏还是伤口化脓的体液。我们一进病房，王苗裸露在外的眼睛就开始颤动起来，一汪泪水在眼眶里打转，为了避免感染，一旁的护士连忙用棉签沿着她的眼眶擦拭。

这是我第一次见到重度烧伤的人，那纱布下是一具怎样瘆人的躯体，我根本无法想象。一个正值青春的少女，变成现在这模样，就算康复了，骇人的伤疤也将伴随她一生。我的心情第一时间被无尽的愤怒所替代，恨不得现在就找出凶手狠狠给他几拳！

在我身旁的陈沁，双手一直捏成拳，抿着嘴，紧绷着脸颊，我知道她是在强忍着情绪。我提醒她，病人需要多休息，她的问题得尽快问完。

"王苗，你知不知道是谁放的火？或者家里跟谁结过仇吗？"陈沁弯下腰问。

王苗轻晃了两下头，她并不知道。

陈沁犹豫片刻，继续问："周箐说你接近过她的男朋友，这事有过吗？"

此话一出口，王苗的呼吸频率顷刻间变得急促起来，显然之前的不实报道对她的影响挺大。陈沁把耳朵贴近王苗嘴边，片刻后她直起身，冲我摇了摇头。

从王苗的嘴里无法得到任何有用的信息，我有些失落，转身走出了病房。刚一出门，我就看见有一道身影在往后撤退，我看过去，见到一个戴着眼镜，极其斯文的年轻男子冲我看了一眼，一声不吭地走向电梯口。

我望了望那道消失的背影，又看了看王苗的病房，这个男人刚才是在外面张望吗？

从医院出来后，我把玫瑰送回了宿舍，看时间已经不早了，我让陈沁早些回去休息。陈沁的心思全然放在案子上，化身拼命三郎，又要去队里看监控。我拗不过她，叹了口气，好歹现在是同个战线的伙伴，我开车把她送去后再返回。

这是我又一次接近凌晨时间回到住处，一般养狗的人生活都很有规律性，什么时候喂食、遛狗，都有相对固定的时间段。可是最近的一些事情打乱了我平静如水的生活状态，我现在满脑子想的都是案件的经过以及对嫌疑人的揣测，我能够陪伴在玫瑰和多肉身边的时间少之又少。

有多肉在家里待着，我的宿舍一如既往的凌乱，我没花时间去收理，轻轻走到多肉身边坐下来。玫瑰听闻动静也晃了过来，蹲在我身边，安静看着我，似乎等待着我向它透露此刻的心声。

我往后仰倒，枕着多肉柔软的后背，那像是一团温热的海绵，将我包裹其中，几日来的疲倦、担忧逐渐消减，让我感到惬意。

我低下头，看到掉在地上的一张名片，这是白楠给我的那张，我原先放在包里，不知道什么时候被多肉翻出来了。我将名片拿起来，借着微弱的灯光看着上面的文字，脑中不断回想白楠对我说过的话。

我用手指拨动多肉毛刷般的尾巴，自言自语："多肉，玫瑰……有时候我在想，你们能听懂我的话吗，我们真的能够交流吗？"

曾几何时，这样问题一直盘踞在我的脑海里，无人给予解答。只是时间久了，我愈发接受了我这"与众不同"的现实，林汐失踪后，我更无暇在这个问题上深陷下去。可是不久前白楠对我说的话，让我再一次迸发出种种无法解释的念头，甚至心里隐隐有些担心。

我有时能感受到玫瑰和多肉传递给我的言语，是真实的？

我愿意与动物说话，却不愿意与人为伍的状态，是正常的吗？

我望着玫瑰，想从它那里得到回答，可是并没有得到玫瑰的回应。

"等有一天，你不需要我们的存在了，一切就回归正常了。"良久之后，我的脑海里突然浮现出这样的话语，饱含深意，我却像个白痴一样的一无所知。

脑海里的声音真实而缥缈，我意识到我又回到了那晚在天台上，分不清现实与虚幻的精神状态。我弯身把玫瑰拥入怀中，试想着这是不是玫瑰给我的回答。

我闭眼试图在心中忖量这句话的含义，没有得到任何答案，却昏昏欲睡起来。不知道过了多久，阳光透过纱窗的缝隙照射在我脸上，我感受到眼前一道刺亮，揉了揉眼睛起身，才发现我这一晚上都睡在地板上，原枕着的那团"毛绒枕头"早已没了影。

等我视线清晰一些后，我看到多肉正蹲在我旁边，嘴里哈气，目光热切地看着我，一脸的迫不及待，好像在说："你小子终于醒了啊，快喂吃的啊。"

"枕头"的消失,让我的脖子酸痛难耐,我瞥了一眼多肉又胖了一圈的身子,懊恼道:"少吃一顿饿不死。"

多肉胖腰一扭,回头就叼了一只碗放到我脚下,高昂着脑袋,前爪搭着我的腿往上攀,要是犬有爬树的本领,它这会儿早把我当棵树爬到我头顶为非作歹了。

我训斥了几句,可多肉全都无视了,这是因为犬在乞食时,人给予的任何关注,即使是明显的不满意,诸如指责、喊叫的行为,犬都会认为这是即将得到食物的前兆。我只得无奈摇了摇头,人不要脸天下无敌,狗不要脸食宿无忧。

我很不情愿地给多肉喂了食,然后给赵思思打了个电话,拜托她上门帮忙照顾下玫瑰。昨天带玫瑰出任务后,今早我才发现它身上有些没有完全愈合的伤口又往外流脓了,问过动物医生,他建议不能沾水也不能过多地在室外活动,玫瑰只能暂时待在家里。我心里始终牵挂着陈沁那边的进度,和赵思思碰过面之后,我驱车驶向刑侦大队。

在车上,我接到了陈沁打过来的电话,电话里她的语气极其的郁闷。她说昨晚和同事一起看过火灾案事发前的监控,连刷了几遍视频,也没有发现纵火嫌疑人。消防队那边做过事故现场的数据演练,纵火犯点燃的汽油量不少,预计在十升以上,说明纵火犯携带有足够大的容器,按理说这种人应该很显眼。

这人到底是怎么携带大量汽油,躲过众人视线和监控进去现场,还全身而退?又是怎样进入顶楼被害人的房间点的火?

这些问题不仅困扰了陈沁,也困扰了我。

陈沁那边排除了纵火犯通过楼房外墙进入屋内的可能性,而我相信玫瑰的判断,否定了凶手提着汽油从楼梯进入顶层。

去刑侦大队的路会经过起火的居民楼,我把车停在路边,看着不远处那栋黑顶的楼房,心里纳闷,难不成纵火犯长了双翅膀飞上去的?

爱闻汽油味的流浪狗

在我停车胡思乱想之际，我的视线里出现了一只黑白色的流浪狗，这只狗体型较小，属杂交品种，也就是俗称的串串狗。

这只狗的毛色暗沉，头面、背面和下颚面夹杂着灰白色的杂毛，这叫作老年毛。它脊背弯曲，眼睛无神，行动缓慢，刚走没几步就停下来惬意地倒在地上，姿势和吃饱后的多肉有点像，不过两者体型和精神状态相差太大。

这只狗的年纪不会少于8岁，换算成人的年龄已经年近花甲。从它长得几乎拖到地上的皮毛，能够看出它流浪的时间很长，甚至可能从未被收养过。

我拿上副驾驶的挎包，正准备下去给它喂食时，一辆疾驰的摩托车从它身边经过。流浪狗眼睛一亮，腾的一下站起身，追着摩托车的方向奔走了几步。但在这个过程中，它并未像一般追摩托车或者自行车的狗那样狂吠，没有显露出捕猎的举止。

摩托车很快消失在我的视线里，我见那流浪狗蹲在地上，冲着空气闻嗅一番，微眯着眼睛，嘴角往两侧提起，露出一副享受的表情。我闻到空气中浓重的汽油味道，再看看面前的流浪狗，心中已有几分明白。

我蹲在流浪狗身边，清了清嗓子："嘿，朋友，你喜欢闻汽油的味道？"

可能是我身上的气味被汽油味遮盖了，以至于流浪狗没有发现我已经靠近了它。我突然的声音，让面前的流浪狗吓得猛得从地上弹起来。它警惕地退了几步，回头四处张望，最后才把目光落到我身上，茫然看着我，好像在问："是你在跟我说话？"

我点点头，冲它露出一抹微笑，在我面前的这只狗，对我来说简直是个绝佳的"线人"。

汽油作为一种有多种混合物组成的易挥发的溶剂，里面有一种芳香类物质叫乙醛，具有刺激性气味。有些人会喜欢这种气味，享受这个味道带来的快感，甚至会上瘾。

动物中也有非常喜欢这种气味的，比如熊，在俄罗斯，经常可以看到战斗民族的熊抱着废弃的汽油桶玩得不亦乐乎。而犬类的天性对于这种刺激性气味本来是排斥的，但是生活在城市的狗却不得不每天面对这样的气味，只能慢慢接受适应。这其中便也出现了喜欢上这种异味的狗，大有一种"与其不能反抗，不如闭眼享受"的意思。

作为有着领地意识的动物，一般不会轻易离开固定的区域。恰好这只流浪狗喜欢汽油味，这意味着它有机会遇见携带汽油的纵火犯并辨识出来，而我要做的，就是从它这里得到有用的讯息。

我从包里抓出一把狗粮，把手伸向流浪狗后摊开："前段时间这里发生的火灾，你见到了吗？"

流浪狗埋头狼吞虎咽，根本没空理会我，等我手里的狗粮颗粒不剩后它才抬起头，喉咙咽了咽。我尴尬地用余光瞥了一眼四周，还好边上没人在意我这个怪人。

流浪狗见我没有继续给食，冲我摇了摇尾巴后转身走了，我以为我没能和它达成默契，可它在半途中又停下了脚步，朝我望了一眼，看我有没有跟上它的步伐，这番举动好像是在引导我寻找什么一般。

它步履缓慢，行走在水泥地面上四肢却犹如被泥藻羁绊，时不时停顿下来闻嗅地面，似乎对要找寻的地方并不明确。我紧随其后亦步亦趋，心里的好奇逐渐被着急所替代，我看了眼时间，已快接近与陈沁约好的时间，于是朝流浪狗招了招手，告诉它我还有事得先走了。

　　就在这时，我看到流浪狗四肢摆动的频率突然加快，朝着前方奔跑，在马路绿化带旁的人行道的一处蹲了下来，它在地面上闻了闻，随即脸上流露出方才追闻摩托车尾气时的销魂表情。我苦笑着挠了挠头，它或许以为我跟它有着同样的特殊癖好。

　　我走近一看，地上空无一物。有了之前的经验，我蹲下来伸出手指在地上抠了抠，没有抠出汽油的残留杂质。我抬头看到不远处工作的环卫工人，意识到这处路段有专人清理，就算有什么也早已被清洗干净。

　　我盯着地面，心里愈发好奇，腿一弯，索性跪在了地上，手撑着地面，像做俯卧撑一样地把身体压了下去。我把脸贴近地面，鼻子拱了拱，猛得深吸一口气。

　　这一吸，我非但没有闻到一丝汽油的味道，反而让地上的浮灰窜进了我的鼻子里。我鼻腔一痒，猛得打了个喷嚏，地上的灰顿时像是被龙卷风席卷了一样，纷纷腾空而起。我连忙站起身，又接连打了好几个喷嚏，眼冒金星。待我视线逐渐清晰后，我看到前面站着个老太太，正惊愕失色地看着我，老太太张大着嘴巴，两眼发直，双腿像筛糠似的乱颤。

　　我正要上前解释，只听"啪"的一声，老太手里的菜篮子掉在了地上，萝卜土豆滚了一地。我见状头一扭，撒腿就跑，这要是一开口再乱说出些什么来，让老太太吓得背过气就麻烦了。

　　我头也没回地跑到了车上，一踩油门把车开向了刑侦大队。进了陈沁的办公室，陈沁见我一脸的灰，问我这是怎么了。我支支吾吾了半天，不知从何说起，一旁的白楠递过来几张纸让我擦擦。

　　我坐下来擦了擦脸颊，开始回想刚才的事情，心里冒出了几个问题：

那只流浪狗带我去的地方距离起火的居民楼有七八百米，之间还隔了条马路，如果真的有汽油残留，这会是纵火犯的行经之地吗？另外一点，纵火犯又不是用竹篮提着汽油，为何会有那么多汽油滴落点？更何况每个点位之间看似没有任何连接，毫无规律，难道真的像陈沁所猜测的那样，这是纵火犯故意给我们留下来的绊脚石？

陈沁伸出手掌在我眼前晃了晃："喂！你在想什么呢？"

"我在想，凶手到底是怎么上楼纵火的？又是用什么容器盛装的汽油？还有，他究竟怎么躲过了路面上的监控？"我说出了心中的几点疑惑，又说出了方才我在绿化带旁的人行道上找到的一处汽油点。如果以这些已知的汽油滴落点来推断纵火犯的作案路线，凶手的身影应该是能够被马路边的监控捕捉到的。

我的问题，没有人能给我解答。陈沁埋头揉了揉太阳穴："确实是匪夷所思，咱们之前发现的汽油滴落点附近有监控探头分布，按理说如果凶手出现，肯定是能够拍到的，不可能躲过监控，但我们看过好几遍监控视频，案发前汽油滴落点根本没有人出现过。"

这起案子给我们的线索本来就少，思绪还处处卡壳，这种情况下我们的任何行动都是无的放矢。

白楠靠在办公桌上，托着腮帮子，漆黑的眼球溜溜地转，忽然间她眼中灵光一闪："既然如此，说明纵火犯对案发现场的环境非常熟悉，可能他就是附近的住户，也可能他案发之前曾经去踩过点，咱们可以查火灾前几天出现的可疑人员。"

这话说得轻松，实则耗时耗力，到头来还可能竹篮打水一场空。凶手可能是一个月前踩的点，甚至可能要把时间往前再推几个月，任务量会被无限放大。

这种方式只适用于没有线索和目标的情况，也就是现在我们所面临的。

陈沁不禁露出一抹苦笑，这两天她看监控简直要看吐了，脸上皮肤在电脑辐射的侵袭下，由里及外地透着暗沉。她伸了个懒腰，没有多说什么，晃了晃鼠标唤醒电脑屏幕，点开了一个文件夹。她熟练地调出视频，把视频的播放速度调到了四倍。

视频中的人物和车辆快速闪动，我看着眼花缭乱，没两分钟就受不了了，而陈沁却丝毫没有受到影响，想来她早已练就了一双火眼金睛。

为了节约时间，陈沁选择了随机排查，调看了几个不同日期和时间的视频画面。在排查某一段监控时，陈沁突然用手指猛拍了下空格键，指着屏幕说道："是周箐！她怎么会出现在这儿？"

我凑近看了看，这段监控的时间是在火灾发生的前一周，视频的画质很清晰，可以很清楚地看到周箐带着几个年轻男女在王苗的家附近转悠，周箐走在最前面，冷着脸，表情透露着不善。

周箐的出现在我意料之外。没想到，在周箐对王苗的声誉造成极大影响之后，她仍然对后者耿耿于怀——看来是我低估了女人的报复心理。

陈沁脸色一沉，声音中透着愠怒："这个女人到底想要做什么！我现在很怀疑那把火就是她放的，就算不是她亲自动的手，也肯定是她指使的！"

话音一落，陈沁站起身气冲冲地就要朝外走，我见这架势不对，连忙抓住她的手腕："你要干吗去？"

"我去把周箐抓过来审问！"

"现在没有证据，你凭什么要把人抓起来？"我捏着陈沁手腕的手加大了力度，"你以现在这种情绪出去，肯定会跟别人闹矛盾，也会影响你的判断能力。"

我这倒不是替周箐说话，我一想到刚脱离生命危险的王苗，想到王苗的大好青春这样被人葬送，我心里就腾起无尽的怒火。周箐有作案动机，却没有证人证据指向她，我不能放任陈沁违反规定去抓人。

我把陈沁拉回到座位上，自告奋勇道："你先冷静冷静，我去找周箐。"

陈沁看了我一眼,脸上余怒未消,不过好在情绪稳定了下来。片刻后她抓起桌上的手机,拨通一个号码,问电话那头周箐在什么地方。

自从我们上次找过周箐后,陈沁就让人暗中跟着周箐,试图找出周箐接触过的有嫌疑的人。陈沁询问对方最近周箐是否有可疑的地方或者接触了哪些人,对方说周箐这几天都在正常地上学和生活,好像王苗一家的遭遇对她来说就像什么都没有发生过一样。唯一异常的地方就是最近周箐太乖了,连那些狐朋狗友也没再联系过。

我要来了地址,转身走出了办公室,到车库取车时才发现白楠也跟了过来。我俩没有过多言语,一同上了车,有了前车之鉴,我刻意保持沉默,唯恐只言片语间又让白楠发觉我的不同之处。

陈沁给我的地址不是周箐的家,而是一个男生的住址,据陈沁所说,这个男生叫肖玥,和周箐、王苗是同一个学校的学生,也就是周箐说的被王苗所勾引的男朋友。据说肖玥在学校担任学生会主席,表现极为优异,年纪轻轻就在科技领域获多个奖项。这样的男生,身边不乏追求者。

肖玥的家在世纪豪庭的别墅区,我曾在广告上看到过这个楼盘的平均单价,一平方米要抵我两年的工资。小区的安保很严格,一到门口,我的车就被保安拦住,幸亏白楠带了证件,说明情况后我们才被予以放行。

我把车停在肖玥家别墅的门口,门前的车位上还停着一辆红色的保时捷。我敲了敲门,拴在院子里的一只松狮犬一听到动静,立即抬起身子朝我狂吠起来,蓬松的毛发像是触电一样的根根立起,它前肢已经抬空,做出扑袭的姿势,要不是被绳子拴着,它早就冲出来驱逐我们这两个不速之客了。

不一会儿,院子的电动门自动开启,我和白楠穿过院子走到别墅门口。我抬起头,看着门前的显示屏里自己的身影,说出了我们的身份。

门开启后,周箐率先从里面走了出来,她挎着包,一只手撩起头发后瞥了我一眼,目光中透露着反感。她径直朝着院门口走去,我迅速迈出一步,用身子挡住了她的去路。

"你要去哪……咳咳！"

我刚一张口，一股刺鼻的香水味见缝插针地钻进我的鼻腔，呛得我连连咳嗽。我捏着鼻子，鄙夷地看了一眼周箐："你这是喝香水了？"

周箐一听，气得脸都皱了起来，眉毛往上一抬，像扑鼠之猫般盯着我："你这人怎么跟狗皮膏药似的，甩都甩不掉！"

我正要问她前些时候带人在王苗家附近转悠的目的，视线中一张脸从门背后探了出来。那人戴着眼镜，五官端正，门后光线幽暗，让这张脸显得有些惨白。我定睛一看，记忆顿时被牵引出来，自言自语了一句："是你？"

我见过这个男生，在王苗的病房门口，我曾与他打过一次照面。那次他躲在外面偷偷探望里面的王苗，我一出来他就赶紧走了，好像刻意躲着我一样。

"你是肖玥吗？"我问了一声。

房门完全打开，一缕阳光照在男生的脸上，穿着白衬衫的他干净得像一张白纸。他神情寡淡，五官好像从来没有排列表情的能力一样，由内而外地透着拒人千里的气质。我和他四目相对，有一刹那，我有一种错觉，好像看到了镜子中的自己。

那是曾经的自己。

那人没说话，只是点了点头，算是回应了我。趁我不注意，周箐用手重重地推开我的肩膀，开走了门口那辆保时捷，扬长而去。

"不追吗？"白楠冲我小声问道。我摇了摇头，告诉她没有必要。

没有等到肖玥的邀请，我就走进了他的家，我环视了一眼屋内的布局和摆设，能够看出来肖玥是一个人独居。我看到客厅的显眼处，有一面墙上挂着几个奖框，奖框下有个木架，架子里摆着一些奖杯。

我走过去，随手取下了一个奖框端在手里，扫了一眼奖状的内容。这是一张肖玥获得某个无人机设计大赛的奖状，名次是第二名，上面的一堆英文字母，意味着大赛是国际级别。看来陈沁之前调查的信息没有错，肖玥确实在科技领域取得了较为优异的成绩。

我把奖框还原，回头问了一句："你偷偷去医院探望王苗，是在担心她？"

"她怎么样了？"他通过关心，间接地回答了我的问题。

"情况不太好，还在ICU里留观。"

我围着客厅绕了一圈，坐在了沙发上："可以聊一聊你和王苗的关系吗？"

谈话间，我一直盯着肖玥的面部表情，后者没有流露出悲伤的情绪，可能他本身就是一个不善于表露感情的人。他走到我身边，脚下的拖鞋没有带出丁点声响，他坐在我对面，慢条斯理地说道："我和她大一的时候就认识了，王苗是我们社团的社员，她追过我，我其实也挺喜欢她。"

他的话，似乎和王苗在病房时讲述的不一样，如果他说的是真的，那么王苗确实有可能是一名插足者。

我皱了皱眉头，不解地问道："那周箐呢？你既然说你和王苗两情相悦，那周箐为什么说你是她的男朋友？你刚才又为何跟她见面呢？"

"那是她一厢情愿罢了，我跟她只是同学的关系，刚才她来找我，我也是这么跟她讲的。"

我瞟了一眼窗外，难怪周箐一出门就气哄哄的，原来也不全是因为我的出现。

"这么说，你和王苗是男女朋友关系？"我多问了一句，肖玥点了点头，看他的样子，再结合他之前在医院的举动，不像是在说谎。可我又想到王苗被问及和肖玥的关系时态度坚毅，两者的讲述让我一时间难辨真假，只得在心里留了个心眼。

白楠找了个借用洗手间的借口，把我当作掩护，偷偷溜进了肖玥的卧室和其他房间。尽管这种行为似乎不太礼貌，但是转念一想，作为痕迹鉴定专家的白楠，更善于通过物品和生活痕迹来探寻线索。于是，我东拉西扯地跟肖玥交谈，刻意给白楠争取一些时间。

我本来就不是一个善于聊天的人，更何况对方也是个寡言少语的人，聊到最后，一句话都要憋半天，让我面红耳热，后背都出了一身汗。就在我快要坚持不住时，我看到白楠从房间里走出来，冲我使了使眼神，我顿时如释重负。

从肖玥的家出来，正午的热浪扑面而来，却让我有种神清气爽的感觉。我往口里灌了半瓶矿泉水，连忙问白楠："你在里头找了那么久，到底找到什么了？"

"没找什么，随便看看。"

我一听，心里有些来气，合着我刚才白费口舌了。结果白楠喝了口水后继续说道："家里东西摆得一丝不苟，地板干净得连根头发丝也找不出来，刚才你们俩讲话，我发现他一直盯着你坐皱的沙发，估计有强迫症，还有……你猜我在杂物间看到什么了？"

"你就别卖关子了。"我不悦道。

"一架砸毁的无人机，用块布盖着，上面落了灰，肯定放置很久了。"白楠拿出手机，翻出一张照片递到我眼前，"我拍了照片。"

我看了一眼屏幕，和旁边的物件对照后大概能看出无人机桨叶的尺寸在七八十厘米左右，比日常玩的那种航拍无人机要大得多，有点类似于农业用途的植保式无人机。无人机不知是摔的还是被砸的，零件七零八落，一对桨叶折成了三段。

"这说明什么？"

我有些不明白白楠的意思，还想着她能跟我解释一番。可她把手机收了回去，撇了撇嘴："我也不知道，就是觉得奇怪，为什么要把坏的无人机放家里？"

"这有什么奇怪的，兴许还能修好。"我没有底气地回了一句，毕竟那架无人机在我看来破损严重，应该无法修复。不过相比白楠，我没有在这件事上多留心思，目前和案子有关的三个人，各执一词，我更想弄明白他们中谁说的才是真话。

我准备开车回刑侦大队和陈沁合计合计，看能不能再找机会去医院问问王苗。在路上，我接到了陈沁的电话，陈沁告诉我，我们之前找到的汽油杂质化验结果出来了，通过汽油品质，大致锁定了几家私人加油站，或许凶手曾在其中一家购买过汽油。这一点白楠在发现杂质的第一时间就有想到，这两天也是在等化验的结果。

如果是在正规加油站加油，油品中不至于积有这么多杂质，而一些私人营业的加油站，为了谋取利润，往往会在汽油中添加某些原料，再用低价来吸引客户。凶手应该无法购买到散装汽油，大概率是加油到车辆油箱后再抽出来。从这些销售低质汽油的加油站中，或许能够寻找到凶手的身份，运气好说不定监控还能拍到凶手的面貌。

我把陈沁的话转述给白楠，这条消息对白楠来说很重要。不过随即我就给她泼了冷水，我告诉她，且不说还无法锁定具体是哪家加油站，每天加油的人那么多，凶手两个字又不会写在别人脸上，找到凶手不亚于大海捞针。

白楠倒是不以为然，跟我说，有了方向后，再去找结果只是时间的问题。

我开车按照陈沁发来的路线行驶，在一家加油站跟陈沁碰了面。我在路上时，陈沁就已经联系了加油站的经理调取了加油站的监控，但是就像我说的，目前没有凶手的体貌特征，根本无法从中筛选出嫌疑人，只能说碰碰运气。

按陈沁的计划，我又开车到了另一家加油站，这家比前面那家相比位置更偏僻，设施比较老旧。我发现来加油的大多是附近国道公路经过的货车，或者乡镇居民的摩托车，摩托车加油时并没有使用油枪，而是用一个长嘴的油壶盛装汽油倒进油箱里，操作极不规范。我怀疑加油站可能也偷偷出售散装汽油、柴油。

陈沁今天穿着警服,我刚把车开进加油站,就被警惕的工作人员所发现,随后叫来了经理。经理守在车外,我们一开门他就迎了过来,他笑眯眯地塞给我一条烟,被我给推了回去。

陈沁开门见山说明了来意,油站经理很配合地把我们请到了他的办公室,说有任何要求他都会全力支持。

陈沁让他把前段时间的监控调取过来,和白楠坐在那里盯着屏幕仔细查看。我坐在沙发上,望着窗外,对于结果全然没有兴致。从刚才到现在,来加油的小车屈指可数,况且这位置远离市区,除非我们运气真的爆棚,凶手就住在附近,要不然谁会舍近求远到这儿来加油?

昨晚没睡好,今早到现在也没有休息过,我倒在沙发上准备小憩一会儿。我刚有点睡意,陈沁突然大嗓门地把我叫了起来。我边揉眼睛边走过去,模糊的视线中,一辆红色的汽车似曾相识。

等我看清楚屏幕中那辆车,我心里顿时一震,困意全无,张着一张嘴舌挢不下,怎么会是她?

唯一的自拍照

这辆车我上午就见过，就是在肖玥的家门口停着，又被周箐开走的那辆。加油站的监控挺清晰，我还记得那辆车的车牌号，与监控里的丝毫不差。

白楠也认出了这辆车，扭头问陈沁："是周箐的车，她为什么会到这儿来加油？"

我有些不相信，贴上去仔细看了看，一眼就看出了车内的女人确实和周箐留着一样的发型，身材样貌也极为相似。我跟着白楠的话，多说了一句："不应该啊，这地方这么远……"

"可能她正好从附近经过吧。"陈沁面不改色道。

我微眯着眼，让自己沉下心思索。周箐的车加过的油，正是火灾案的燃料，加油时间与火灾案相近，这绝非是巧合。周箐有不在场证明，意味着还有另外的行凶者，那人到底是谁？

周箐并不是肖玥的女朋友，不存在王苗抢她男朋友的问题，她真的对王苗有那么大的仇恨吗？

眼见也可能不属实，说周箐顺路经过，并不足以说服我。我拉住加油站的经理，让他把当天加油的工作人员找过来。

经理打了一通电话，很快一个四十岁左右的加油员走进了办公室。我指着屏幕问她:"那天开这辆车来加油的女人,你还有印象吗?"

加油员皱着眉头回忆了一番:"有印象,因为来我们这儿加油的不多,开这种豪车的更少,但我只对这辆车有印象,不记得开车的人。"

陈沁把手机里周箐的照片给加油员看了一眼,问道:"你再好好想想,是她吗?"

"这个……我确实没注意,那天那个人戴着墨镜,遮住了大半张脸,所以看得不清楚,而且她只把车窗开了一点缝,从里面递出来一张钱,从头到尾都没有说过话,不过我感觉吧……跟这照片中的人还是挺像,应该是一个人吧。"

白楠朝我看了一眼,带着胜利者的姿态。陈沁也是一脸的果决,似乎已经认定凶手就是周箐。

我默不作声地对比着监控和手机照片,始终无法找到任何端倪,可我的心里一直平静不下来,总觉得哪里有些不对劲。

"走吧,还愣着干吗?"陈沁在门口冲我嚷了一声,接下来她估计要对周箐实施抓捕行动了。

回到大队,一切在我预料之中,陈沁带着人直奔周箐的家找人。或许是为了打消我心存的一丝怀疑,陈沁在抓人前先对周箐的家进行了搜查,并提取了周箐家的两辆车油箱中的汽油进行化验,其中一辆红色保时捷中的汽油与造成火灾的汽油油品一致。

第二天晚间,周箐被带到了审讯室,由陈沁对她进行盘问,我和白楠旁观。陈沁把两份汽油检测报告摆在桌面上,直接问周箐:"我们做了对比,你的车油箱内的汽油和引燃王苗家里的汽油是一样的,说说吧,你让谁去点的火?"

我盯着周箐,前两次见面她都是趾高气扬的模样,一点也没有把警方的盘查放在心里,问什么她总是爱答不理。而现在,密闭的审讯室让人喘不过气来,她手腕上戴着冰冷的手铐,刺眼的聚光灯打在她的脸上,她身上的锐气在这种环境下早已经被消磨得一干二净。

周箐缩在椅子上,面对陈沁的询问,她脑袋摇得像拨浪鼓:"我真的和王苗家的火灾没有关系啊,火不是我放的,我也不知道是谁做的。"

案发后,陈沁曾查过周箐那天的行踪,周箐所在的酒吧里有完整的监控记录,陈沁还询问了酒吧工作人员,这些证明不可能作假。但现在,有了加油站里的监控和油品的对比报告,嫌疑指向周箐,现在周箐的话更像是为了隐瞒实际的行凶者。

"我看你还要嘴硬到什么时候!"陈沁面孔一板,把加油站的监控记录给周箐看了一遍,怒气腾腾地问道:"你自己看看,监控里的是不是你自己?"

"是……是我吧?"

周箐看了两眼屏幕,身子哆哆嗦嗦,整个人显得有些呆滞:"可是我没有去过这个加油站啊?"

"什么意思,你这话不是自相矛盾吗?"陈沁声词严厉。

周箐动了动被自己咬出清晰牙印的嘴唇,半天没说话,她目光迷离,好像眼睛所看到的都不是真实的。良久,她语气摇摆不定地说道:"我发誓,我真的没有去过这个加油站,只是……为什么会拍到我?"

陈沁揉了揉太阳穴,估计被周箐的话绕得够头疼了。我看周箐急得眼泪都在眼眶里打转,虽然话有瑕疵,但是看着不像是在撒谎。我站起身,走到周箐的面前,不再纠结上个问题,问道:"那你说说,监控拍到你的那天,你在做什么?"

周箐攥紧手心,闭着眼睛努力回想,又猛然间睁开眼:"我记起来了,那天我在肖玥的家。"

"我问你在做什么。"我用冷冰冰的语气说道。

我一问,周箐的脸顿时就红了下来,含糊不清地说道:"我是下午过去的,在他家和他一起喝了些酒,然后我有些醉,就倒在他家的沙发上睡了会儿。等我醒来时，天已经有些黑了，我醒来后发现身上的衣服挺乱的，就问肖玥，他只是说我睡觉喜欢翻身……"

我和白楠面面相觑，那天我问过肖玥，他口口声声说自己跟周箐没有任何关系，可周箐却说两人有过如此暧昧的经过，到底谁真谁假？

"这么说，后面到底发生了什么，你就不清楚了？"陈沁问。

周箐把头埋下去，"嗯"了一声。

审讯室内一片沉默，周箐要不是在说谎，那么这件事简直太迷幻了。周箐在肖玥的家昏睡，去加油站加油的那个"周箐"又是谁，总不可能周箐还有个孪生姐妹吧？

陈沁没辙了，让周箐好好再回想一下，冲我们招手示意一起出去。我还没动身，周箐的手往腿上一拍，手铐撞得铛铛响："警察同志，我坦白，其实不止我跟王苗有矛盾。我有个朋友叫李晗，也是我们学校的学生，那次打王苗她打得最凶，也被处分得最重，直接被学校开除了学籍，要说谁最恨王苗，那肯定是她啊！"

陈沁刚踏出门外的腿又伸了回来，像是抓到了极为重要的线索一样，忙问道："你了解李晗吗？"

"我之前跟她关系还不错。"

虽然周箐嘴上这么说，但是后面又告诉陈沁那人怎么怎么阴暗，小肚鸡肠，很记仇。我明白周箐的意思，到了这一步说出李晗这个人，她只是想让自己不成为唯一的嫌疑人。

我在门外等着，陈沁过了一会儿就走了出来。她靠着墙，环抱着手臂，对我说："如果周箐说的是真的，李晗因为王苗被学校开除，确实不排除她对王苗怀恨在心的可能。"

"除了这一点呢？"我多问了一句，我知道陈沁不可能单凭周箐一句话而相信对方。

陈沁透过门缝朝审讯室内看了一眼："刚才周箐给我看过李晗的照片，

两人的脸型和身形都比较相似，经过打扮后完全能够以假乱真。另外你还记得加油站的员工说的话吗？那天加油的人戴着墨镜，好像故意不想让人看清楚她的面容，加油过程中也始终没有过交流，我想那人肯定是故意伪装的。"

"我也怀疑周箐是在说谎，所以我查过那天肖玥小区的监控，那辆红色保时捷是从肖玥家出发的。可你想想，周箐为什么要去那么远的地方加油，还选择一个私人开的加油站？劣质汽油会损伤发动机，开豪车的人怎么可能不知道？这一切都在说明，有人在故意把嫌疑推给周箐。"

陈沁的话，我暂时不予以否认，但是如果说是李晗偷走了周箐的车，还全过程躲过了小区的监控和保安，这难度可不小——那天我见识过小区的安防。

这时白楠也从审讯室里走了出来，我们三人凑在一块儿，每个人的心里都有自己的想法和判断。我觉得这一切仿佛是在拔一棵枯藤，看似埋得浅浅一层，越深入挖掘枝蔓越多。

我开始回想与肖玥交谈的过程。那个男人就像是一摊看不见底的死水，除非把水抽干，否则完全看不出底下藏着什么。这样性格的人最善于隐瞒事实。

"你们有没有想过，如果周箐和肖玥都在撒谎呢？"我说出了自己的判断。在我看来，肖玥的话可信度不高，意味着他跟周箐的关系并非他所说的那样。如果他们才是情侣，有可能这两人狼狈为奸，说不定肖玥就是去帮忙纵火的人。

陈沁一听，摇了摇头，说自己之前就考虑过这个问题，担心肖玥在帮周箐撒谎，所以查过肖玥案发前的行踪。火灾那晚邻市有一场科技产品的发布会，持续到很晚，再加上两座城市距离较远，参加了这场发布会的肖玥没有作案时间。

说完，陈沁还翻出了肖玥的微信朋友圈，最近发布的是一张自拍照。

照片中肖玥坐在椅子上，露着正面，胸前戴着发布会的邀请牌。白楠把手机拿了过去，继续翻了翻肖玥之前发过的内容，没有说话。

时间有些晚了，我心里惦记着玫瑰和多肉，先行道了别。

回到宿舍，赵思思还在，我让她早点回去休息，等她走后我才发现多肉的食盆里居然放了半盆狗粮，我赶紧把它藏了起来。前不久我看了篇新闻，有条体重超标的哈士奇从车上跳下来时摔断了腿，从此后我开始给多肉控制食量，避免它的体重过于膨胀，步了那条狗的后尘。

玫瑰一直跟在我身后，这两天因为它的伤势，我不敢带它出任务，这便成了我和它分开最长的时间。我靠着它俩说了会儿话，像往常一样，心里却多了一种不一样的感受。

以往的我，不怎么跟别人交流，能够倾诉的对象只有玫瑰和多肉。可现在和陈沁她们待久了，我逐渐发现自己心底其实向往与她们相处，因为我能够直观地感受到她们的喜怒哀乐，人情冷暖。

就像是闯入人类生活的动物，相处久了，它们也会觉得自己就是人。我闯入了这群正常人的生活，相互排斥，又逐渐被同化。我学着她们微笑，在承担责任的同时，学着探知生活中的乐趣，发现了这世上其实还有比阳光更能让人温暖的东西。

我现在已经有些明白，那天脑海里浮现过的那句让我难以剖解的话了。

我好生睡了一晚，第二天一早，陈沁打电话告诉了我个好消息，王苗的伤势恢复得不错，现在已经转到普通病房了。陈沁早上去看过一次王苗，对方的精神状态还不错，陈沁趁机问了些问题。

电话里，陈沁告诉我，王苗再次否决了她和肖玥的情侣关系，她也从来就没有喜欢过肖玥。

我让陈沁在医院等我过去，临出门前，我回头看了一眼呼呼大睡的多肉，吐息间，那圆滚滚的肚子像是正在充气的皮球。整天吃了睡，这样下去迟早会影响它的身体机能，我连忙走过去把多肉从睡梦中拽出来："玫瑰养伤期间，它的任务由你来完成，你们是朋友，你要学会分担，可别躲在家里好吃懒做了。"

多肉睡眼惺忪，极不情愿地往后退了退，嘴里嗷嗷叫，像是要跟我理论一番。我没给多肉机会，不由分说地冲过去，连拖带拽地把多肉带出了门。

到了医院的病房，我见白楠也在。人聚在一起让病房的空间变得狭小起来，于是我把多肉拴在了外面。陈沁削了个苹果，切成小块喂进王苗嘴里，王苗现在双亲都不在了，也没人照顾她，陈沁主动接过了照顾王苗的任务。

为了避免打扰王苗休息，我们待了一会儿就离开。在病房外，白楠突然问我："林轩，你平时发朋友圈吗？"

我没想到她突然会问这个，愣了一下："很少发。"

"可不可以给我看看？"

一旁的多肉听到了这句话，激动得都快跳起来，它瞪着我，表情极其抗拒。这也难怪，我平时发得最多的就是玫瑰和多肉的生活，这其中不乏多肉拆家的"灾难现场"和它被我罚站的囧样。

白楠从我手中接过手机，一直翻找，我也不知道她到底要找什么。过了一会儿，她把手机还给我，问了一句我不知如何回答的问题："你有没有觉得，你有些地方跟肖玥挺像的？"

我完全跟不上白楠跳跃的思维，她的每个问题都很突兀，可我又无法反驳。

在失去林汐后的头一年时间里，我曾变得分外孤僻，没有任何东西能让我提起兴致，觉得所有的负面情绪都缠绕着我，觉得自己孑然一人，看不见光亮。我不愿别人看见我甚至提及我，想让自己成为一个隐形人，让这个世界都与我无关。

白楠说得没错，有些事情只有经历过才能够感同身受，从某一点来说，肖玥的表现确实有我当年的影子，但是他经历过什么，心里又有何想法，我就无从得知。

陈沁耐不住性子，主动问道："他们很像是什么意思？"

"不知道你们有没有听说过'隐性自卑'这个词？"白楠看了眼我，似乎是怕我误解什么了，接着说道，"当然，有这种心理的人并不意味着他不优秀或者有缺陷，也不像自卑症患者那样有明显表现，只会在某些行为上表露出来。"

"比如有人会删除掉自己的日记或者社交圈的记录，不让别人看到曾经的过往；比如有人去旅游，会拍很多照片，唯独不拍自己的模样，朋友圈里也从不发自己的照片；又比如有人吃豪华大餐、穿昂贵的衣服，就会忍不住要拍照发给别人看，潜意识里觉得这样高人一等。"

我抿了抿嘴唇，稍微听懂了白楠的意思："你是想说，肖玥有这种心理？"

"对，他跟你一样，朋友圈里几乎没有发过自拍照，不想别人看到自己的模样。"白楠点头道。

这么说来，白楠的意思再明显不过了。肖玥从来没有发过自拍照，唯独在火灾发生的当天，拍了一张清晰的露脸照片，有明显的目的性。

目的正是自己的不在场证明。

种种迹象，像是一面凸透镜，正在将肖玥身上的细小破绽放大出来，也连同激活了我内心深处一颗静默的种子。

"你们有没有想过，那天去加油站的人，可能不是个女人？"我终于把内心深处的猜想说了出来。之前看加油站监控和听加油员描述时，我就觉得隐隐有些不对劲，只是受限于没有证据。听了白楠的想法，我也要把我心里的想法全盘托出。

"你的意思是说……那天的周箐其实是肖玥假扮的？"陈沁的声音压得很低。

"周箐说自己在肖玥的家被灌醉，醒来时发现衣冠不整，很可能就是肖玥趁周箐昏睡时换上了她的衣服。肖玥身材偏瘦，举止斯文，他化妆后也能像女人般娟秀。另外一点,加油时那个人自始至终都没有说过话,因为一旦出声就会暴露自己的性别,而且车窗只开出一条小缝隙,是害怕加油员看清他。"

最初我只是觉得有些地方奇怪,却说不清道不明,而方才白楠揭露了肖玥的心理,放大了后者的嫌疑,一些推断便顺水推舟地建立起来。这和当初发现程依依的嫌疑是一样的,一旦知道结果,再往回推,很多地方就能够连接起来。

陈沁抬着手托着下巴,我和白楠的话,就像是把一块打乱的拼图都拼接了起来,这么明显陈沁不可能看不明白。

"可是咱们没有证据啊,法律上不可能以对一个人的心理分析来定他的罪,肖玥如果不承认,怎么能证明他假装周箐?而且他的做法也让人看不懂,肖玥这么做应该是为了陷害周箐,意味着他和周箐不是恋人关系,那么他和王苗呢?"陈沁有些纠结。

陈沁最后的话,我之前倒是没想过,所以一下子把我给问住了。案中三人的三角恋关系错综复杂,我一直没有弄明白。如果肖玥的确是为了陷害周箐,那么那天他告诉我的和王苗关系不应该就是真的吗?那么他便没有作案动机了啊。

难道周箐和肖玥本来是同伙,又反目成仇?

还是说,凶手另有其人?

我绞尽脑汁,感觉有一副巨大的磨石压着我的头,细细碾磨,让我头痛欲裂。我赶忙晃了晃脑袋,试图把错乱的思绪甩开。

"别想这么多了,先想办法证明那天的人就是肖玥。"我弯腰解开了多肉的绳子。

"怎么找?"

"既然肖玥假装女人,那么家里肯定有化妆品和假发之类的道具,如果咱们去得及时,他或许还没有来得及销毁。"

我心里有了计划，牵着多肉朝楼梯口走去。陈沁跟白楠交代了几句话，三步并为两步地追上了我。

白楠向队里紧急申请了搜查令，我带着陈沁来到肖玥居住的小区，把车停在肖玥家门口。

我按了几下门铃，里面没有丁点反应，我回头冲走过来的陈沁摇了摇头："他不开门。"

这时车门缝隙后伸出来一双肉茸茸的爪子，多肉从车上跳了下来，冲着门后嗅了嗅，又转身回到我身边，显然屋内没有任何动静吸引它。

"人不在家？"我嘀咕了一声，退后两步，扫了一眼院门两边的围栏。

陈沁见我蠢蠢欲动的样子，似乎想到了什么，连忙拦在我面前："你要干吗？"

"翻进去，早一天找到证据，早一天给王苗交代。"我大义凛然地说道。

"你是不是疯了？你今天是怎么了？"陈沁推了我一把，看着我的眼神像是看一个陌生人。

陈沁手劲挺大，我往后踉跄了几步，摔倒下去。我用手撑着地面，呼吸加重，我拨开额头前的刘海，抬头望向陈沁。不知道她从我的眼神里到了什么，我看到陈沁的面孔明显一滞。

"是！我是疯了，一直以来就是个疯子。"我语气开始变得冷硬，缓缓站起身，朝着院门后面看了一眼，"白楠说得没错，我和肖玥一样，我们都是不正常的人，我们心里藏着秘密，性情让人琢磨不透，厌恶这个世界，厌弃身边的人，不满命运的安排。

"没有朋友，没有恋人，一直被旁人孤立，不会考虑自己的生死会牵连谁，任由世人嘲笑，任由他们投来异样的眼光，我也想笑啊！因为不管他们看我多少遍，也永远看不出我心里想的是什么，永远不能理解我。

"所以，只有我才知道这种人有多危险，多可怕！"

最后一句话，我几乎是咆哮着喊出来，消耗掉所有的力气，却如同卸掉了身上沉重的包袱，让我变得无比轻松。

多肉蹲在我身边，咬着我的裤腿往下拽了拽，想让我冷静冷静。

我稍稍平复了心神，对于方才自己的举动也感到诧异。可能是我知道如果不揭露肖玥的真面目，意味着他还会做出让我们意想不到的事情，也可能是陈沁的不理解和固执，让我长久以来的压抑，找到了宣泄口。

"这事跟你无关，我自己来做。"

我撂下一句话，拍了拍裤腿，朝围栏走去。这事既然不能偷着做，就只能摆在明面上，结果肯定是瞒不住的。如果我的推测有错，那么造成的责任和后果需要有人承担，我已经做好独自应对的准备。

"我进去，你在外面等着我。"陈沁的语气平淡，突然加快脚步，先我一步走到栏杆旁。

她双手抱住铁栏杆连接处的石柱，一只脚在石柱表面蹬踩了一下，双手顺着力道往上攀爬几下，身轻如燕，一下子就站在了石柱的顶端。她往院内环望了一眼，身子凌空而起，在半空中化为一道纤细的孤影，落地瞬间蹲下了身，化解了余力。

陈沁整套动作一气呵成，甚至没有给我反应的时间。

陈沁隔着铁栏杆看了我一眼，比画着手势，让我在外面望风。我把多肉牵到车旁，把绳子系在后视镜上，叮嘱道："待在这儿。"

多肉没听我的话，而是突然亢奋起来，连吠不止，声音高亢。它拖着绳子想要往前蹿，绳子被绷得笔直，就像被铁链禁锢的猛兽受到挑衅怒而进攻一样。

从天而降的火

我正莫名其妙,耳畔听到陈沁发颤的声音传来:"林轩……快来!"

我赶忙回头,看到陈沁身体笔直,一动不动。一只一岁多的雄性松狮犬正站在她面前距离不到一米的地方,眼睛直视陈沁,瞳孔被松散的毛遮蔽,两耳向后收拢,喉咙里发出咕咕的声响。

我猛拍了下腿,为自己的冲动而感到懊恼。之前我在肖玥家时,就已经发现他养了一只松狮,可当时这只狗是被拴着的,现在却没有,都怪我没有早注意这点。

我看到陈沁的眼里充满了恐惧,她时不时往我这瞟一眼,又不敢完全挪开视线,担心面前那只犬突然发动攻势。一朝被蛇咬,十年怕井绳,陈沁有被狗咬过的经历,对于犬类的恐惧要大于常人。

松狮犬往陈沁逼近一步,眼睛直勾勾盯着陈沁,鼻头附近的肌肉皱成一块,还隐隐露出自己的尖牙。这番举动,让我有些犯难。

松狮这种犬,领地意识极强,会保卫它领地内的所有东西。松狮看上去文文静静,肉嘟嘟的样子煞是可爱,可它的性格在动物界中属于比较特殊的,服从性不高,可能只听主人的话,所以又被叫作"个人犬"。

松狮不喜束缚,喜恶完全随自己的情绪,所以性情让人琢磨不透,就算是我也无法揣测这种犬的内心。

"嘿！我们没有恶意。"我边说话边轻轻拍打栏杆，试图吸引它的注意力，让它别盯着陈沁。如果处理不当，松狮犬会随时咬人，甚至不会发出吠声警告，属于狗狠话不多的类型。

我的举动很有效，那只松狮的脑袋立马扭向了我，冲着我龇牙咧嘴。虽说我和它也算是第二次碰面，但不巧，上一次它的主人没给过我好脸色，这次它理所当然对我更加警惕。

"朋友，我们只是找件东西，无意冒犯。"

我慢慢弯腰压低身子，与它平视，余光瞥了一眼陈沁，想给她一点安慰。陈沁已经吓得花容失色，前有"猛兽"，后有跟狗说话的"疯子"，她夹在中间，任谁也得崩溃。

我的手伸向背包，抓出一把狗粮，把手从栏杆里伸了进去："请你吃东西，你吃完我们就走。"

可这只松狮犬丝毫不被诱惑，满怀警惕，并充满敌意地狂吠着。陈沁两手无处安放，背在了身后，脚尖往外伸，似乎随时要跑动起来。

陈沁微颤着声音，问出一句让我哭笑不得的话："它说什么？"

我没作声，总之从松狮犬现在的表现来看，它应该是对我警告又咒骂了。

松狮对我的敌意被多肉看在眼里，多肉突然抬起前肢要猛蹿出去，要不是脖子上的绳子，它已经扑过去了。它前肢悬在半空中，两耳向斜后方伸直，两眼圆睁，怒不可遏。

有意思的是，哈士奇在愤怒时的脸部表情和笑时几乎表现一样，都是鼻子上提，上唇咧开，要不是这要去拼命的动作和激昂的"犬骂"，我还以为它是见到了自己失散多年的兄弟。

被多肉挑衅后的松狮犬气得跳起来，这下完全不顾陈沁了，冲到栏杆边上，毛发炸裂，这让它看上去像一只成年猛狮。

多肉壮硕的后腿在地上猛地一蹬，"砰"的一声，绳子另一端的后视镜居然被扯断了。它拖着半截后视镜朝前直奔过去，后腿撑着身子站起来，两只爪子把铁栅栏拍得"啪啪"直响。

这一切发生得太突然，我呆如木鸡地看了眼孤零零的后视镜，舌挢不下。

两犬隔着栏杆唇枪舌剑，谁也不敢贸然上去，一时间吠声连连。我见状连忙跑过去把多肉拉走。

陈沁似乎觉得找准了时机，扭头就要跑，我立即朝她摆手喊道："别跑！把双手放在它看得见的地方！"

突然的奔跑、做出动作、背着双手，这都是面对狗时的大忌。陈沁听闻我的话，愣了一下，急忙停止动作，眼巴巴地望着我，等着我的下一步指示。

"陈沁，你慢慢靠近它，把身子压低点，伸出手让它闻一闻，它要是不反感不离开，就慢慢从侧面摸它。"

"我不敢。"

"没事的，相信我。"我递给陈沁一个让她放心的眼神。

陈沁犹豫了一会儿，紧绷着脸开始朝松狮走近，我见她额头上沁出来密集的汗珠，浑身发颤，想来还是没有克服内心的恐惧。

"动作一定要慢，把身子和它平齐，别摸它的头，可以摸脖子以下的背部。"我一边提示陈沁，一边观察松狮犬是否表露出抗拒。陈沁每一步都小心翼翼。在靠近松狮犬后，她弯腰探出了手，那只松狮黑色的鼻子动了动，不由自主地向陈沁靠近了一些。

陈沁大着胆子抚摸着松狮犬松软的毛发，表情逐渐放松，最终露出了微笑。我解开多肉脖子上的绳子，随手丢掉了后视镜，让多肉待在外面等我，我提着绳子翻进了院子里。

我把绳子套在松狮犬的脖子上，另一端拴在了遮阳架腿上。我看了眼时间,已经到下午三点了,不知道肖玥什么时候会回来,我提醒陈沁抓紧时间。

为了赶进度,我们也顾不得留个人在外望风了,我和陈沁分开行动,各自钻进不同的房间寻找起来。肖玥家只住了他一个人,如果真有女性用品也比较容易被发现,唯一麻烦的是他放置的物品都摆得井井有条,我们翻找后还要还原。

在我认真寻找时,背后突然的一声犬吠让我吓了一跳,我回头看到多肉不知什么时候溜了进来,也不知道它是怎么从栏杆里拱进来的。我指了指门外的走廊,用上命令的口吻:"在那里待着,不准走开。"

多肉悻悻地走过去,趴在地板上干脆睡了起来。

找了不到一个小时,我一无所获,连根长点的头发都没有找到。我和陈沁在客厅里碰了面,她冲我摇了摇头,一筹莫展。我心里有些忐忑,不知道到底是肖玥心思缜密地销毁了男扮女装的道具,还是一开始我的猜测就是错的。

"林轩,怎么办?哪怕连一瓶粉底或香水都没有啊。"陈沁眉头拧了拧。

我攥紧手心,在脑海里极力寻找我所忽略的地方,肖玥、周箐、王苗,这三人的面孔在我脑海中轮番浮现。他们身上的每一个特点,说过的每一句话,像是外表简明、内面错综复杂的蚁巢一样,只能通过表面的每一个孔眼,去延伸想象背后细微的牵连。

香水……香水味!

我马上问陈沁,每一次见周箐的时候,是不是能闻到同样的香水味,而且很浓郁。

陈沁一头雾水,不明白我的意思。我再三询问,她才点了点头:"好像是的,味道挺冲鼻的,你怎么突然问这个?"

"有些气味不经过特殊的处理,是难以消除的,不管那天假扮周箐的人是谁,他穿过周箐的外套,里面的衣物一定留有周箐的香水味。"

陈沁半信半疑:"已经过去好几天了,衣服肯定换洗过了,气味还有吗?"

"有,你闻不到,它可以。"我抬起头,看了眼呼呼大睡的多肉。

我让陈沁打电话,让人把带着周箐身上香水味的东西拿过来,周箐现在仍在刑侦大队待着,取一件她身上的衣物不难。不过我提醒了陈沁,虽然现在咱们手里有搜查令,但肖玥不在家,强行搜屋可能会带来麻烦,所以帮忙的人必须值得信任,口风严谨。

陈沁的电话打给了苏梓航,半个小时后,苏梓航出现在了院子外。我见他身上还穿着白大褂,估计是得到消息后立即丢下手中的活赶过来的。

我把手从栏杆中伸了出去:"东西带来了吗?"

"带了。"苏梓航在口袋里掏了掏,摸出来半瓶香水递给我,"这是周箐的香水,林轩,你和陈沁到底在做什么啊?好像神神秘秘的,还不让跟别人说。"

我来不及解释,只让他在外面等我。可我转身还没走两步,脑后传来鞋子在石柱上摩擦的声音,回头一看,苏梓航已经攀到了柱顶上,颤颤巍巍,像是一支立在柱子上被劲风吹摆的竹竿。

这家伙仿佛是在表演一段高难度的杂技动作,看得我心惊胆战,赶忙提醒他小心一些。我话音刚落,苏梓航已经从上面跳了下来,脚在落地的瞬间扭了一下,他一屁股坐在地上,捂着脚腕呼痛。

我跑上前把他从地上扶了起来,他的白大褂上粘着黑乎乎的泥巴,我拍打了几下,结果越抹越脏。我搀扶着他朝屋里走去,陈沁站在门口,方才的一切她都看傻眼了,她指了指院门,说出一句让苏梓航尴尬的话:"你其实可以让林轩给你开门。"

我们进了屋子,我上楼把多肉拽了起来,拿出香水瓶晃了晃:"多肉,帮我个忙。"

多肉眼皮子抬了抬又闭上了,身子懒洋洋趴下去,一副饿得虚脱般有气无力的模样。我一只手撑着多肉，不让它趴下去，另一只手拧开了香水瓶盖，朝半空中喷了一下，挥了挥手，让气体流通不至于太刺鼻。

犬类对香水、香精之类的刺激性气味是很排斥的，这一喷，多肉顿时有了反应，从地上跳起来。

"快找找，屋子里有没有这种气味的东西？"

多肉在警犬队的任务主要是陪玩，让承受大量训练任务的警犬舒缓压力，从来没有刻意经受过嗅觉方面的引导训练。可现在玫瑰不在身边，我也没有时间再去调只警犬过来，一切的希望都只能寄托在多肉的身上。

我轻拍多肉的后背，温声道："多肉，你能行的，香水味道很明显，这不是什么很有难度的任务，玫瑰也是一点一点成长起来的，你和它一样优秀，我相信你可以做到的。"

我的话，似乎让多肉很受鼓舞。它站起身，高傲地抬起脖子，气质昂扬。我趁热打铁："回头我肯定要在贝丽面前夸赞你的英勇，贝丽不得对你倾慕有加啊？"

多肉好像真听懂了，撒开腿跑起来，钻进了某个房间里。我站起身准备跟出去，陈沁拉住我的手腕："林轩，有把握吗？"

方才我和多肉交流时，陈沁一直在旁边看着，全程没说话，我也没有想着避开她。这一次，她没有嘲讽我，而是问我有没有把握，似乎她已经对这样的我接受了。我看着她，她的眼神和以前也不一样，里面有信任，有亲近，而不是像看个怪物，原来她的眼中不仅仅只有冷冰冰。

面对这样的陈沁，我曾对她的抵触心理，顷刻间烟消云散，我甚至在心里隐隐感到高兴，陈沁在看到真实的我后居然没有耻笑我。

"放心吧。"我拍了拍自己的胸脯，信誓旦旦。

此刻天已经黑了下来，我估摸着肖玥可能快回来了。多肉在几个房间中来回辗转，似乎对要找寻的东西不是很确定。在这方面，受过训练的工作犬和普通犬天差地别。

"汪！"

我在走廊里听到了房间中多肉的声音传出来，连忙走过去，看到多肉蹲在衣柜边上，嘴里叼着一件白色的衬衣。衣柜中还有一些折叠整齐的衣物，这件衬衣原本也在其中，我接过衣服拿在手中细看，衣服不是新的，显然是经过清洗晾干后放进去的。

"确定吗？"我把衣服拿到鼻前闻了闻，感觉只有洗衣液的气味。

此时陈沁走了进来，看到我手中的衬衣，问我是不是这件，我点了点头。她接过去，展开仔细看了看："这衣服洗过了，还过去这么久，真的还有气味吗？"

我拿出周箐的那瓶香水，指着上面一行英文说道："香水按照浓度可分为五种，分别是香精、香水、淡香水、古龙水和清香水。一般人用的是香水，而香精赋香率最高可达普通香水的两倍，当然价格也更昂贵，很少人用，周箐用的正是这种。

"香精的持久时间很长，一般的清洗也无法彻底祛除干净，肖玥把其他东西都丢掉了，偏偏没有想到这一点，以为只要把衣服洗了就高枕无忧了，却不想我们闻不到的气味，在犬类嗅觉面前，根本不是什么难题。"

听完我的解释，陈沁露出难得一见的笑容："你懂得还挺多。"

"不仅警犬要进行气味训练，我们一样要对气味的分类和特点了如指掌。"

"咱们现在回去，让鉴定科的同事检测衣服是否有香精的成分。"陈沁找了张干净的塑料袋，把衬衣装了进去。

我把多肉弄乱的衣柜重新整理好，正准备和陈沁离开时，多肉突然扭头朝向屋外，嘴里发出"呼呼"的声音。

这声音是在警示，我心提到嗓子眼，赶紧捂住多肉的嘴让它别出声。与此同时，我听到了钥匙插入锁眼的声音，似乎是院子的那扇铁门。

"怎么办，苏梓航还在楼下客厅里。"陈沁递给我一个惴惴不安的眼神,我摆了摆手,让她别说话。

除了方才的声音,迟迟再未有其他动静传来,等了半天,院子的那扇铁门也没有开启。我意识到不对劲,冲下楼推开门,跑过院子,看到那扇院门只开启了一条小缝隙,没有人进来过。我又冲出院外,夜幕中一辆汽车的尾灯已经快离开我的视线范围。

是肖玥,他一定是意识到什么,逃走了。拴在院里的松狮,停在门前的车,还有多肉的叫声,都让他有所警觉。

我心里莫名有种不祥的预感,对迎面跑过来的陈沁说道:"你赶紧给队里打电话,抓肖玥。"

"怎么这么突然,证据还没确定呢。"

我未做解释,声音严肃几分:"听我的,抓!"

或许是我的眼神传递给了陈沁一些危机感,她迅速拿起电话联系刑侦大队,说明了情况,下达了对肖玥的抓捕指令。我回到别墅把苏梓航扶了出来,带上多肉,载上他们去队里。

到刑侦队时,队里的人早已出去执行行动,在办公室外,我不停徘徊,一个电话声就会让我心跳加速,可过去了几通电话,一个也没有关于肖玥的消息。多肉蹲在我旁边,看我像是上了发条一样来回走动,它探着脑袋,很好奇我究竟因何而困扰。其实我自己也说不出为什么,只是觉得有什么不好的事情要发生。

"林轩!"

正在我心乱之际,走廊暗处传来白楠的声音。我顺声看去,已经下班回家的白楠踩着高跟鞋艰难地朝我跑来,空荡的走廊里响起凌乱的"嗒嗒"声。她还没走近,就大声冲我喊道:"肖玥和王苗没有关系!是肖玥患有钟情妄想症。还有!杂物间那架摔毁的无人机不是他的,是大赛第一名失窃的那架!"

我听闻,心里如同被塞满火药点燃,彻底炸裂开。得不到的东西就要毁灭掉,肖玥的危险性正在于此!

"陈沁,我知道肖玥在什么地方!"我在门口猛拍了下办公室的门,一直在里面等待消息的陈沁连忙站起身。走到一半时她似乎想到了什么,又返回保险柜前,我看到她打开柜子取出了一个黑色的物件。

陈沁坐上我的车,我把车朝靖城人民医院的方向开了过去,那是王苗所在的医院。到达医院住院部后,我迅速扫视了一眼周围,没有看到肖玥的车。

住院部的正门不时有人进出,我把车停在门前空地上,留意着每一位经过的人,不知道肖玥会不会混在其中。过了一会儿,一位保安示意我车不能停在这里,让我把车开到后面的停车场里。

我停好车,让陈沁去王苗的病房守候,我在外面埋伏。刚一下车,耳畔突然传来"嗡嗡"的声响,声音是在天上,我抬起头,看到夜幕中一个黑影盘旋在空中,黑影底部闪烁着红灯,是一架无人机。

我有些奇怪为什么医院里会有无人机飞行,或许是住院部的哪位病人操纵的玩具吧。我跟上陈沁准备离开这儿,没走两步我又停了下来,发觉有些不对劲,连忙抬头再看了一眼,心里咯噔了一下。

根据黑影的轮廓,可以判断这架无人机比普通的航拍无人机要大了许多。像是老天给我了提示,我联想到了肖玥家的那些奖项,又想到了王苗家附近地面上那些毫无规律的汽油滴落点,还有没有留下任何作案痕迹的火灾现场,种种迹象在此刻得以串联。

"陈沁!那天的火,真的是从天上点着的!"我大喊一身叫住陈沁,抬手指向天空中的黑影。

陈沁脚步骤停,往天上一看,心里应该是明白了我的话。

那道黑影,朝着住院楼的方向移动,此刻已经是晚上十点左右,病房里的病人大多早已休息,没人察觉到悄然接近的危险。在快要接近大楼时,无人机开始下降,我这才能看清楚它的样貌,它的底部悬挂着一个小桶,桶上有个类似于长嘴壶的壶嘴。我想,桶里一定装满了汽油,只要操纵无人机倾斜,里面的易燃液体就能倒出来。

"六楼是王苗的病房!"陈沁急忙掏出手机拨通王苗的电话,片刻后又摇了摇头:"应该是睡着了,没人接,我上楼去救她。"

"来不及了。"我转身望向了停车场后面的小树林,"他一定就在附近!"

我低头看了眼多肉,带着它走到我的车尾处,打开了油箱盖。我伸出手掌在进油口挥了挥,然后指向小树林对多肉说:"汽油味,找汽油味的东西!"

多肉蹲在地上,茫然看了眼四周,又把头埋了下去。

犬类的视敏度没有人类高,它们在20英尺处看到的,相当于正常视力的人在75英尺看到的,夜晚的环境更影响了犬类的视力,所以多肉无法看到那片小树林。我蹲下身,手抚摸着多肉的脑袋:"用嗅觉,多肉,相信我,你只需要勇敢地向前奔跑,气味会为你指引方向!"

多肉两只尖尖的耳朵竖起来,脑袋扭向我所指的方向,我在它的后背轻拍了两下,多肉后腿一蹬,烟灰色的身影冲入远处的黑暗中。

"林轩,快把前面的人疏散了!"

靠近住院楼的车位上停着一些车,还有两三个人正从车上走下来,头上就是无人机,十分危险。我听到陈沁的声音,站起身跑了过去,将那些人疏散到安全区域。

我回到陈沁身边,见她忽然并拢着双手抬向了天空,在她的手中,一把92式手枪的枪口对准了天上的无人机。陈沁微眯着眼睛,拇指拨开了手枪保险,食指往后一勾,扣动了扳机。

"砰!"

一声猝不及防的巨响就在我耳边骤响,一道清晰的火焰从枪口窜出来。

子弹划过夜空,准确无误地击中了那架无人机的油箱,"轰"的一声,无人机瞬间就被一团火球包裹。爆炸的同时，油箱内的汽油倾泻而下，如同有人在空中画出了一条无比真实的火瀑布。

我离陈沁不到三米的距离，枪响时全然没有做好准备，以至于脑袋被震得嗡嗡直响，接下来的爆炸声更是让我险些晕厥。我脚步一阵虚浮，像是踩着一团棉花，我捂着脑袋蹲下身，灼烧的火药味钻入我的鼻腔，让我头痛欲裂。

紧接着，我的大脑仿佛被人按下了播放键，四周喧嚣声以潮水决堤之势涌入我的脑海里，声音混杂无比。一切仿佛回到了我小时候，我静坐在空无一人的房间里，却身如闹市之中，无数男女老少的声音在我脑海里回荡，我却连一个也辨听不清。

面前的陈沁收好枪，看到了我蹲在地上面露痛苦之色，急忙奔过来，双手抓住了我的手腕。我能看到她的嘴唇张张合合，却听不到她的声音，她的脸色变得担忧起来，我甚至能看到眼泪在她眼眶中打转。

"太吵了……真的太吵了。"我嘴里重复着这句话，实在难受，甚至想捡起地上的树枝戳破我自己的耳膜。

可我又知道，这么做也是无济于事。

我埋下头，努力用意志力去抵抗。陈沁伸出手掌按住了我的耳郭，用力按压，似乎想帮我隔绝那些声音。她托起我的脑袋，直视着我的眼睛，我凝望着她那双清澈的眸子，脑中的混响居然有所消减。

"阿轩！快过来，找到了！"

脑海里传来一个陌生的声音，伴随而来的还有多肉的叫声，我用手撑着地面站起身，往那片小树林望了过去，是那个方向在朝我呼唤。此刻四周已经安静了下来，只有无人机残骸的燃烧声和闻讯而来的保安操作着灭火器喷射的声响。

我担心多肉会遇到危险，于是赶紧跑向树林。陈沁还没有从方才的慌张中回过神来，着急地冲我喊着我的名字。

我径直穿过停车场，脚步迈进树林，我寻着多肉的声音跑去，看到树林后一块宽敞的空地上停着一辆车，肖玥手里拿着一个遥控器，呆呆地靠在后备厢上。多肉拦在肖玥身前，寸步不离，不过我看肖玥也没有想逃跑的举动。

　　我走到肖玥面前，气喘吁吁。肖玥抬头看向我，语气平淡地说道："你觉得，像我们这样的人，真的能被正常人接纳吗？"

　　肖玥用上了"我们"这个词，把我归入其中，他应该也从我身上感受到了什么。我没有回答他的问题，他抬头望向了悬在天上的月亮，月光印在他苍白的脸上，他自言自语地说道："朋友，亲人，恋人，这些别人触手可及的东西，我们却永远也得不到。我努力让自己变得优秀，可他们还是戴着有色眼镜看我，觉得我是富二代，我拥有的根本不是我自己努力得到的，就算我拼尽所有，也得不到认可，而他们却能轻而易举地拥有。"

　　"所以，那些我们拼命也得不到的东西，却被别人随意践踏，是不是很不公平？"肖玥再次看向了我，眼神让我打了个寒战。

　　我不知道肖玥经历过怎样的人生，也不知道他现在是不是清醒的状态，所以我无法回答他的任何问题。不过我听了他的话，心里突然好像明白了些什么。我看到的肖玥那天在病房外担忧地探视，潜意识里对王苗的情意，包括对伤害王苗的周筝进行报复、诬陷，种种一切，像是在告诉我，肖玥其实是爱王苗的。

　　可是他们在正常人的眼中，是两个阶层的存在，成绩优秀、家境殷实的肖玥和相貌普通、家境贫困的王苗如果在一起，注定会受到非议。肖玥于王苗，会被认定为玩弄，王苗于肖玥，会被认定为拜金，所以会有无数个周筝去拆散他们。在这些的影响下，一份普通的情感，也成了肖玥不可企及的存在。我想，和砸毁无人机的行为一样，肖玥伤害王苗的原因正基于其偏执的极端心态。长期以来的偏见，加重了其扭曲的变态心理。

　　究竟肖玥是恶魔，还是这个世界本就是魔窟？我想有着不同经历的人会给予不同的答案吧。

陈沁带着驻守医院的社区警察赶了过来，给肖玥戴上手铐押上了车。我以为陈沁会亲自把肖玥带回去，结果她又从车上跳了下来，一把拽住我手腕，不由分说地把我拉着走。

"你干吗？"

"带你去医院检查。"

我停下脚步，把手抽了出来，摇了摇头："不用了，我知道我自己的情况。"

"你知道？你为什么不早点去医院治疗，你不觉得这样下去会很危险吗！"陈沁当着很多人的面把我训斥了一顿。

我等她说完，指了指载着肖玥的那辆车："我现在没事了，张队还等着你交差呢，下次吧。"

陈沁还想说些什么，我摆了摆手，说自己有些累，想回去休息。我带多肉上了车，在陈沁焦灼的眼神之下离开了停车场。

回到宿舍，我冲了个热水澡，想温热的水流冲刷掉我的痛苦。可当我躺在床上，身上水汽的余温逐渐消散后，我才发现我的痛苦没有丝毫的减轻。

刚才陈沁要带我去检查时，我平和地拒绝了她，其实那是我刻意压制了情绪。对我来说，枪响后发生的那一切，我现在想来仍然心有余悸。原来我以为自己悲惨的命运中尚存一丝幸运，至少我摆脱了那让我痛苦不堪的折磨。可现在我才明白，自始至终都没有，从幼年到现在，我的病从未好过。

被揭开的伤疤

第二天我去了刑侦大队,找到张震,询问关于火场抛尸案的进展。那起案子已经引起了上级的重视,以此为由重组了当年的"7.23"连环凶案专案组。因为这次作案,凶手留下了比以往更多的蛛丝马迹,我听说省厅的领导都下了死命令,一定要趁机追击把凶手缉拿归案。

张震似乎很忙,只告诉我已经在根据监控拍到的凶手体征进行排查了。他接了个电话要去开会,让我在他办公室里待着,我等了一会儿,没等来张震,陈沁却拿着一份审讯记录走了进来。

陈沁跟我说了说肖玥的作案经过,一切都按照我推测的那样。那天肖玥灌醉了周箐,冒充周箐特意绕远路去加劣质汽油,就是为了留下线索,从而报复周箐。肖玥对无人机的桨叶进行过降噪优化设计,噪音较小,居民楼住户熟睡后不易发现,无人机上安装了激光点火装置,肖玥完全不用靠近。火场附近滴落的汽油点,是无人机悬挂的油箱在空中洒落出来的,坠落过程受到风力影响,所以看起来毫无规律。

而王苗家附近那只流浪狗告诉我的汽油点,是肖玥那晚停车操纵无人机的地点,肖玥在那里进行了汽油的灌装,所以气味遗留最为明显,这也是我让多肉根据汽油味找到肖玥的原因。

肖玥的不在场证明也是伪造的，他提前偷偷离开了发布会，还和另一位参会人员交换了车辆，所以之前陈沁查询车辆的监控也没有发现破绽。

陈沁把材料放在张震的桌上，朝我勾了勾手，示意我跟她出去。我跟着她下楼到了一间办公室，以为她要跟我谈些什么，结果她在门口把我往里一推，"哐当"一声带上门。我拧了拧门把手，发现陈沁从外面把门锁了。

"林轩，有些事我想我们得谈一谈。"我正觉得莫名其妙，背后传来个女人的声音。

我回过头，看到白楠端坐在椅子上，面前放了一堆文件，她脸色严肃，似乎接下来要说的事情很重要。

"什么事？为什么要把我关在这里说？"我在她对面坐了下来。

"昨天你的情况，陈沁跟我说过了，我没想到你现在的病情这么严重了。"

我喉咙哽了哽，装作一副若无其事的表情："什么情况？我这么健康，有什么病啊？"

"不用隐瞒了，大家都心知肚明。"白楠向我探近了一些，给了我一些压迫感，"你认为你能听到动物的语言，觉得它们能和人一样跟你交流，你有没有想过，这是根本不可能的事情？"

我硬挤出一道笑容："世界智商排行前十的犬种，大部分听到新指令5次就会了解其含义并轻易记住，再次下达指令时，它们遵守的概率高达95%。只要足够了解它们，怎么就不能像人一样与它们交流？再说了，我觉得这个世界上没什么不可能的事情，只是你没有遇见或者经历过而已。"

"我……我的意思不是说你跟它们无法交流。"白楠停顿了几秒重新组织语言，"我是想说，你觉得你能听到它们与你对话这件事，是不可能的。当然，我知道站在你的角度，我的话有错，但是请你相信我，这并非现实，只是有另一种原因。"

白楠已经好几次看见我自言自语和犬对话了，其实除了她，我自己也觉得有时候和玫瑰、多肉在一块时，分不清虚幻与现实。我总是认为我能听懂它们的话，甚至脑海里会蹦出一些陌生的声音，在我清醒时，我只能安慰自己这一切只是我的臆想，可又真实地让我害怕。

白楠盯着我，像是读懂了我内心所想一样，问道："林轩，你是不是有时候会听到一些言语，但是身边却没有任何人？"

我有些心虚："你到底想说什么？"

"那是幻听，准确来说是精神分裂带来的假性幻听，所以声音是直接出现在你脑中的。"白楠把桌上的材料推到我面前，手指在纸上滑动，"这一点是早期出现在你身上的病症，我去你幼年时治疗过的医院查阅过诊疗记录，这上面医生诊断你所听到的那些嘈杂声就是幻听导致。"

我扫了一眼纸上的文字，没有仔细去看："不会的，我听到的声音是有思维性的。"

"那是读心症，也叫洞悉妄想，是一种继发于幻听的症状。"我的话似乎让白楠加重了疑虑，她凝重地看着我，像是一位正在下达病危通知书的医生，"我和你以前的老师沟通过，她说你小时候被同伴孤立过，身边没什么朋友，所以你迫切希望有人能够跟你说话，于是你通过动物这一媒介来实现这个愿望。你所听到的声音其实是你自己潜意识里制造出来的，把心里的某些想法通过这些虚拟的声音再传达给自己。"

听完白楠的话，我表面上波澜不惊，实则心里已经乱了起来。我很紧张，我不希望自己的精神状态暴露在外人眼里，这种感觉就像我努力戴着伪装成正常人的面具，又被人一把扯开了一样。

"陈沁什么事都和你说过了对吧。"我余光瞥了一眼门，我想陈沁此刻一定把耳朵贴在门上，偷听着我们的谈话。我知道是我昨晚的表现，让陈沁有所紧张，这才跟白楠联合到一起。

我看着白楠，心乱如麻，一方面我觉得她说得不对，可我又无力反驳；另一方面，我觉得我的心思已经在她面前完全敞开，她好像会读心术一样，让我毫无秘密可言。

我开始坐立不安,想逃离这里,于是我站起身,不顾背后白楠的阻拦,走到了门前。我用力敲了敲门,冲外喊道:"你不开门,我就把它撞开。"

"咔嚓"一声,门把手拧动了一下,陈沁在外面打开了门。但她还是拦在我面前,面露焦灼地说道:"林轩,我们没有恶意,我们只是想让你弄清现实,趁早得到治疗。"

"我的事不用你管!"

我推开陈沁,迈开腿往楼道里跑,然后一口气跑下了楼回到车上。我紧绷着脸开车上路,在快要到宿舍时,我瞥了一眼后视镜,发现陈沁的车居然跟在后面。

呵!这女人怎么跟狗皮膏药一样甩不掉!

我下车时,陈沁正好也从后面追过来,我们隔着一段距离,互相都不搭理。直到我上楼打开门,一只手突然从我身后伸出来抓住了门框,往外一拉,陈沁先我一步走进了屋里。

屋里的多肉听到动静,风风火火地跑了过来,人来疯一样,围着陈沁乱转,蹦来蹦去。陈沁揉了揉多肉的脑袋,往屋内张望了几眼,扭头问我:"玫瑰的伤痊愈了吗?"

我点了点头,从柜子里找出碗和狗粮,倒了一些端到了玫瑰面前。玫瑰没有吃,眼神在我和陈沁身上来回,好像看出了我们两人之间的隔阂一样。

当着陈沁的面,我不方便告诉玫瑰实情。我给多肉喂食,清扫地板上的毛发,整理被多肉弄乱的沙发,完全把陈沁当成了空气。对于我的怠慢,陈沁似乎没放在心上,她自顾自地在我的宿舍里来回走动,一会儿翻翻我桌上的摆件,一会儿拨拨我养在阳台上的小植物,临了还抱起双臂对我的生活起居评价一番。

她走进我卧室里,目光放到我书桌上的一个相框上,她径直走了过去,拿起相框看了一眼，转身笑着对我说道："没想到啊，你居然还会笑，这照片里的人和你简直判若两人啊。"

相框里的照片，是我和林汐的，自从上次我找出来后就一直放在桌上。

"别动这个。"我板起脸说道。

"这么小气。"陈沁嘀咕了一声，把相框重新放在桌上，眼神却没从上面挪开。

紧接着，我发现陈沁的脸色忽然有些不对劲，她伸手又把相框拿到手中，转身问我："这个女孩就是你妹妹？"

这一次我没有制止她，因为我看到她的表情很惊讶，似乎这张照片中蕴藏着什么骇人听闻的秘密一样。

林汐是我妹妹这件事，是我让张震替我保密的，所以陈沁只知道我有一个失踪的妹妹，却不知道是林汐。我走到陈沁面前，端视了一眼照片，再把目光挪向陈沁："你认识她？"

陈沁摇了摇头，欲言又止。她又来回把照片看了几遍，感喟道："真没想到，她就是你妹妹……"

"你到底什么意思，你是不是知道些什么？"我有些不耐烦，加重了语气。

"林轩，你跟我来，我带你去个地方。"

陈沁丢下一句话，转身就朝门外走去，完全不给我考虑的机会。我有些犹豫不决，但不得不说，陈沁的话已经勾起了我的好奇心，我只能跟着她走出了宿舍。

我坐上陈沁的车，她没有调出导航就直接开车上路，显然对目的地位置十分熟悉。直到她把车停进了某个小区的地下停车场，又拿出包里的卡打开了楼栋的门禁，我才恍然大悟，陈沁这是把我带到她家来了。

我跟她上了楼，开门时我警惕地透过门缝朝里望了望："你不会又要把我关在里面吧？"

陈沁瞪了我一眼，换鞋进了屋。我小心翼翼地走了进去，快速扫了一眼房间的样式，陈沁家的格局挺大，收拾得干净整洁，看起来挺温馨的，不过厨房台架上空落落的，缺了点烟火气——我想她平时也没什么时间自己做饭吃。

我见陈沁默不作声地走进了一个房间，连忙跟上。这间房应该是她工作的地方，里面挺乱，书桌上到处堆着纸张和文件夹，完全不能和客厅相比，由此也能看出她平常的工作状态。在靠窗的位置，有一块立板，被一张黑色的布盖着，陈沁走上去抓起黑布的一角，手往上一抬就把它掀了起来，阳光充裕的房间里顿时扬起铺天盖地的细小灰尘。

我伸手在鼻前挥了挥，走近一看，这块板上写着密密麻麻的文字，还粘贴着一些年轻女性的照片，每个照片下写了年份，最左边的已经年份久远，从左往右，年份依次递增。照片和文字上覆盖着一层薄薄的灰，意味着这块板已经在这儿放置了很久，不过我留意到，最右边的照片和文字的笔迹都很新，应该是不久前刚放上去的。

最右边的照片我有些眼熟，仔细回想后才知道这是上次在按摩店时，那个中年妇女给我看过的桃红的照片。我心中逐渐有所眉目，这些照片应该是连环凶案中所有的遇害者。

当我的目光从桃红的照片挪到它旁边的一张照片时，我的眼瞳突然一阵刺痛，心口像是中了一支冷箭，冷战由此蔓延全身。

那张照片居然是林汐的。

照片下的年月正是林汐失踪的日期，和其他照片不同，这一张被红色的圈框着，圈旁还画着问号。我稍做镇定后立即回头问陈沁这到底是什么意思。

"'7.23'案，是靖城每个警察的耻辱。这么多年来这个案件一直没破获，大家虽然嘴上不愿意提及，但是每个人都没有忘记这个案子，每年张队都会把这起案件拿出来当作头号任务，关于这起案子的卷宗，堆起来都有半人高。大家这些年一直没有放弃，凶手越是销声匿迹，大伙越是紧张，就怕哪天凶手真的躲到寿终正寝了，那咱们一辈子都在被害者家属面前抬不起头。"

陈沁坐了下来，脸色黯然："林汐的失踪案，是我参加工作后碰到的第一个大案，那时是我师父带着我。我还记得那是个夏天，刑侦队顶着烈日搜城，整整七天，每天都有一两个同志晕倒去医院，大家之所以这么拼命，就是因为林汐失踪案出现的时机和连环凶案时间规律相吻合，那时每年都会有一名女孩遇害，林汐失踪的时间正好与上一名被害者遇害时间相隔一年左右，所以大家担心是凶手再次作案，一定要第一时间找到凶手遗留的线索。

"可是林汐失踪后再无音讯，也没有发现过她的尸体，而自从上一名遇害的女孩尸体出现后，凶手再也没有作案，人间蒸发了一样，不知死活。连环凶案以往的死者，都会被凶手抛弃到并不偏僻的位置，那些生前受过非人折磨、死状惨烈的尸体，被凶手当作作品展示出来，也可能是对警方的挑衅。而林汐不一样，所以后来大家都觉得林汐只是单纯的失踪，跟'7.23'案没有关联，凶手应该是残害最后一名女孩之后就消失了。"

"但是你不这么认为，是吧？"我声音颤抖，看了一眼立板上林汐的照片。这是时隔这么多年后，我第一次从参与过林汐失踪案的办案人员口中了解到当年的经过。陈沁的口述，让我明晰地知道了两起案件的牵连。

陈沁没有直面回答我的话，她抽出一张纸擦了擦照片上面的灰："我只是觉得林汐失踪的时间点和案子有些巧合，所以我心里有个想法，那就是林汐或许并不是失踪那么简单，她可能才是连环凶案的最后一名遇害者，也是因为她，凶手才会销声匿迹这么多年。"

我发现陈沁说这番话时一直偷偷看着我，或许她觉得这些话会打破我这些年来的坚持。但是对我来说，陈沁这个想法，是我之前就已经考虑到的，她的话再次给我明确了方向，林汐到底怎么了，或许只有找到凶手，从他口中问出来。

我凝视着陈沁的脸庞，命运就是存有这么多的巧合，或许四年前我跪在那些警察面前时，她就站在附近看着我的背影，我们也许在不经意间曾有过一次跨越时间和空间的对视。现在，她的脸上已无青涩，早已不是当年那个新手警察，而我，在经历悲伤赋予我的磨炼之后，已不再像以前那样容易被击垮。

陈沁迎着我的目光，几秒后脸就红了下来，头一埋："你看什么？"

"陈沁，帮我。"我用上了恳求的语气，这一次我们已经无比接近凶手了，这是最好的机会，但是我一个人肯定无法做到。

"不用你说，我之前就已经答应过你了。"陈沁起身拍了拍我的肩膀，"饿了吧，我点外卖，想吃什么？"

"不用，冰箱里还有东西吗？我来做。"我起身向厨房走去，对于之前对待陈沁的态度，我有所歉意。

我给陈沁做了顿本地菜，陈沁赞不绝口。晚饭后，她开车把我送回了警犬基地。我下车时，她突然问我："林轩，我们建议你去治疗，为什么你很反感？"

我愣了一下，仿佛心里刻意埋藏的心绪被挖掘了出来，让我忐忑不安。我按住车门的手僵住了，一时间陷入困境，不知所措。

见我这个样子，陈沁叹了口气："你要是不想说就算了。"

"因为我害怕失去……"我张开嘴唇，艰难地把话说出来，"我没有朋友，只有多肉和玫瑰陪着我，有些话，我能向它们倾诉并得到回应。如果一切像白楠说的，意味着我将失去这样的机会。"

"天天帮你照顾玫瑰和多肉，还帮你收拾房间，在玫瑰受伤时替你照料的赵思思，不算是你的朋友吗？"

"那不一样。"我语气有些不坚决。

"帮着你找你妹妹的下落，在张队面前替你担保，不惜违反规定跟你闯入私宅的苏梓航，还有动用自己人脉找到你以前的医生沟通病情，一晚上不睡觉去了解你过去的白楠，不算是你的朋友吗？"陈沁没有说出自己的名字，但是她热切的眼神已经代替了言语。

我哑口无言，轻轻关上车门，加快脚步走进楼道。陈沁的话，让我开始重新思考自己对待别人的态度，正视我个人的问题，或许我身上的刺是应该收敛起来了。

方才在陈沁家，陈沁告诉我她师父曾是"7.23"案专案组成员，从第一名受害者出现时就接手了这起案子，同时也主导调查过林汐的失踪案，是一名经验十分丰富的老警察。虽然对方已经退休几年了，但是很熟悉当年案子到底是怎样侦办的，他或许能够给我们指引一些方向。

我和陈沁约好第二天中午去拜访她的师父。她提前买了一些水果和酒菜，带着我去她师父家吃午饭。陈沁的师父叫陈庆松，大家都叫他陈队，在靖城公安系统工作了二十多年。二十世纪九十年代，他在抓一名犯罪嫌疑人时右手被砍过一刀，手部落了残疾，捏不住枪。听说也正是这个原因，陈庆松原本的升职机会也让给了别人，他索性就在队里待到了退休。

陈队现在住的还是单位十多年前分的职工房，位置离市局不远，陈沁只要有时间都会去他家看望。陈沁告诉我，他俩一个姓，陈队正好跟她父亲年龄差不多，她刚到市局时什么都不懂，是陈庆松一点一滴教她的，平常对她也很照顾，单位里一些同事都笑称他们是父女。

陈沁带着我轻车熟路绕过几条巷子，找到了一栋老旧的楼房。此时正是饭点，一位老婆婆正在用放在楼道里的炉子生火做饭，狭窄的楼道里诱人的骨头汤味和蜂窝煤燃烧的冲鼻气味交杂在一起，一下子将我的思绪拉到了二十年前。陈沁跟老人打了声招呼，上楼敲了敲门，那扇饱经岁月沧桑的轻薄的木门发出"吱吖"的声响后启开了，一位头发有些稀疏的老人从后面探出了脑袋。

陈庆松的样子比他实际年龄要老一些，额头上的皱纹如同沟壑一样，那只受过伤的手按着门，连带着木门一起微微颤抖。他看到陈沁后，原本紧锁的眉头舒展开来，接过陈沁手里的东西，热情地把我们迎进了屋。

我进屋后才发现屋里连个沙发都没有，屋里家具、家电都是些旧的，全然感觉不到丁点现代气息。陈沁见我木愣愣的，把我推到陈庆松面前做了下介绍，又偷偷捏了我一把，给我使眼色让我表现自然点。

我没理陈沁，目光定在了桌子上相框里的黑白照片，照片里是个年轻的女人，穿着很有年代感的服饰。相框前摆放着一个小铁壶，壶里积着香灰，我悄悄问陈沁那桌上的遗像是谁的，结果我这话好像触犯了什么禁忌，陈沁狠狠地瞪了我一眼，厉声让我别多嘴。

"来来，你们坐下来吃饭，别客气。"陈队把我和陈沁拉到餐桌旁，自个儿却没坐下来。他端起桌上的一碗饭，夹了些菜，转身走向另一个房间，冲着里面喊道："涛涛，吃饭了。"

那间房没有门，只有一张藏青色的布作为隔断。陈庆松掀开布的一瞬间，我看到房间里呆坐着一个男人，面朝着窗外，干看着天空。尽管他坐在椅子上，还是能从腿长看出来他个子不高，他头发似乎有段时间没有打理过，额前的头发几乎快盖住了眼睛。从我们进屋到现在，他在里面都没有发出过动静，似乎干坐了很久，陈队也没有让他出来给我们打招呼的意思，只是把饭端到了他面前。

陈庆松很快又从那间房里走了出来，坐在了我对面，不好意思地说道："涛涛不爱跟外人讲话，你们别见怪。小林，咱们第一次见，喝点儿吧。"

陈庆松把一盏玻璃杯递给我了，我正想说我不喝酒，陈沁已经抓起酒瓶给我满上了一杯。我硬着头皮抿了一小口，热辣的酒液顺着我的喉咙往下灌，随后血液流动加速，浑身燥热起来。

我喘了喘气，把酒杯推到一边，向陈庆松问道："陈队，我听陈沁说，您当年侦办过'7.23'连环凶案，后来也参与过林汐失踪案的搜查，我想跟您了解下这些案子当年的情况。"

不知道为什么，当我说出这句话时，我留意到陈庆松端着酒杯的手忽然抖动了一下，很细微，只是酒杯中液体的荡动放大了这一细小的举动。

陈庆松的脸色变了，我以为是我方才的话牵动了他内心不愿提及的往事。这么多年来，这两起案子都没有任何进展，我想作为负责侦办它们的警察，陈庆松当初面临的压力和受到的非议要更大一些。况且"7.23"案所跨越的时长，正是陈庆松警察生涯的尾声，一辈子秉承"重案必破，不破不休"的他，直到退休时也没有找到犯罪嫌疑人，这可能是他一生的遗憾。

陈庆松闷声喝了口酒，盯着空酒杯说道："这些案子并非是我一个经办的，我所知道的事情都已经记录成卷宗交接给同事了，事情过去那么久，我能想起来的，可能还不及卷宗里记载的。"

"卷宗我和陈沁都看过了，案子侦办的过程倒是很详细，可是有些地方却没有提及，比如凶手为什么会突然停止作案，凶手作案手法的特殊性有没有可能印证凶手的精神状态，还有林汐失踪的时间点，到底和'7.23'案有没有关系？"

"我觉得没有关系。"陈庆松避开了其他问题，只回答了最后一个，"那女孩的失踪看似和连环凶案有牵连，但是从后续来看，其实是两起案子，既然你和陈沁的想法是一样的，我想她也把两起案子的差异性告诉给你了。除此之外，女孩失踪那年正值青春期，谁又能说她不会是离家出走，或者喜欢上某人，偷偷去了另外的城市？"

"这绝对不可能的。"我不知不觉咬紧了牙关。

"你怎么能肯定？"陈庆松目光炯炯地看了眼我，似乎想到了什么，转而问陈沁，"你们怎么突然问起这些，是不是案子有进展了？"

陈庆松已经退休，有些涉及案件重要机密的事情，按规定是不应该告诉他的。所以对于他的问题，陈沁选择保密，没有透露新的受害者产生，更没有说出已经拍到了嫌疑人的身形，只告诉他，我就是林汐的哥哥。

再看向我时，陈庆松的眼神已经不像方才那般明晰，而是变得意味不明。我知道他是意外于我的身份，可能也误会我这次过来是兴师问罪的。我主动给陈庆松倒了杯酒："陈队，不管林汐失踪是什么原因，我想知道你们后续有没有找到能证明林汐是否遇害的线索，或者说，有什么能暗示她是离家出走吗？"

"我方才的话只是我个人的猜测，你是林汐的哥哥，她当年会做出怎样的选择，你是最清楚的。至于你问的后续，我就无从告知了，因为第二年我就申请提前退休了。"

听闻这话，我有些失落，原本以为能从陈沁师父这里得到帮助，现在反而因为他，让我原本坚信的东西又被动摇了。我能肯定林汐不可能是离家出走，更不可能跟人私奔，但如果是其他的原因，比如诱拐、传销，我的确没有办法否决这些可能性。

并肩作战

我心事重重地吃完这顿饭，拉着陈沁离开了陈庆松家。可能是感受到我低落的情绪，陈沁安慰我，说："你一上来就否决当年专案组共同研讨得出来的结论，陈队当然要给你泼凉水。这事不能急于求成，坚持自己方向的同时也要尊重老前辈的努力付出。"

站在楼下，我抬头望了一眼陈庆松家那扇因破旧而显眼的门，问陈沁："刚才在屋里，你为什么拦着我说话？"

"你是问遗像中的女人？"

见我点头，陈沁叹了口气："那是陈队的妻子，很早前就患有抑郁症，有过很多次自杀行为，陈队曾经带她治疗过，没什么效果。有一次那个女人把自己的儿子也带着去自杀，被陈队找到后，陈队再也不许她碰孩子，把她单独关了起来，没多久那女人就自个儿跳楼了。

"这些都是以前我刚进队里时，听队里的前辈说道的，具体的情况我也不了解，但是我们都知道这件事不能当着陈队的面提。那女人死后，陈队一个人把儿子带大，就是方才陈队进屋给送饭的那个男人，小名叫涛涛，可能是受母亲的影响，涛涛从小就不跟人讲话，成天在家发呆，也正是这个原因，陈队才申请提前退休。"

陈沁说完，似乎还有些不放心，一再叮嘱我不要在陈队面前再提这件事，以免陈队伤心。

陈沁准备开车送我回去时接到队里打来的电话，通知她去市局参与连环凶案的研讨会，我提出希望一同参与，陈沁很爽快地答应了我。我们到达会议厅时，里面已经坐满了人，大多都是生面孔，陈沁悄声跟我说这些人中很多都是公安体系极具权威的老前辈，当年是专案组的成员，后来案子断了，这些人也就回到了各自的岗位，这次能再凑齐也挺不容易。

我找了个角落的位置坐下来，没过一会儿就听到张震的声音从头顶上的音响中传了出来。现场安静了一些，各部门开始有序地汇报案件进展，接着那些曾经的专案组成员讨论起对火场抛尸案的看法。

我听了一会儿，专案组的意见可以大致分为两派，一边觉得案子确实是"7.23"连环凶案凶手所为，凶手沉寂了这么久再作案，接下来可能是凶手作案的爆发期，极具危险性，要广撒网，不惜一切代价找到凶手；另一边则觉得这起案子可能是模仿作案，所以抛尸手法有区别，真正的凶手或许早已经不在世了。

两派各执一词，有理有据，一时间谁也说服不了谁。我默默地站起身来，几秒之后大家的目光全都带着诧异聚集到我身上，会议厅顿时安静下来。

身边的陈沁拽了拽我的手："你干吗？"

张震之前没有注意到我的到来，所以他愣了一下才跟大家介绍我的身份，随后问道："小林，你是有话要说吗？"

我的手指不自然地收紧了几分，咽了好几次口水，终于鼓起勇气说道："我想说，大家或许从一开始就走错了方向。"

"什么意思？"张震浓厚的眉毛挑了挑。

"我听大家围绕的争论点，主要是凶手作案手法的改变。大家有没有想过，也许你们认为的当年的最后一名受害者并非是最后一名，而是之后还有一名受害者产生？"

此话一出，大家都明白了我的意思，顿时一片哗然。陈沁拧着眉头，加大拉拽我的力度，压低声音说着："林轩，咱们还没有证实，这只是我们的推测！"

我甩开了陈沁的手，继续说道："当年最后的遇害者，是一名叫作林汐的女孩。凶手这一次作案的改变并不是贸然的，而是在上一次作案的时候发生了意外，让凶手的心态发生了转变，凶手这次比以往显得更胆怯，也是那次意外所导致的惧怕。"

正如陈沁说的，我没有办法证明我的话，但是我心中所想的，今天一定要说出来，这是我最好的机会。林汐是失踪，和别的受害者不同，虽然有很多不确定的因素造成这样的结果，可能是凶手作案未遂，也可能是凶手在作案过程中遗留下销毁不掉的证据，但是总归来说都是作案过程中产生的意外导致。

我把林汐的失踪时间和"7.23"连环凶案所有死者遇害的时间一一列了出来。张震等我把话说完后，黑着脸起身走到了我身边："既然你觉得我们所有人当年的判断是错的，那你能拿出证据证明你现在的话吗？"

我咽了口唾沫，在所有人如炬的目光之下陷入了沉默。张震轻拍了下我的肩膀："林轩，你的心情我能够理解，但是咱们公安办案，可不能这么任性地确定一个案件的走向。你说凶手在最后一次作案中发生了意外，没有成功，那你解释一下，凶手为什么不再继续作案呢？毕竟凶手之前的连续作案是非常有时间规律的，这一点不容易改变，而且事实也证明了，凶手并没有终止作案。"

猎人不可能因为一只逃脱的猎物而放弃捕猎，一位连环凶手同样也不会因为一次作案的失败而放弃行凶，正常来说凶手会继续物色下一位受害者。另外，如果没有这次火场抛尸案的发生，或许可以说明凶手因那次意外而丧生或失去行动能力。张震巧妙地运用这两点的联系给我出了一道难题，我要么给予解释，要么就要站到模仿作案的观点那一边——这样一来又跟我刚才的言论自相矛盾了。

我额头上沁出了密密麻麻的汗珠，在经验丰富的张震面前，我还是太稚嫩了。我沉默了一番，正有落荒而逃的想法时，余光瞥见陈沁紧绷着脸冲着我摇头，似乎在提示我什么。

我静下心再去拆分张震的话，顿时恍然大悟起来。陈沁是想告诉我，别顺着张震的意思往下走，会被他带偏。

我攥紧手指说道："我的意思并不是说凶手因为意外而终止作案了，至于他当年为什么不再物色新的受害者，就像我刚才说的那样，凶手当时留下了破绽，可能是被路边的监控拍到了，也可能是被某位目击者看见，或者凶手留下了自己的人体组织，这些可能性让凶手害怕，所以才藏匿这么久，想看看他所遗留的线索有没有浮出水面。事实证明他没有被发现，但他再次作案时还是有所警惕，于是抛尸火场，毁尸灭迹。"

张震微眯着眼睛摇了摇头："可能性不大，如果能让凶手警觉起来，说明他所遗留的破绽是可能会被他人发现的。可当时没有任何关于凶案的报警记录啊。凶手如果是自身的原因暂停作案，比如突患疾病，这也是说得通的。"

"我知道这其中会有千百种可能性，但是多一条思路就多一条侦破的方向。我还是坚持我的判断，林汐的失踪和连环凶案有关，在重启连环凶案调查的同时，能不能也继续寻找林汐的下落？也许找到她，就能弄明白这背后的原因。"我望着张震，眼神里带着乞求。

张震面露出难色，他多少理会了我的意思，但是在警力有限的情况下，再分出一部分人员去寻找林汐的下落，可能会影响办案进度。上级任务压得紧，他不能贸然决定。

会议厅静得只能听到大家沉重的呼吸声，我像是一名孤军奋战的将士，没有人来支持我的立场。就在我以为我的提议会被大家共同否决时，身边传来熟悉的声音："张队，我愿意参与重启调查林汐失踪案。"

所有人的目光从我的身上挪向了陈沁，她挺直着身子，眼里带着坚毅，走到了张震面前："不用其他人，就我和林轩一起。"

她话音刚落，会议桌那头的白楠也站了起来："我之前给凶手做过心理侧写，凶手仇视女人，但他之所以选择未成年的女孩下手，可能是因为凶手曾在青春期受过伤害，也可能是凶手知道自己体力偏弱，选择成年女性有可能会让受害者挣脱，而涉世未深的女孩较为单纯、力气小、易得手，这一点咱们从之前拍到的嫌疑人身形中也能看出来。凶手今天心态的变化，确实有可能是由于在上一次作案中遇到被害者反抗，甚至作案失败而导致，所以我认同林轩的推测，我也愿意和他共同调查林汐失踪案。"

"虽然林轩每次说的话都很让人意外，而且这小子做事大胆，不考虑后果，但是目前看来，他每次的抉择都是对的。"苏梓航在座位上举手朝我挥了挥，嘴角轻轻扬起，"我也愿意帮忙。"

我呆愣地看着他们，一道暖流在我心底蓦然涌动。我回想起昨晚陈沁对我说的话，他们都是我的朋友，是信任我、支持我的人。一个人在黑暗中行走习惯了，面对骤起的光亮，一定会心生排斥，但是温热的光束触碰肌肤的感觉，会让人心驰神往。我就是这样，从最初对他们的抵触，到现在因为他们的挺身而出而感动，我们彼此都在学会接受对方。

时间过去一分钟，会场中不再有人站出来，张震看着陈沁的目光里始终带着些犹豫，我想对他来说，其他人都没多大的关系，唯独陈沁让他难以取舍。

张震低声跟陈沁说了些什么，陈沁依然态度坚决，张震只好点头同意了。

这场会议最终因为我不欢而散，从市局出来时天已经暗了下来。苏梓航提议一起去附近新开的餐厅聚餐，预祝接下来的胜利。我看了看时间，说得回去给多肉和玫瑰喂食，苏梓航连忙改了想法，点了外卖送往警犬基地，还告诉我他正想念那只胖嘟嘟的哈士奇。

我领着大家回到我宿舍，一推开门玫瑰就凑了上来，在我腿边蹭了蹭。它看了一眼跟在我身边的三个人，逐一闻嗅他们身上的味道，似乎从味道里感知到我们之间关系的改变。

多肉咬着一个球一蹦一蹿地跑过来，身上的肉都荡成了波浪，把家里的木地板踩得"咚咚"响。它兴奋地围着陈沁和白楠转了几圈，跑向苏梓航时又转了回来，嘴里的球扔在地上，还用鼻子在自己身上蹭——苏梓航身上的消毒水味道太浓了。

备受冷落的苏梓航幽怨地望向我："难不成同性相斥，异性相吸，这家伙只喜欢美女？我还是抱抱玫瑰吧。"

吃过晚饭，大家围在一起沟通接下来的计划。失踪案的卷宗我之前已经看过了，有用的信息少之又少，况且我们现在是要推翻原有的结论，可以说是一切从零开始。

另外，现在最大的问题是时间已经过去了四年之久，就像是断掉线的风筝漂洋过海了一般，再难找到线的源头。唯一的希望，只能把原有的结果作为基础，从中找出存在纰漏的地方。

我去卧室打印了一份靖城市的详细地图，拿到陈沁面前铺开，问她："你回忆一下当年警方搜寻的轨迹。"

陈沁俯身盯着地图仔细查看，表情迟疑不决。她拿出一支笔，在地图上边圈划边说道："具体顺序我可能记不起来了，但是搜过的范围我还记得。当年接到报警后，我们先在你家和林汐学校附近寻找，之后范围扩大到全市，因为有同事重点盯着靖城交通枢纽，也查过先前的监控，所以排除林汐离开靖城的可能，当然，如果她在无人挟持的情况下自己经过伪装离城，那没有办法确定。"

陈沁最后这句话的意思也就是陈庆松之前说过的其他可能性，但是作为林汐的哥哥，我了解她，她不可能不告而别。

"你不是说警方是全城搜索的吗？"我看过陈沁在地图上画的记号，

指着纸上一片略有阴影的区域，"为什么这一块没有去找？"

身边的苏梓航在我手背上一拍："你不也是靖城人吗，这你都不知道啊？那块位置是山区，老一辈管那叫十万大山，在这里面找，那不是大海捞针吗？就算全靖城的警察去了也没用。"

听他这么一说，我才想起我的打印机只能打印出黑白图片，地图上的绿色在纸上即成了阴影。陈沁接着苏梓航的话说道："那地方地广人稀、林木茂盛，人容易迷路，就算是逃犯也不愿意躲进去，除非划出一块大致的区域，否则彻底搜查几乎是不可能的。"

我脑海中升起的念头，并没有因为他俩的话而打消，我目光在那块阴影上停留，隐隐觉得这就是其中的一处纰漏。

没有人会躲进那里面，只能说是活人，可是如果是死去的人呢？

"林轩，你是不是觉得这地方有问题？"一直没说话的白楠，突然问了我一句，可能她从我充满郁结的脸色中看出了我的心思。

"我知道，林汐存活的可能性几乎为零。"我声音中带着一抹苦涩，声音哽咽，"这里是唯一没有搜过的地方，如果这次的火场抛尸不是凶手第一次尝试隐蔽性抛尸，那么他很有可能之前也这么做过。你们都说了，这山里连逃犯都不愿意进，要是把尸体丢进去，不是也很难被人发现吗？"

陈沁听闻，皱了皱眉头："你说的倒也有可能，可是咱们没有条件去落实啊。"

"我倒是有个法子，或许能试一试。"白楠的声音像蚊子一样轻微，但是落入我耳中却让我为之一振。我急忙追问她该怎么做，她扶了扶眼镜，说道："下午会上张队说了，这些年没有人报过关于林汐案的警情，但是我觉得这也未必，或许曾有一些报警或者是预警被忽略了。

"预警类报警，在家庭纠纷中比较多见，可能发生于夫妻中的一方威胁说要杀掉另一方，或者是有路人报警，目击有人尾随。但是在案子未发之前，警方难以介入，案后也可能忽略之前的预警。

"另外，很多凶案的受害者是群众先发现的，但是大多是间接发现，比如附近的臭味、可疑的垃圾袋、带血的衣服、不应出现的脚印，这些都能是报警人的描述，一般有意识的接警员会重视，但是也不排除被忽略的可能性。"

"你的意思是……查找这方面的报案记录？"陈沁问。

白楠的手指点在地图的阴影上："全找的话工作量太大，咱们重点找报警人的位置在山区周边的，但是时间段可以扩大一些，从林汐失踪那天到现在，重点留意那些容易被忽略的小警情。"

白楠提出的方法，其实和陈沁在查案时线索中断后猛盯监控一样，耗时耗力，结果未知。但是目前我也想不到更合适的办法，只好点头道："好，咱们就先找记录，没结果的话再想其他法子。"

"不是咱们，是你和陈沁两个人。"白楠把地图交到我手中。

我不解其意地看向她，她连忙解释道："我和苏梓航去找林汐失踪后靖城医院、诊所的就诊记录，如果凶手是因伤病而导致其沉寂这么久，那么在这个时间段就诊、住院，且在近期出院或病情稳定的病患中，或许就有犯罪嫌疑人，所以咱们分开行动。"

我挠了挠头，得！仅有的四个人又被砍下来一半，我无奈地瞟了一眼多肉和玫瑰，心想要是它们也识字就好了。

为了养精蓄锐为明天的"大海捞针"计划做准备，我送走了三人，匆匆洗了个澡就睡了。

第二天一早要出门时，我接到赵思思的电话，得知她要回老家一趟，后天才回来，我只好带上多肉和玫瑰去找陈沁。

我到大队办公室时，正好陈沁在给指挥中心的同事打电话，讲述我们这边办案的需求。不管是市中心还是郊外，报警电话都会统一接通到指挥中心，然后由中心安排就近的警员处理。我原以为报警记录都存在电脑系统里，动动键盘鼠标就能找到，结果陈沁挂掉电话后一脸愁容地告诉我，报警记录在系统里不会存放太久,大概也就半年时间。用电脑找是指望不上了,只能翻找手写的接警和出警记录,至于当时记没记就得看咱们的运气了。

待陈沁收拾好东西,我们正准备前往指挥中心时,办公室的门被人敲响。我抬头一看,陈庆松提着一袋水果站在门口,朝陈沁微笑。陈沁很高兴地叫了声"师父",可能是办公室里还有些年轻人也曾被陈庆松指导过,几个人一齐把陈庆松迎了进来。

"师父,你怎么来了?"陈沁语气中带着些意外,搬了把椅子给陈庆松坐。

"是啊,陈队,你退休后可是再也没有来过咱们大队啊。"一名同事笑容满面地接过陈庆松手里的袋子,翻了翻,羡慕地看向陈沁,"带了组长最爱吃的红提,一看就是专程来看闺女的。"

"我是来看望大家的,平时怕你们忙,所以我不敢过来打扰大家。"陈庆松乐呵呵地把袋里的水果分发给大伙儿。

大家聊了一会儿后就回到了自己的岗位,等人都走了,陈沁才问陈庆松:"陈队,你一定是有什么事才过来的吧?"

"真是什么都瞒不住你。"陈庆松向陈沁凑近了些,压低声音道,"昨天你们找我,我以为你只是替同事找失踪的亲人。后来想想,你们当时还问了我那个案子,陈沁……那案子是不是又出了?"

"那案子"指的是什么,不用明说我也明白。我见陈沁默认了,心想昨天我们虽然没有多透露,但是作为一位老刑侦,陈庆松一定察觉到了什么。况且他身边还有些老同事并没有退休,陈沁不说,不等于别人不会说,这件事情我们没有必要再隐瞒下去。

陈庆松脸色变得很难看,桌上的手一直在抖动,显然心里已经乱得不可开交。他的手指逐渐捏成拳,义愤填膺地说道:"当年我们都以为凶手已经死了,没想到他又出来作案,这一次无论如何也要抓到他!陈沁,那时候我没有能力抓到凶手，是我一直以来的遗憾，我希望你们能代我完成曾经未完成的使命，我可以协助你们，即使我们当时得到的线索有限，但是我了解案情和凶手，至少能给你们建议。"

"那太好了！"陈沁激动之情表露于外，回头对我说，"林轩，陈队经验丰富，有他协助咱们一定能够事半功倍。"

我点点头，一直紧绷的心略微得以宽松，陈庆松的到来真是时候，如果最终我们没有找到手写的报案记录，我想他或许能想办法通过另外的途径找到我们需要的线索。

看到陈沁笑容满面，陈庆松脸色渐渐舒展开，脸上露出父亲般的慈祥："我现在还记得你刚来咱们队时单纯的模样，对谁都恭恭敬敬，像个孩子，没想到时间过得这么快，你现在也能独当一面了。咱们大队就是块试炼石，你已经磨炼出坚毅、刚毅。"

陈庆松眼中满满回忆，他记性挺好，说起陈沁当年办案的囧事和学习的拼劲，如数家珍。从他口中，我像是读完了一本关于陈沁的回忆录，我了解到陈沁不为人知的一面，这个女人的形象在我心中愈加立体。

"陈沁，你是个好女孩，不过有时候这要强的性子也得学会放一放了，不然以后男朋友可不好找。"陈庆松把话题越扯越远，聊到了陈沁的感情事上。

"如果她一直这样强势，我估计这辈子都悬了。"我在旁嘀咕了一句，替将来会和陈沁在一起的倒霉蛋感到同情。

一听我这话，陈沁顿时怒形于色，反驳道："说的好像你谈过恋爱一样，哪个女人会看上你？"

她声音很大，以至于让办公室里所有人的目光都投向了我。我一时语塞，又支支吾吾半天，最后脸发烫地道："我当然有过……"

我的身下传来沙沙声，低头一看，多肉这家伙把爪子搭在我腿上，在我牛仔裤上扒拉出了道道爪痕，嘴咧得大大的，好像是在笑我说谎一样。

要是有面镜子摆我面前，我自个儿都能看到此刻额头上的黑线。我眼神躲闪，抓起桌上的背包，扭头朝外走去："去指挥中心，抓紧时间。"

为了逃离面对陈沁的尴尬，我下楼后直接把车开到了指挥中心门前，陈沁和陈庆松后一步到达。

中心的同事把我和陈沁带到存放手写记录的办公室，指了指架子，说东西都在这里。我扫了一眼架子上密密麻麻的本子和纸张，和陈沁面面相觑。因为不是什么重要文件，所以这些纸张堆放得很杂乱，除了上面落着的灰尘，更让我头疼的是时间过去太久，有些纸上的笔墨已经淡化得略显模糊了。

好在文件还是按时间顺序排列的，陈沁抽出纸巾擦了擦架子上的贴纸表面的灰，找到了存放四年前记录的区域。我把上面的文件都搬了下来，堆在地上，陈沁和陈庆松帮着逐一查看。

我们花了几个小时的时间，翻出了我们所划区域内的所有报警记录，经过筛选和对案情的追溯，只找到了一条没有下文的记录。

我们所找的那处区域犯罪率很低，而且大多都已经结案或者用其他方式解决了，只有这条记录没有关联的出警和立案记录，并且时间是在林汐失踪的不久后。

说来也挺巧，这条记录并非来自正规的接警记录，而是陈沁从一箱接警员留下的废稿纸中找到的。平常碰到报警电话多的时候，接警员怕忘记报警人描述的内容，就会随手把重点记在纸上。纸上记着"紫马岭"三个字，是城区与山区连接的边缘地带，报警记录描述是一处监控电力设施的设备遭人偷盗，没有立案的原因可能是设备价值不高，这也正是引起我们警觉的原因之一。

林汐的下落

陈沁打电话联系上了紫马岭派出所，我们一行人分秒必争地赶到当地，在所里同志的带领下，找到了那处电力设施的具体位置。

到了地方，陈沁向派出所的同志询问起当年监控设备被人偷盗的细节，我则带着玫瑰和多肉围着周边走动查看。这地方靠近一条山路的尽头，山路蜿蜒曲折、泥泞崎岖，路的外沿就是深渊，且无护栏阻挡。一路上我都没有看到有其他人和车辆走动，或许这是电力公司为了搭建设备而专门修的临时道路。

再往里走去，就是一个垂直的峭壁，我站在边上向下俯瞰，预测高度有五十米左右，壁面有许多凸起的岩石、崩土和蓬乱的灌木，崖下是成片的看不着边际的密林。没过几秒，我就感到一阵头晕目眩，连忙退后几步，唯恐自己稍一分神就会跌落下去。

我有些恐高，但是崖底似乎有某种力量吸引我去探索，山崖下的景象在我脑海里挥之不去，那葱郁的密林，就像是块巨大的绿幕，将一切都遮掩。我回头看了一眼陈沁所在的位置，她的不远处，就是当年监控器失窃的地方。之前我就一直想不通，为什么会有人无端地偷盗一个低价值的监控器，而现在我看到的周围荒无人烟，心中的谜团越拧越紧。

我沉默地端详着手里记录报案描述的纸张,轻轻揉捏,纸张粗糙的纹理像是一张紧密的蛛网,我想它或许曾捕捉到漏网的蚊蝇。

我走到陈沁身边,将她拉到了一旁,回望那处悬崖峭壁:"陈沁,我想让人在这附近搜查。"

陈沁顺着我的目光看过去,她或许是从我的语气里听出了我的意图,正色道:"你是怀疑,林汐是在这里……"

她没有把话说完,如果林汐真的曾来过这里,那么结果不言而喻。

我俩的谈话被一边的陈庆松听到,他靠近过来,扫视了一眼周围,问道:"为什么会把这起案子和林汐失踪案联系到一起?"

就算范围已经缩小到此,单凭我一个人也无法做到,我需要他们的协助,所以要让他们信服我的判断,我解释道:"来荒郊野外偷盗一个不值钱的东西,我想不会是无端发生的事情。这地方虽然是山区,但是距离城区也就不到一小时的车程,从进入山路开始我们就没有见过有其他人出现,路上又无监控,凶手作案的独特性意味着他需要一个隐蔽的环境,我觉得这地方就很适合。"

"而且从地理位置来看,这是城镇与山区的交界地带,凶手既不用担心被密林困住,又能方便自己藏匿。"我背过身,面向悬崖的方向,"还有……我总觉得那下面有什么在牵引着我,可能是我的直觉。"

不知为何,我刚才向悬崖下眺望时,心里莫无来由的一阵刺痛,或许是我的潜意识的反应。

"可是,如果监控器被偷就是偶然的事情呢?"陈沁的眼睛在山上劲风的吹拂下微眯了起来,"林轩,咱们只有一次机会。"

"我知道,张震那边的计划还没有彻底落实,所以队里目前还有空缺力量能帮我们,我们没多少时间了。"陈沁的犹豫我能够理解。

陈沁薄唇轻抿,点了点头,答应我会联系队里请求协助。在陈沁召集人员的同时,紫马岭派出所的同志也答应我们抽调一些警员来做向导,他们熟悉这里复杂的地形，能够给后续人员指引方向。

两个小时后，队里的十多名同事赶了过来，陈沁还叫来了白楠和苏梓航。在所里同志的带领下，我们沿小路绕到了悬崖下，这里的视野不再像崖顶那般开阔，视线只能穿过两三个树木的缝隙，如果没人带路，很容易在林木环绕中迷失方向。

因为四周有山会挡住太阳光，所以这里天黑的时间比外面的早，队里的同事刚分散出去没多久，天空就已经染上了橙黄色，留给我们的时间所剩无几。我耳畔有稀疏的树叶沙沙声，不知是什么动物从林木间穿插而过。我弯腰解开了玫瑰和多肉的项圈，左右手挽住它们的脖颈，低声说道："我知道对你们来说，这里有很多未知的危险，可是这里对我来说很重要，它或许能给我一个这些年来让我所坚持的结果。拜托了，帮我完成这个夙愿。"

玫瑰轻柔地舔舐了我的脸颊，没有立即行动，而是望着我。我凝视着它那双灵动的眼睛，脑海里有个声音在对我说："如果这一次真的没有结果，咱们就放弃了好吗？我不想你每天活在痛苦之中。"

我垂下头，万千思绪在我脑中涌动，我一直觉得我余下的生命从失去林汐的那一天就褪色了，是找寻林汐的信念在支撑我前行，如若信念坍塌，我不知道自己会坠入怎样的深渊。可如今听到内心深处的声音时，我的心居然有些松动，开始重视生命的意义。

"我答应你。"我托着玫瑰的耳朵说道。

我站起身，从包里拿出哨子挂在了脖子上，叮嘱道："你们俩别相距太远，我吹哨的时候，你们记得给我回应，不管怎样，天黑之前一定要回到我身边来。"

"玫瑰，搜！"

我轻拍玫瑰的后背，玫瑰强有力的后腿在地上狂蹬几下，拨起地上湿软的落叶，它的身影与落日余晖交融在一起，向暗处冲进，仿佛要划破深林间的幽暗一样。多肉紧跟在后面，尽管速度稍慢，但是它全力以赴。它们的身影消失在林叶之中，我捏紧手指，沿着地上的脚印，追随而去。

山里潮气大，落叶腐败后盖在地上，踩上去特别的湿滑。我速度逐渐落下，沉暗的光线下已经难以辨认地上的印迹，我只能隔段时间就吹响哨子，哨音落下后玫瑰和多肉就会用叫声标定所在方位。

耳畔的虫鸣，身边枝叶的晃动，鼻间植物根茎的腐败气息，在天色变暗后愈加让人恐惧。我起初还能偶尔遇见队里的其他同事，可我忙于追寻脚印，不知不觉中就与大家分散了。

我独自在树林中穿插，小腿被尖锐的植物划破了好几道口子，我体力有些不支，想停下歇息，此时耳中传来玫瑰的叫声。我连忙咬紧牙关，喘着粗气，顺着声音传来的方向奔进。

在快接近声音时，我从树林的缝隙中看到了陈沁的背影，她面朝着一个方向呆立不动，头发被风吹得凌乱，她垂下的双手却没有抬起去整理。她应该是听到了身后的动静，回头朝我看了一眼，表情顷刻间就僵硬住了，眼中透着极其复杂的神色。

"林轩……你来了。"陈沁向我走来，被她身影挡住的画面出现在我眼中。我看到玫瑰和多肉蹲在一棵树下，地面上有几支像是断裂后落下来的树枝，形状怪异。

我揉了揉眼睛，目光挪向树干与地面相连的地方，心里咯噔一下，毛孔骤开，整个人如同石化了一般。

在我目光触及的地方，一具人形的骸骨呈坐姿靠在树干上，细长的腿骨搭在松软的地上，骸骨上覆盖着落叶和青苔，看上去几乎与棕黑色的树干融为了一体。死者身上的部分衣物早已腐烂分解，衣服上的金属环和拉链锈蚀得不成样子，由此可见死者死亡时间已经距今久远。

我头顶上传来翅膀扑扇声和尖锐的鸟鸣，那颗头盖骨上空洞的眼洞正对着我，死气沉沉的"目光"直穿我的内心，让我心神不宁。我像是陷入了泥泞，举步维艰，眼前的这具尸骨让我浑身上下止不住地战栗。

身后传来密集的脚步声，得到消息的同事们聚集而来，面对这具骸骨众说纷纭。我走近尸骨，蹲下来，盯着脚骨上的那双鞋子，感到莫名的熟悉，不祥的预感越来越强烈。

我的手伸向那具尸骨，却没有勇气触碰。苏梓航快步走来，按住了我的手背："让我来。"

他换上了橡胶手套，小心翼翼地拨开尸骨上的杂物，把散落在一旁的人骨与尸骸重新聚凑。在拾取地上的骸骨时，苏梓航的手突然碰到了树叶遮盖的某个东西，他表情一怔，手掌挥扫开落叶，一个半埋在地上的透明玻璃瓶出现在我们眼前。

当我看到瓶身的那一瞬间，我如同卸了灵魂一样的跪在了地上，眼泪夺眶而出。尽管这一切已是注定，可当我猝不及防地面对这个结果时，我的意志瞬间被击垮，心中的悲痛让我喘不过气来。

我日期夜盼的奇迹，最终还是没有出现。

我抬起头，头晕目眩，眼中层层叠影。恍惚中，我似乎看到林汐站在深渊之中，嘴唇张张合合，我却听不到任何声音，是她痛苦的神情在告诉我，这是她在向我呼救。

我双眼通红，紧捏起的拳头重重砸在地面上，无尽的怒火在身上蔓延。我恨！恨凶手怎能如此残忍，恨他让我的林汐变成了我认不出来的模样。如果他出现在我面前，我一定要亲手把他送进地狱，让地府的判官赐予他最骇人的酷刑。

我手中的力道逐渐加重，地面被我砸出了凹坑，我的手指骨咯咯直响，仿佛随时断裂。

"林轩，验尸的结果都还没有出来，你怎么知道这就是林汐？"陈沁冲到我身旁，一把抓住我的手腕，死死钳住。

我盯着地上的瓶子，目不转睛："那是林汐为我准备的生日礼物，她每天下课后就躲在房间里，为我亲手叠千纸鹤。"

"她原本是想给我惊喜，没有告诉我，我是在和她视频通话的时候无意间看到的。如果没有意外，几天后她就会把这份礼物送给我，可是我等了四年……四年啊，我再也等不到她亲口对我说生日快乐……"

我喉咙哽咽，说出来的每一个字都像在我心上狠狠剜了一刀。我用手撑着地面，爬到那具尸骸身边，不顾旁人反对，抓起了那个瓶子。当我看到瓶子中的东西时，我脑中一片空白，手指颤动，险些拿捏不住。

瓶中并没有千纸鹤，取而代之的是一片灰色的呈不规则形状的布条，布条边缘有撕裂痕迹，似乎是从衣服上扯下来的。我屏气敛息，伸手想要拧开盖子，盖子很紧，以至于我第一下未能将其拧开。一旁的苏梓航见状赶紧从我手中夺过瓶子，提醒我这里面可能装着重要线索，一拧开就作废了。

我无力地垂下手臂，两眼无神，忽然间天空飞鸟的声音戛然而止，我陷入了无尽的寂静之中，身边树叶的晃动声，周围人的呼吸声全都荡然无存。我的世界中只留下了面前的尸骨，我望着它，想象中，它的血肉渐渐丰满，直至变成了林汐的模样。林汐手里托着装满千纸鹤的瓶子，如碧波般清澈的眼睛闪闪发亮，她扬起一抹明媚的微笑，如徐徐春风，拂去我心头的尘埃。

"林汐！"

我疯狂地叫着她的名字，可是她没有丝毫的反应。我试图伸手接过她手里的瓶子，在手指即将触碰到的瞬间，一切都瓦解消散，随即眼前一片黑暗，我整个人失去知觉。

不知过了多久，我的眼前出现一道刺眼的亮光，我睁开眼睛，看见窗前白色的纱帘轻轻飘动，窗外是明晃晃的空无一片云彩的天空。我躺在床上，鼻间充斥着消毒水的气味，我揭开身上的被子坐了起来，环顾四周，发现自己是在医院的病房里，我扫了一眼墙上的挂钟显示屏，距离去紫马岭的那天，已经过了两三天时间。

在我起身时，病床下传出了动静声，伴随着一道沉闷的声音，病床被什么东西撞了一下，整张床剧烈晃动，差点没给我掀翻。我死死撑着床沿，看到多肉从床底下钻了出来，晃了晃脑袋，嘴里呜呜地叫，看来是脑袋被磕疼了。

我给它揉了揉脑袋，喃喃问道："我这是怎么了？玫瑰呢？"

可能是我失魂落魄的形象让多肉有些担心，它一直看着我嗷嗷直叫，估计是怕我失去记忆把它给忘记了。我没有失忆，我清楚地记得那天发生的一切，我只是不知我为何会突然晕倒过去。我按住太阳穴，脑海里蹦出了白楠之前对我说过的一些话，从我晕倒前的征兆来看，她的判断似乎没错，我的精神状态越来越糟了。

在我胡思乱想之际，病房的门被人推开了，玫瑰率先从门缝中钻了进来，直奔向床头，把脑袋搭在床沿上，尾巴摇摆。陈沁提着保温盒，面容憔悴地走进来，在她身后跟着白楠和苏梓航。几个人进房后见我苏醒了过来，立即询问我身体状况，我强挤出一道微笑，告诉他们我很好。

陈沁把保温盒盖揭开，盛了碗粥端给我。我捏着勺子搅动几下，还没来得及喝一口，白楠就郑重地对我说："林轩，你病情恶化的速度出人预料，现在必须得接受治疗了。如果精神状态彻底崩溃，一样会威胁到你的性命，难道你不想亲手抓到杀害你妹妹的凶手吗？"

"没你说的那么严重。"我自我安慰地说道。

白楠一听，顿时气急败坏，我云淡风轻的回答，或许让她觉得我无知、固执。她从包里拿出了几瓶药，扔在病床上："林汐要是看到你如此自我放弃的样子，会不会后悔当年拼命留下关于凶手的线索！"

我端着碗的手猛地一抖，险些让粥洒在身上，我抬头问道："你说什么？她留下了凶手的线索？"

白楠双手环抱胸前，"哼"了一声，没继续说下去。苏梓航见我着急，跟着补充道："你不是说尸骨旁边的瓶子装着林汐送给你的生日礼物吗？

可现在它里面装着的是一块布条，你不觉得奇怪吗？"

我抿着嘴，拧紧了眉头。这一点我也想过，但是一直没想通。那些千纸鹤到底去了哪里？瓶中的布条到底是什么？又为什么替换了千纸鹤？这些问题我迫切想要一个答案。

苏梓航直言道："尸骸确实是林汐的，遇害时间与她失踪时间差不多，从骨骼断裂程度来看，她的死因应该是高空坠落，很可能是从我们看到的那个悬崖跳下来的，瓶中的布条似乎是从衣服上扯下来的，但并非是林汐的衣服，所以我和陈沁猜测很可能是凶手的。林汐生前面对凶手的伤害，可能进行了抗争，拉扯中撕下凶手的衣服跳了崖，但坠地后没有立即死亡，这点从尸骨呈坐姿上能看出来。她想给警察留下线索，所以把瓶中的千纸鹤倒出来，把布条放在了密封的瓶子里。"

苏梓航的话，让我潸然泪下，我在脑海里不断想象林汐跳崖时的绝望和重伤后的痛苦。她的性格倔强，不会轻易在凶手的迫害下屈服，如白楠说的那样，林汐是拼了性命给警方留下了凶手的线索。她的勇敢，我自愧不如。

苏梓航坐到我身旁，拍我肩膀安慰道："至少她生前没有遭到凶手的非人折磨，也是因为她的抗争，让凶手感到害怕，所以消失了四年，这四年没有人在凶手手里死去，是林汐保护了她们。"

我压在被子下的手指骨捏得咯咯直响，悲痛和仇恨两种情绪在我心中相互交错。苏梓航说得没错，是林汐让凶手的心态发生了极大的变化，甚至一度让凶手中止了犯罪。可如今凶手再次犯下罪行，我作为林汐的哥哥，无论如何也要秉承她的遗志，让凶手伏法。

我甚至觉得，林汐留下的那个瓶子就是给我的，因为只有知道瓶子用途的我，才能懂得瓶中物品替换的含义。林汐相信我，她相信有一天我会找到她。我望着窗外瑰丽的天空，感觉林汐就在苍穹之上看着我，我坚信她会给我指引方向。

"所以你现在最要做的，就是调整好自己的状态，全力以赴。"苏梓航看了一眼床上的那几瓶药，欲言又止，我知道他和白楠是一样的想法。

　　我靠在枕头上，神色黯然地说道："我想一个人静静。"

　　苏梓航和白楠交流了下眼色，转身离开了病房，陈沁却迟迟未动。我再三催促，她才说我这几日都没进食，必须看着我把粥喝完才放心。

　　等陈沁离开后，我躺在床上辗转反侧，又坐起来捏着白楠留下的药瓶反复查看。我很犹豫，即担心自己的病真的发展成白楠所说的那样，又怕自己接受治疗后，思维会变得迟钝，甚至无法再领会玫瑰传递给我的讯息。而单凭我一个人，我没有信心短时间内找出凶手。

　　两天后，我状态稍微恢复后离开了医院。我最终没有接受白楠的建议，在这一切未结束之前，我经不起任何的变故，我想我如果刻意去压制自己的情绪，也能撑一段时间。现在案情变得明晰，能追寻的线索愈来愈多，这段时间对我来说足够了。

　　在出院的前一天，张震曾来找过我，告诉我专案组已经顺着遗失的监控器这条线索查下去了。不过他以我精神状态为由，劝我退出。

　　我一听他说到"监控器"三字，就敏锐地察觉到张震这是话里有话。在我的追问下，他才告诉我监控器所在的位置能拍到通往悬崖的部分山路，极有可能曾拍到林汐或者凶手的身影，监控器的遗失似乎更坐实了这一点。

　　我告诉张震，我会亲手找到真凶，于是第二天我就不顾医生反对坚持出院。我找到陈沁时，她正和陈庆松一起在四年前那位报警人的住处问询细节。报警人是电力公司的职员，负责维护紫马岭区域的电力设施，当年是他发现了监控器的遗失并当即报警。

　　在报警人的家里，陈沁先在各个房间转了几圈，鹰隼般的眼眸不放过任何蛛丝马迹。我明白她的意图，林汐坠落的悬崖应该也是凶手原本作案的地点，那地方鲜为人知，再加上隐蔽的监控器被发现，凶手可能是了解这地方的人，所以不能排除报警人的嫌疑。

我盯着客厅里挂着的一副全家福，照片里报案人和妻子各自搂着一儿一女，家庭温馨和睦，看似一切正常。

陈庆松坐在沙发上，可能这两天没有休息好，声音有些沙哑地问道："你还记不记得，当年你报案之后，事情的后续是怎样的？"

报案人对此事记忆犹新，没有半刻犹豫地回答："我报警之后，不久就有一名警察打电话告诉我说已经立案了，让我等消息，后面就没有下文了。那个监控主要是防止有人偷盗、破坏对面的电力设施，监控器本身价值不高，且其他东西都没有损失，我寻思可能是因为不值钱，所以那警察就没有做多大努力。"

"那个警察告诉你立案调查了？"我诧异地问了一句，又嘀咕道："可是我们并没有找到相关的记录，到底是哪个地方有问题……"

我的话被陈沁听到了，她不以为意地说道："警方立案是有标准的，可能后面判定被盗物品价值过低不予立案，这并不奇怪。警方不可能在每一件小事上都大费周章。"

陈沁话锋一转，向报案人问道："你们那处电力设施的附近还有其他监控吗？或者是否远程储存了监控记录？"

"没有，虽然设备和线缆很值钱，但是装在山上并且架高了，如果是没有特殊设备或相关经验的人员，很难偷盗，而且山上网络差，没办法远程监控。"报案人说完又问陈沁为什么会突然上门询问这件事，毕竟事情已经过去这么多年，公司也没有把被盗的设备放在心上。陈沁直言告诉他，我们这次来其实是想找到那个探头曾拍到的视频记录。

报警人思索一番，说道："监控确实不能远程查看，不过那个监控还有一个功能，就是通过测温系统探测设备的温度，我们通过检测到的数据判断设备近期是否出现过异常，所以监控是带有存储功能的。我们每隔一周时间就会上山把监控数据连同视频画面拷贝回去，让我想想……我好像记得那个监控被偷盗的前一两天，我们去拷贝过数据。"

陈庆松听闻眼前一亮，急切地追问道："这么说，那监控拍到的视频被你们保留了？"

"只有拷贝前一周的记录，存在单位的硬盘里了，时间过去这么久了，不知道还能不能找得到。"

陈沁来回踱步几下，突然间猛拍大腿："林汐失踪的时间，正好是监控被盗的前三天，如果你没有记错拷贝时间的话，监控里极有可能存储了案发当天的视频！"

案子的关键时间点陈沁早已烂熟于心，所以她很快就在脑中建立起了完整的时间线。我此刻也是心潮腾涌，感觉距离真相就差一步之遥，我甚至忽略掉了报案人的最后一句话。对于结果，我有着前所未有的信心。

报警人当着我们的面给单位的领导打了一通电话，传达了我们的意图。对方说他会立即去库房查找那块硬盘，一旦找到，他会立刻给我们消息。

从报警人的家中离开后，我们各自分开，临走时我看到陈庆松紧绷着脸，两道浓眉拧成一线，我问他是不是哪里不舒服，他却摇了摇头没作声。

我的直觉告诉我，今天的陈庆松有些奇怪，不知道是不是因为好几年都没有进展的案子突然间有如此突进，对他来说有些不可思议。相对他而言，我倒是显得淡定，因为凶手就算行事再缜密，也会百密一疏。人在做天在看，罪恶之人自有天收，就算这一次我们没有成功，也会有另外的时机出现。

如此想来，我心情轻松不少，身上没有那种即将追寻到真相的压力束缚感。

陈沁要回市局把问询的结果汇报上去，我一个人回到了宿舍，这等待消息的时间是难得的清闲时光。我陪玫瑰和多肉去公园玩了一下午，追着它们跑了一身臭汗，又回宿舍洗了个热水澡。我洗完澡，头发还没来得及吹干时，宿舍的门就被人从外面打开了。我仓皇失措地抓起一件衣服罩在身上，从浴室探出脑袋朝外凑了一眼，发现进来的人是赵思思，我这才记起很早之前就把钥匙给了她一把，委托她在我外出的时候照顾俩狗。

赵思思见到我在家也很意外，自从我得知林汐疑似是最后一名受害者后，就变得早出晚归，她虽然经常来我宿舍，我们却几乎没怎么碰过面。

"师父，你今天休息啊！"赵思思银铃般的嗓音透露着难以掩饰的兴奋。

我点点头，整理好衣服走过去，不好意思道："抱歉，我忘记跟你说了，又让你大老远从家里过来。"

"咦，这些天没见，你说话怎么变得见外了。"赵思思嗔怪道。

我撇了撇嘴："刚想说改天请你去吃安格斯感谢一下，现在想想还是算了，太见外了。"

"别啊，牛排还是要吃的。"赵思思急得拽住了我的手腕，又咦了一声似乎发现了什么，眼瞳一转，把脸贴过来紧盯着我，"不对啊，你这是在跟我开玩笑呢？这不像你啊……"

我不着痕迹地把手抽了出来，刻意退了几步和她保持距离。本来赵思思经常来我这儿，在别人的眼里我们的关系就已经说不清道不明，我之前从来就不会在意别人的看法，可是今天，当她触碰到我的手时，我内心深处居然有一种背叛了某人的感觉，让我本能地做出了反应。

我的举动落入赵思思眼中，她眼睛里的光亮冉冉暗淡，就像是一颗失了色的夜明珠。她的手不知该放到何处，索性垂下来捏住了自己的衣角，茫然若失地说道："我知道了，你已经有了其他的朋友，所以我不重要了。"

"怎么会，在我心里，你就和我妹妹一样啊。"女孩的心思就是敏感，我想她是误会什么了，急忙解释一番。

赵思思露出一抹敷衍的笑容，摆了摆手，装出一副满不在乎的模样："行了，我知道了，你早点休息吧，我先走了。"

说完，她转身开门走出了屋子，不知是不是因为用力拧动门把手的原因，我看到她的肩膀在微微颤动。我看着她离开，一时间不知所措。

赵思思走后没多久，我接到了一通电话，是电力公司的员工打过来的。对方告诉我四年前存储监控录像的硬盘已经找到了，让我第二天去取。挂掉电话，我赶紧把这个振奋人心的消息告诉了陈沁，约好第二天一早一同过去。

我躺在床上，心久久无法平静下来，没想到一切会如此顺利，就好像漫长的阴霾里出现了久违的曙光。我合上眼，一会儿想着监控有没有拍到重要的图像，一会儿又想到赵思思刚才是不是哭了，总之一些没有关联的念头通通在我脑海里充斥，驱赶了我的睡意。

直到半夜，我还是睡得很浅，迷迷糊糊中听到电话铃声响了起来，我摸索着拿起手机，屏幕的光亮让我疲劳充血的眼睛一阵刺痛。我看是个陌生的手机号，又看了眼时间，此时已经是凌晨三点，不知道谁这么晚还给我打电话。

我按下接听键，把听筒贴着耳朵却不作声，那头同样是死一般的寂静，可是屏幕上持续增长的数字却告诉我对方并没有挂掉电话，只是和我一样在等待。

对方很有耐心，似乎把这当作了与我之间的较量，且有必胜之心。这番举动，让我感觉是谁做的恶作剧，我有些不耐烦地问道："你是谁？"

电话那端依然没有人声传出，不过很快我听到听筒里有一阵沉闷的"呜呜"声，很像是有人的嘴被捂住时发出的声音，在黑暗中听着有些瘆人。我皱了皱眉，刚要挂掉电话时，那头居然传出了赵思思的呼救声。

"师父！救我……"

从她带着哭腔的声音中，能够听出来她此时所面临的状况，巨大的惊恐感让她有些语无伦次，除了本能的呼救和哭泣，她已经无法用语言描述自身究竟遇到了什么危险。我大脑一片空白，脸皮下的筋肉不断地抽搐，我捏紧手机，努力让自己的语气冷静下来："思思，你别紧张啊，你告诉我发生什么了。"

赵思思刚说出几个字,我还没来得及听清楚,听筒里她的声音就戛然而止。我心提到了嗓子眼,汗水从肌肤中渗透出来,前所未有的恐惧感让我喘不过气来。我急切地呼叫着她的名字,电话那端突然出现了一个男人的声音,阴冷沙哑的声音仿若是从地底传来:"你不觉得这样的叫声很动听吗?"

"你到底是谁!你想做什么?"我吼着问道。

"如果让一个人,看着自己所爱的人被烙铁印上美丽的花纹,被尖刀划出美妙的线条,红色的玫瑰花在她的身体上蔓延,遍及全身,你说他会不会为这样一具完美的躯体而疯狂?"男人的话答非所问,每个字都让人汗毛直立。

他的话,像是在描述一副美妙绝伦的作品,可我脑海里蹦出的却是浑身是血、面目全非的死者的画面。尽管他没有明说自己是谁,可他话里透露出来的意思,让我将其与那个手握数条人命的杀人狂联系到一块,他的话即是他作案时加害被害人的手段。我想到了那间满是血腥味的旅店房间,想到了火灾现场被抛在楼道里的尸体,想到了依靠在枯树上的林汐的尸骨,想到了一个个花季少女变成惨不忍睹的样子。我的怒火无处安放,恨不得现在就直奔到这个刽子手的面前,狠狠地在他脸上砸下拳头。

"我们来玩个游戏,我给你四十分钟时间来我这里。你晚到一分钟,我就用刀在她身上划一刀,怎么样?"男人语气中有种怪异的兴奋感。

上一秒,我还期望着能面对他发泄自己的愤怒,然后亲手抓到他,可是当他说出这番话时,我心里却有种莫名的不安感,甚至心生一丝胆怯。我不知道会有什么在等待着我,到了那里又会面对怎样的状况,那或许是我无法承受的。

"对了,提醒你一句,如果你还想见到她,就不要报警,警察里有我的人。"

说完,对方就挂掉了电话,留下的最后一句话加重了我的不安。

真相大白

我的手机收到了一条短信，信息是凶手给我留下的地址。我把地址记在心中，我本能地抓起电话按下"110"三个数字，手指在触碰到拨出键前却僵住了。我回想到电力公司员工所说的那位曾经接手过监控盗窃案的警察，那案子的断尾似乎并不是因为其疏忽或者是陈沁所说的无法立案。那名警察身份未知，用已经立案的话来搪塞电力公司的员工。我和陈沁之前一致认为盗窃监控的人应该对紫马岭一块的电力设施及位置很熟悉，还怀疑过报警人，现在想来，作为一名警务人员，其手里的资源同样能让其做到这一点。

我在房间里来回踱步，无法让自己平息下来，感觉各种混乱的情绪快要将我的身体胀满。回想昨晚我对赵思思说的话，我恨不得给自己两耳光，我为何要说出她就是我妹妹这句话？现在好了，她与林汐的命运重合了。我觉得自己就是个灾星，给她们带去了厄运。

我的脚步声让玫瑰醒了过来，它紧张地围着我转圈，喉咙发出小声的哼哼声，我未作反应，它用鼻尖触碰我的小腿，眼神更加着急。

赵思思落在杀害林汐凶手的手里了，我得去救她！我此刻心中只有这个念头。我看了眼墙上的挂钟，秒针的滴答声像是凶手手里刀刃交叉碰撞的声音。

我抓起外套冲出了门,玫瑰紧跟在我身后。在车上,我拿着手机反复翻找通讯录的号码,想求助,可临了我却谁也不相信。

在快要放弃时,我又看了一眼陈沁的号码,心中的疑虑有些松动。我突然发现,她给我的感觉与其他人不同,凌驾于友谊之上,尽管这种感觉很微妙,但是对于她,我可以全部交付我的信任。

我咬了咬嘴唇,把电话打给了陈沁。

电话接通后,我一边开车一边把面临的困境告诉给了陈沁,并且一再叮嘱她这事不能让别人知道。对于那名可能隐藏在我身边的凶手的帮凶,我极其顾虑,我想到张震,想到他曾以我精神状况为由劝我退出此案,我甚至还想到会不会是苏梓航。他们的面部轮廓逐一出现在我脑海中,脸上却又罩着朦胧的迷雾,我无法看清他们的真实面目。

按照凶手的指示,我在半个小时内把车开到了郊区的一处仓储区。这附近都是供私人租赁的仓库,面积很大,除了一些铁门紧锁的库房,还有部分仓库已经闲置了很久,从敞开的门里可以看到里面堆积的大量杂物。我把汽车大灯关掉后,整个库区再无半点光亮,四周静得像一潭死水,只能听到玫瑰鼻腔中呼气的声音。

过了一会儿,我听到了身后传来轻微的脚步声,我屏住呼吸,紧张到极点,紧捏着拳头面朝着声音传来的方向。黑夜中我看不清面前的情况,又不敢打开手机光源暴露自己的位置,突然间一双手悄无声息地搭在我的肩头。我本能地转身朝面前的黑影挥出一拳,拳头被另一双手在半空中截停。

"是我。我怕凶手看到除你之外的人出现,会伤害赵思思。"对方松开了手,压低声音说了句话,确实是陈沁的声音。

陈沁问我凶手有没有给下一步指示,我摇了摇头,她又问我为什么凶手会让我过来,我寻思一番,不确定地说道:"凶手的行凶频率加快了,可能他的作案方式也发生了极大的改变，他或许是想让我亲眼看见他残忍的手段，以满足他变态的心理。"

"不管怎么说，小心为上，这可能是个陷阱。"陈沁对此有所警觉。

在我们谈话之际，我的手机又收到了凶手发来的信息，此时正好已到他规定的时间。我快速扫了眼屏幕，回头望了望开车进来的路线，指着不远处一间敞开门的大仓库："他让我进去。"

"好，我跟在你身后。"陈沁从腰间掏出一把手枪，上了膛。

我弯腰在玫瑰的后背上轻拍了一下，玫瑰朝着那间仓库奔了过去，在门口稍作停顿，闻嗅一番后跑了进去。我小跑着跟上去，走进仓库后发现玫瑰蹲在原地不动了，我诧异地小声问道："玫瑰，怎么了？"

玫瑰站起身，在不到两米的范围内来回辗转，举动显得犹豫不决，与它平时目标明确的模样大相径庭。

我鼻子耸了耸，呼吸几下，能够闻到空气中有股很明显的气味，说不出来是什么，味道不好闻，但也不让人有所排斥。我在仓库内走了几步，还是如此，看来这个气味充斥了整个仓库，所以干扰了玫瑰的嗅觉。

我打开手机的光源照亮前方，倒地的货架和废弃的桌椅遮挡了我的视线，只留下了狭窄的缝隙作为通道。光亮将我的位置暴露出来，或许凶手此时就在某个货架之后盯着我。我小心翼翼地朝前挪动，心如鹿撞。我余光撇了一眼身后紧随的黑影，才能稍作宽心。

玫瑰在货架底下钻来钻去，为我探测前方未知的危险，我沿着它经过的路线前行。仓库里安静得只能听到我自己的呼吸声，我叫了几声赵思思的名字，只有回音在偌大的仓库里来回折转。

我看了眼手机，再也没有凶手发来的消息。我不明白凶手究竟是作何打算，我感觉我的位置处在仓库的中心，已经深入敌腹。再往前走了几步后，我忽然发现前面隐约有光亮传来，我加快步伐，从货架两边的缝隙穿过后走进了一个封闭的小屋子。

屋子一侧的墙壁上有一盏应急灯散发着微弱的光亮，借着这点光，我看到赵思思被绳子捆绑在一张椅子上，她的眼睛上带着眼罩，布条把她的两腮塞得鼓鼓的，可能她耳朵里还有耳塞，所以才听不到我的呼唤。我又冲着赵思思喊了一声，这一次距离近了，她应该是听到了一丝动静，她身体在椅子上剧烈地扭动，椅子腿与地面发出尖锐的摩擦声，她"唔唔"地叫着，又因嘴被封住了喘不过气，一时间面红耳赤。

我没有在房间里看到其他的人，赵思思的反应又过于激烈，似乎在抗拒着什么。我心里突然咯噔一下，紧忙回过头，与此同时听到了一声闷响。我定睛一看，身后的陈沁身体已经僵倒了下去，手里的枪"啪"的一声掉在地上，在她的身后，站着一个手持铁棍的男人，男人戴着帽子和口罩，看不清面容，只有一双裸露在外的眼睛在幽暗中朝我透射出森冷的目光。

男人趁我愣神之际，迈前一步，做出弯腰拾枪的动作。我身边的玫瑰身形一闪，迅猛地奔向那男人，嘴里发出狂吠。男人手指刚触碰到枪柄，发现玫瑰与他已经近在眉睫，玫瑰后腿曲弯一下，弹跳而起扑向男人的胳膊。男人受到惊吓，急忙侧身躲闪，握住一半的手枪没抓稳，枪再次掉在地上。

玫瑰扑了空，落地后调整身姿，露出牙龈继续向男人扑去。男人顾不得捡枪，扭头朝后面一堆货架跑去，我冲上前捡起枪，枪口抬起指向男人的背影，毫不犹豫地扣下了扳机。

"啪"的一声火药炸裂声，震得我脑袋嗡嗡直响，巨大的后坐力让我手腕如同触电般麻木，虎口仿佛被震裂。在开枪瞬间，我无法架控手枪上抬的力度，子弹射出的轨迹偏向上空，最终打在了铁架上擦出了几道火花。

我还没来得及再开一枪，男人和玫瑰的身影就已经消失在黑暗之中。我扔下枪，抱起晕倒在地上的陈沁，感觉她的身子软塌塌的，我伸手摸了摸她的后脑勺，温热粘稠的液体顺着我的指缝往下滴落，我担惊忍怕地把脸贴近陈沁的鼻子，能够感受到微弱的呼吸。

黑暗中玫瑰的吠声和凶手仓皇的脚步声在我耳边传荡，其中还伴随着铁棍砸在货架上的声音。我很担心玫瑰，可怀里还抱着晕厥的陈沁，我一时间不知所措。

就在我犹豫的几秒内，玫瑰发出了一声惨叫，紧接着所有声音戛然而止。我惊慌地抱着陈沁朝声音传来的方向跑去，又在半途停顿了脚步，因为我看到玫瑰的身影从黑暗中向我走来。

我注意到玫瑰的脚步有些踉跄，四肢摇晃着，似乎很费劲地支撑着身体。我急切地跑过去想要查看玫瑰的伤势，玫瑰却从我的腿边绕了过去，奔走两步后回头冲我叫了几声，这是在示警，同时催促我离开这里。

就在这时，我听到阵阵电机声和卷闸门拉伸的声音，抬头一看，这处封闭房间的唯一出口上方正有一扇卷闸门在迅速地落下来。我突然意识到仓库里的这处特殊的房间就是凶手为我们准备的，一旦卷门落下，再没有另外的出口能逃离此地。

玫瑰再次叫唤一声，着急催促我，它则艰难地抬动四肢向赵思思跑去。

我顾不得多想，抱着陈沁往出口直奔而去。我边跑边回头，看到玫瑰咬开了赵思思身上的绳子，赵思思解除了束缚，可手上的绳子还来不及解开，她眼睛被蒙住看不见，我只得朝她大喊道："思思！朝前跑！"

赵思思听到我的声音，追向我而来。我跑到门口时，卷门已经落下了一大半，我弯腰钻了出去，把怀里的陈沁平放到地上，回头看到赵思思因为看不见而摔倒在了地上。我急忙趴在地上，上半身从卷门的缝隙中钻了进去，抓住了赵思思的双手，把她从里面拉了出来。

此时卷门留下的缝隙只有不到三十厘米，对玫瑰来说足以脱险。可是我再往里看去时，我的心脏如临撞击、几欲炸裂，悲痛欲绝的情绪让我快要窒息。我看到玫瑰倒在椅子旁边，身下有一摊血迹，它腹部剧烈起伏，四肢痉挛般的颤动，我疯狂地叫着它的名字，它只能扭头望向我，眼里闪烁着微光。

我拼命地用手撑着卷门,可我的力量不足以支撑卷门下落的力道。我侧着身,想从仅存的缝隙下硬钻进去,结果被卡在卷门下,我用右胳膊抵着门,咬紧牙关,我想如果能多撑一会儿,玫瑰或许有机会出来。

可是卷门在电机的驱动下,下压的重力巨增,"咔嚓"一声,我的胳膊被卷门压断,金属刺破皮肤,撕心裂肺的疼痛从伤口蔓及全身,我不禁发出一声惨叫。

赵思思听到我的叫声,转过身,弓着背,用被绳子束缚的手摸索到我的身体。她用尽全身力气把我从门下拖拽了出来,卷门继续下降,最终与地面紧紧贴合。

我不顾血如泉涌的胳膊,双手猛地拍打卷门,撞击力让我伤口的疼痛愈加严重。可是我内心的悲痛,比肉体的伤痛更加猛烈。

玫瑰追凶时遭遇了凶手的棒击,它当时一定已经伤重,可是血迹被它玫红色的皮毛掩盖了,我恨我自己方才没有发现这一点。玫瑰忍着重伤救了我和赵思思,而对它现在的困境,我却无能为力,只要一想到这点,我就心如刀割。

赵思思挣开绳子又摘下了眼罩,看到我浑身是血,脸色惨白。她用那截绳子在我胳膊上方结扎,稍微止住了血。她哭着抱着我的腰:"去医院!这样下去你会死的。"

我无动于衷,只为门后的玫瑰而担忧。我听到门缝下有动静传出来,于是跪在地上,把耳朵贴在卷门上。恍惚间,我听到了一个虚弱的声音在叫我的名字,那种介于现实与虚幻之间的感觉再次出现在我身上。

"玫瑰!你坚持住啊,我会救你出来的。"我哽咽地说道,泪水忍不住夺眶而出。

"阿轩……你还记得我之前对你说过的话吗?如果一天,你不需要我们的存在了,一切就回归正常了……"脑海里那个声音气若游丝,断断续续,"你是我生命的全部,而我只是你生命中的一部分,我存在的意义是陪你走过生命里的一段旅程……阿轩，你应该回头看一看，你的世界里还有很多对你来说很重要的人，这才是你的人生……"

那晚脑海里进出来的话，我始终没有读懂。而此时，在与玫瑰临别之际时，我突然有所醒悟。曾经的我形单影只，玫瑰和多肉就是我的全部，这对一个人来说，是病态的人生，因为如果某一天它们不得不离去，我会陷入无尽的孤独深渊，这也是玫瑰一直所放心不下的。所以当玫瑰看到我的改变时，它是欣慰的，在它看来，这才是我应该有的正常生活。

这番话让我泣不成声，我无法接受这样的事实，在我心中，玫瑰早已是我最亲密的朋友、战友。我把手按在卷门上，反复摇头："不是这样的……不是……"

"阿轩……别难过，与你一同的旅程对我来说是幸运的，你带我去看过海，带我看过星空，带我吃过最美味的东西……是你这些年在照顾我，我却什么也做不了。

"阿轩，如果有下辈子，我想做一个人，我想在你饿的时候为你做饭，在你生病的时候给你喂药，在你哭的时候为你擦泪，在你难过的时候……能抱抱你……"

脑海里的声音越来越小，直至消失。我看到血从门缝里渗透出来，与我流出的血液相互融合。

"玫瑰！玫瑰！"

我声嘶力竭地叫着它的名字，它却再也没给我回应。我两腿瘫软，跪在地上，浑身因失血过多而乏力，我的视线逐渐模糊，最终完全陷入黑暗。

当我再次醒来时，我想象着自己是经历了一场噩梦，可当我抬了抬打着厚厚石膏的右臂，疼痛感让我锐挫望绝。

守在病床旁的赵思思见我醒来后，伸出冰凉的手抚摸我的脸颊："你终于醒了，医生说你再晚一点来就危险了。"

说完，赵思思声泪俱下。我来不及安慰她，问出此刻最关心的问题："玫瑰呢？"

此话一出，赵思思默不作声，只是哭得更伤心了。我心痛欲绝，艰难地爬起来要离开病房，赵思思死死拽着我问我要去哪里，我说："我要去见玫瑰最后一面。"

"见不着了……玫瑰那天失血过多……已经……"赵思思没有把话继续说下去。

我不相信玫瑰会丢下我离开，我挣脱了赵思思的手冲向门口。在门外，我突然停下了脚步，恍然若失地盯着前方。

站在我面前的是陈沁，她脸色苍白，原本一双明亮的眸子此时有些涣散。她额头上缠着一圈白纱布，手里还提吊瓶，想来是不顾医生的劝阻而来。她拦在我面前，脸上坚决的表情在告诉我，她不会让我离开这里。

我失魂落魄地回到了病房，躺在床上，任由眼泪浸透枕巾。我整天没吃饭没喝水，到了晚上，我蜷曲在床上，大口喘气，感觉悲痛勒住了我的喉咙。

就这样，我熬过了两天两夜。

到了第三天，陈沁来接我出院，她开车把我送回了宿舍。一进门，相别多日的多肉就蹿出来，兴奋地围着我摇尾巴，还跳起来往我身上扑。随后它跑到身后，往楼底下张望，好像在等待那位伙伴的出现。

我咬紧嘴唇，默默走进了自己的房间。房间里一切如故，可我知道，有些失去的东西再也没法复原了。我在房间里来回走动，用呼吸来感受玫瑰留下来的气息。玫瑰的离去，让我无法释怀。

"阿轩……我好冷……"

突然间，我的脑海里出现了相识的声音，我呼吸一滞，围着房间寻找起来，可是任何角落都没有玫瑰的身影。我不禁想起了白楠的话，这一次我终于明白了她的意思，坐在地上掩面哭了起来。

陈沁把手搭在我的肩膀上，我埋着头，哽咽地说道："白楠说得没错，它们自始至终都是我的臆想，原来它们从来就没有真实地出现在我的生命里。"

"别这么说。"陈沁拉住我的手，柔声说道，"它们从未离开，因为它们就是你生命的一部分啊。"

我两眼无声地看着地板，喃喃道："如果不是我一再坚持，玫瑰不会死……陈沁，我想放弃了，我不想再失去身边重要的东西。"

这些天，这种念头一直充斥在我脑海里。玫瑰的离开，让我开始胆怯。

"那么林汐和玫瑰，还有那么多生命，就白死了吗？"陈沁双手托着我的脸颊，凝视着我，突然张开了双臂把我拥入了怀中，"逝者安息，生者奋发。林轩，你不能放弃，因为她们的意志都继承在你的身上。你前行的路上不止你一个人，还有我，还有白楠和苏梓航，我们都会陪着你砥砺前行。"

我把脸颊贴在陈沁的肩膀上，感受到陈沁身上的温热，像是洒在身上的阳光，指引我走出阴影。我的心此刻平静下来，眼里的雾气渐渐散去，陈沁让我重拾起了决心。

陈沁离开后，我翻出了白楠之前留给我的药，几番思索后，按照说明书的剂量服了下去。这是我做出的选择，因为我彻底悟透了玫瑰临终时留给我的那番话。

又过了五天，我的伤痛稍缓，我带着多肉找到陈沁。

不知是药物的效果还是我的心理原因，我和多肉交流的次数越来越少，有时候我跟它说话，它只是看着我，脑海里它俏皮的声音一直没有出现。我努力让自己适应，可有时候心里还是会有些落寞。

这些天，我一直在思考那晚落入凶手陷阱的整个过程，其中的一些细节让我发现了端倪。我把案件的重点再次放到了那个监控硬盘上，同时也是为了证实我心中的猜疑，我问陈沁监控硬盘后来有没有拿到。

陈沁显然已经去落实过了，直接告诉我："那天晚上我和你都受了伤，没有办法第二天去取硬盘,我苏醒后想起了这件事,让同事马上联系了电力公司的职员,可是对方却说后来有人自称警察给他打电话问了硬盘的事,然后有个年轻人取走了硬盘,因为两人接触的时间很短,对方没有记住年轻人的样貌。"

我未觉诧异,一切在我预料之中。我继续问道:"那个监控可能拍到凶手样貌的事情,还有谁知道吗?"

"你忘记了?那天我们一起去过报警人的家之后,我参加了局里的例会,会上我把这个消息提了出来,当时参会的人都知道。"

"工作人员的电话你也说出来了吗?"

"那倒没有。"陈沁疑惑地看了我一眼,似乎明白了什么,问道,"你是相信凶手威胁你的话,觉得我们内部有内鬼了?"

我没作声,而是看了一眼手机的时间。今天正好又是例会的日期,陈沁因为去医院换药所以没参加。

我把多肉留在办公室里,独自离开,找到了会议室。我隔着雾面玻璃,看到里面坐满了人,我拧开门把手径直走进了会议室,没有敲门。

正在讲话的张震看到我贸然闯入进来,愣了一下,因为惊讶而忘记了发火。他盯着我打着石膏的手臂,又把目光挪到我脸上:"你伤不没好吗?怎么不待在医院里?"

我环视一周,目光扫过了在座的每一个人,想从他们的表情中揣测他们内心的变化。在座的人,有从一而终支持我的苏梓航,有喜欢揣测我心理的白楠,有对我态度阴晴不定的张震,不管怎样,他们是我的同伴,我不愿自己的担心成为事实。

可是如今,我不得不把他们其中之一当作怀疑的对象。

我走到张震的身边,刻意加大声音:"有一份可能保存当年拍到凶手视频的硬盘,陈沁之前跟你说过了吧?"

"她提过,不过硬盘不是被人拿走了吗?我们现在也在落实那个人的身份。"

"其实，硬盘还有备份。"我一字一顿地说出这句话，用余光再次探查在场人的脸色变化，又继续说，"我联系上电力公司的职工了，告诉他们这一次除了我，东西不能交给另外的人。"

"什么？还有备份？"张震声音骤然放大，脸上是掩饰不住的惊异。他急切地问道："现在东西在哪里？"

"我已经跟对方约好时间了，他现在正在维护林汐坠崖点附近的电力设施，我过去取，这一次除了我，他不会相信任何人。"我斩钉截铁地说道。

"要不我让人跟你一块儿去？"张震看着我的胳膊说道。

"不必了，我很快就回来。"我拒绝了张震的提议，走出了会议室。在门外，我放缓了脚步，留意会议室内的变动。在我出来没多久后，张震就宣布了会议结束，里面的人陆陆续续走了出来。

我避开人群，把多肉带上，下楼把车开到门口停着，我坐在车里给陈沁发了一条短信。信息发出去后，我突然听到窗外有人在叫我的名字，一扭头，看到陈庆松朝我小跑而来。

"我还以为你已经走了呢。"陈庆松拉开车门坐了上来，一脸不放心地说道："我看你伤得挺重的，路上万一有点事都没人照应。我跟你一块儿去吧，要不我来开车？"

我没想到陈庆松会跟下来，我甚至方才都没有注意到他在会议室里，我想他应该是张震请来协助的。

我摇摇头说没事，系好安全带开车上路。一路上我盯着车速表，把车速控制得很低，保持匀速行驶，全程没有变道超车。我留意到陈庆松时不时会看我一眼，我晃了晃受伤的胳膊，解释说我单手开车得注意安全。

本来一个小时不到的车程，我花了两个小时才到达。下车后，我扫了一眼路边郁郁葱葱的树丛，不慌不忙地朝不远处的电力设施处走去。

陈庆松跟在我身后，到了位置后他环顾一周，不解地问道："你约好的人呢？"

我没作回答，而是凝望了一眼林汐当年坠落的悬崖。我背对陈庆松，弯腰把多肉的项圈解开，自言自语地说道："我刚才故意放慢车速，其实是为了给某个人埋伏的时间。"

"什么意思？"陈庆松的语气有些急促。

"上一次凶手用这样的手段对付了我，我在赌一把，赌他还会故技重施。"我从背包里拿出一个瓶子，举在眼前，阳光穿透瓶壁照在瓶内的碎布片上。

林汐留下的瓶子被苏梓航交到我手上，我之前一直在思考，林汐究竟想告诉我什么。直到两天前我幻听到的声音开始消失，我才突然想明白，瓶子内衣服的碎布是沾有凶手气味的，而林汐从小就知道我能听懂狗的语言，这是她能想到的对我来说最重要的指引。

时隔四年，我希望开启它时，里面会迸出真相。

我拧开盖子，把瓶口拿到多肉的鼻尖前，低声说道："多肉，去找到这个气味的主人！"

多肉的鼻子抵在瓶口闻嗅，过了好一会儿也没有反应。我蹲下来凝视着它的眼睛，温声说道："多肉，玫瑰无法再做到的事，你得去替它完成，我相信你一定可以的。"

听到我说出"玫瑰"两个字，多肉的眼里明显一亮。它望着我摆了摆尾巴，扭头转向另一边，朝路边树丛的某一处奔了过去。

我的一举一动都被陈庆松看在眼里，他诧异地问道："你这是在做什么？"

"那份硬盘根本就没有备份，我跟张震撒了谎。"我没有选择对他隐瞒，也没有回头面向他，像是在自言自语，"我之所以那么说，是为了把凶手引出来。因为上一次赵思思被挟持并不是偶然，而是凶手为了对付我专程设下的陷阱，是为了避免我找到硬盘，所以我才会放出硬盘有备份的消息。

我相信刚才会议室里，会有某个人把我的话带给凶手。"

我望着多肉的背影，继续说道："林汐留下的瓶子里装着从凶手身上扯下来的衣角，瓶口密封着，里面很有可能还保留着凶手的气味。"

当我说出这番话时，身后一片沉寂，好像背后的人消失了一样。我脑袋往后侧过去一些，耳中听到一丝微妙的动静，我突然转过身去，用完好的那只手臂顺势向后挥出一拳，狠狠砸在正向我靠近的陈庆松脸上。

陈庆松猝不及防，被我一拳打中后身子向旁歪斜，我没给他站稳的机会，一脚又踹向他的腹部，陈庆松倒退几步后跌倒在地上，手里握着的一把亮锃锃的匕首掉了下来。

我上前把匕首踢远，接连而至的拳头让陈庆松彻底失去了还手的能力。这时路边的树丛里传出了多肉的狂吠声，我想它已经发现了凶手的藏身处。我没急着过去，因为多肉没有经过扑咬训练，我不用担心它会因贸然攻击凶手而受伤，我放多肉出去是为了给埋伏在暗处的陈沁指引。

陈沁收到我的短信，已在此埋伏多时，此时听到多肉的警示声后从隐藏的地方冲了出去。我见她手里握着枪在那边喝吼了几声，随后一个身形瘦小的男人从树丛里缓缓走了出来。

我朝男人看了一眼，愣了下神，居然是陈庆松的儿子。

陈庆松躺在地上，脑袋斜斜地看着自己的儿子被陈沁带上了手铐。他吐了几口血沫，两眼无神地盯着我问道："你是什么时候发现的？"

"赵思思被挟持的那个仓库，里面充斥着某种气味，凶手身上一定也携带了同样的气味，那天玫瑰无法找到凶手藏身之处，是因为凶手对于玫瑰来说就是个透明人。"我蹲下身，直视着陈庆松的眼睛，"他怎么会知道我身边带着警犬？恐怕是因为他了解我吧，所以我才想到他的目标实际上是我。还有，我想是你在报警人打电话询问硬盘的时候，扫了一眼手机的号码并记了下来，这对你来说是件很容易的事，然后第二天联系上对方，取走了硬盘。"

"之前在报案人的家里,你说话时故意改变了声调,就是怕对方记起当年是你打电话告诉他已立案的消息。我记得第一次和陈沁去找你时,你听我说是为了了解林汐的案子,对我爱答不理,而当你得知连环凶案再现时,却表现得很激动,还故意接近我们,这是因为你想盯着我们,就如同你当年偷盗监控器并消除报案记录一样,目的都是为了保护凶手。我说得对吗,陈队?"

陈庆松用沉默给了我回答,他和凶手的关系也足以印证这一点。

陈沁把凶手带上车后走到我身边,表情复杂地看着陈庆松,眼神意味不明。她把手铐递给了我,转身时肩膀微微颤动,这样的结果对她来说打击实在太大。

我把陈庆松从地上拽起来,给他戴上手铐,押着他上了车。路上陈沁给队里打了通电话,告知对方"7.23"案的犯罪嫌疑人已经找到,并让人去陈庆松的家搜查。

我们返回大队时,负责搜查陈庆松家的同事说在其家中找到了部分作案工具和被害者遇害后的照片,照片里记录着被害者死后的痛苦。让我感到宽慰是其中并没有林汐的照片,这点印证了苏梓航之前的推断——林汐生前没有遭受非人的折磨。

因为案件涉及公职人员作案,张震把情况汇报上级后,陈庆松可能要被移交到其他公安机关。我让陈沁给我安排了一间审讯室,想在陈庆松被移交之前与他单独谈谈。我原以为陈沁不愿面对陈庆松,可我到审讯室门口时,她已经在门前等待,她见到我后主动推门走了进去。

审讯室里灯光昏暗,陈庆松坐在椅子上勾着身子,把头压得很低。他听到动静后抬头朝我们看了一眼,当目光和陈沁的目光相互碰撞时,他凝结着血疤的眼角抽动了几下,赶紧挪开了视线。

我径直走到他面前,居高临下地盯着他:"我知道,你保护凶手的目的是不想失去身边的至亲,所以现在,你能感受到那些遇害者家属身上背负的伤痛吗？"

陈庆松沉默许久，才开口说道："正是因为我感受过这样的伤痛，我才会选择保护仅有的家人，我这么做，也是在弥补我未尽的责任。"

听完他的话，我突然想到了上一次在他家客厅看到的那个女人的遗像，他所说的责任应该是作为丈夫和父亲的责任。作为一名刑侦警察，他与家人聚少离多，他或许把妻子的离去归咎到自己的身上，他想要补偿，所以当他发现自己的儿子犯下重案后，他的第一反应就是替其隐瞒。

"凶手犯下的所有案子都有你的参与吗？"我问道。

"不是，我是在寻找你妹妹的时候发现的。其实当时我去紫马岭附近搜索过，在一处山崖上发现了血迹和搏斗的痕迹，回到家后发现涛涛的腿上有伤，那时候我就有所察觉了。后来我又发现那地方附近有监控，我就盗窃了监控器。"

陈庆松抬起头望向陈沁："涛涛变成这个样子，我其实也有责任，他小时候是她妈妈带大的，我都没时间照顾他。后来他妈妈得了抑郁症，想要带涛涛一起离开这个世界，可又下不去手，就拼命地打他，想让涛涛自己自杀，自从那次后，我就再也没让她们母子见过面。"

凶手作案手段的特殊性，我想正是因为那次变故。凶手把自己所经历过的痛苦，原封不动地施加到被害者的身上了。

"我发现涛涛杀人后就办理了提前退休，天天守着他，不让他再去犯案，我不想再有人死去。四年了，我以为他改变了，所以才放松了看管，没想到他还是……"陈庆松声音哽咽了，露出悔恨的表情，"陈沁，我不指望你原谅我，但是希望你能理解一位父亲……"

"理解你？你恐怕早就和凶手是同一类人了吧。"我没让他把话说完，沉声道，"当你发现我和陈沁找到硬盘后，你就已经动了杀心，之后让凶手绑架赵思思引诱我们过去，这都是你的主意，你知道我一定会带上陈沁，你想除掉我们两人。"

陈庆松此番博同情的话被我当面拆穿。正是陈庆松告诉凶手我身边带着嗅觉灵敏的警犬，凶手才会刻意针对这一点，陈庆松的目的就是彻底让我们消失。

陈庆松愣了一下，狠狠地瞪了我一眼。

我拍了拍陈沁的肩膀，示意她和我离开这里。我与陈庆松的谈话就是为了让她看清陈庆松的真实面目，这样她心里或许会好受一些。

从刑侦队出来后，我回到了自己的宿舍里，关上手机，心静如水。我感觉身上的重负已经卸下了，生活好像回到了林汐还在时的轨道上，我睡了三年多来最安稳的觉，醒来时阳光如期而至。我会换一种方式生活，亦如玫瑰所期望的那样。

脑海里的幻听再也没有出现过。多肉一如既往的顽皮，只是偶尔也会默默趴在门口，等待那位最亲密伙伴的出现。

一周后，警犬培育基地给我打来了电话，一只史宾格犬需要产前安抚。我赶到培育室，协助培育员让一只小生命顺利地诞出。

警犬培育员把这只刚出生的幼犬交到我手里，我轻轻抱着它，它肉肉的身子趴在我胳膊上，闭着眼睛。我用手指在它的背上轻抚，它在我怀中动了动，嘤嘤了几声。

"林轩，你给它取个名字吧。"

我低头看着这只幼犬，它的腹部是白色的，后背的皮毛棕色中带着一抹熟悉的玫红。我凝视着它，恍惚间仿佛看到了当年玫瑰在我怀里时的模样。

我把脸贴近幼犬，它粉粉的鼻子凑在我脸上嗅了嗅，伸出柔软的脚掌搭在我脸上。我嘴角轻轻上扬，柔声说道："玫瑰，就叫它玫瑰吧。"

小家伙奶声奶气地叫着，好像能听懂我的话一样。